# 禁忌

浜 田 文 人



幻冬舎文庫

# 禁忌

バッグの中で電子音が鳴りだした。

礼子《れいこ》は右手で携帯電話を取り、画面を見た。身体が固まり、頬がふるえる。携帯電話をバッグに投げ入れ、おおきく息をついた。左手はウインドーの上の手すりを握りしめている。タクシーに乗るとそうするようになった。

「お客さん」運転手が言う。「八丁目のどのあたりですか」

「銀座日航ホテルの前で」

言って、腕の時計を見た。手すりをつかんだままだ。まもなく午後八時になる。

釣銭と領収書を手にタクシーを降りた。

ゆるやかに風が流れている。空を見た。東のほうに雲がひろがっている。じわじわと自分に覆いかぶさるような気がして、視線をおとした。

ドレスを着てくればよかった。天気予報を確認しなかったのを悔《く》いた。着慣れた着物が重たく感じる。白地の裾に鼓や毬の絵柄を染めてある。

路地に入った。三分もあれば店に着く。草履を引きずるようにして歩いた。店が近づくにつれて足が重くなる。ひとりで出勤するのがいやで五人の客に電話をかけた。が、先約があるとことわられた。「銀座の礼子さんもピンチになることがあるのか」ある客にはそうからかわれた。

銀座並木通を右折する。通りを渡ったところで、また電子音が聞こえた。顔がゆがんだ。それでも相手を確認するしかない。出勤前の一刻は客からの連絡もある。ためらいながらも携帯電話を手にし、画面の名前を見た。ため息がこぼれる。頭のどこかで毛細血管の切れる音がした。耳にあてる。

「あした、かけます」

ぞんざいに言った。

《なに言ってるの》女のしわがれ声がした。《大事な用があるからかけてるのよ》

喧嘩腰《けんか》のもの言いだ。何度聞いたことか。

「これからお仕事なんです」

《えらそうに。そんなことは娘の面倒をちゃんと見てから言うものよ》

「そのために働いているじゃないですか」

《ふん》

通話が切れた。

礼子はマナーモードに切り替えた。

ほとほとうんざりする。携帯電話を持つ手に力が入る。歯軋《はぎし》りしそうだ。

「礼子さん、おはようございます」

男の声がして、顔をあげた。

間近に店のスタッフがいる。三人とも笑顔だ。が、彼らの目は冷たく感じた。気のせいでないのはわかっている。

——礼子さんはもうお仕舞だな——

スタッフのひとりがホステスにささやいたひと言は店内にひろまっている。

それでも、礼子は笑顔をつくった。

「ホシさん、こんばんは」

丸顔のアヤに声をかけられた。ものを言うたびおおきな胸がゆれる。

「あいかわらず元気なオッパイやな」

「これが売りだもん。お願い、ちょっと寄って」

アヤが腕を取る。

星村真一《ほしむらしんいち》は目の前の丸椅子に腰をおろした。

路上にテーブルがはみだしている。

新橋の赤レンガ通からSL広場へむかう路地にはそんな居酒屋が目につく。

アヤは焼きとん屋の店員で、宵の口は路上で客を呼び込んでいる。クロップドパンツにだぶだぶのTシャツ、スッピンにポニーテールはすっかり見なれた。

「瓶と、串三本」

言って、頬杖をついた。店内に背をむけ、行き交う人々を眺める。

雑多な街だ。夕方になればそこに人が集まる。大半はワイシャツにネクタイを締めた男たちだが、ここ数年は女も増えた。どこの居酒屋でも女子会を見かける。

小瓶とグラスのあと、レバーとカシラ、ナンコツがきた。たまに苦手な部位もでてくるが、品はまかせているので文句は言わない。

アヤが注《つ》いだビールを飲む。

「うるさい」

声がして、ふりむいた。

中年男が正面の若者を睨んでいる。どちらも二人連れのサラリーマンに見える。長方形のテーブルのほとんどは相席のようだ。

「愚痴ばかり聞かされて、酒がまずくなる」

「聞かなきゃいいでしょう」

若者が言い返す。となりの五十年配の男が若者の腕を引いた。

中年男が眦《まなじり》をつりあげた。

「聞こえるんだよ。おなじカネを払うのに、こっちは赤の他人の愚痴を聞きながら飲むなんて不公平だろう。あなたもあなただ」中年男が視線をずらした。「上司ならたしなめなさい。黙って聞いているだけで、まわりへの配慮がなさすぎる」

「あなたは会社や取引先に不満がないのか」

「あるさ」中年男が言う。「でも、酒はたのしく飲みたい」

「それはあなたの勝手でしょう。人それぞれ、いろんな飲み方がある」

「うるせえぞ、てめえら」

となりのテーブルにいる男が怒声を放った。ジーンズに柄シャツ。やくざ者の目つきではないが、サラリーマンでもないのは確かだ。

「喧嘩したけりゃそとでやれ」

「あなたに言われる筋合いはない」

五十年配の男がきっぱりと言った。

「なにっ」

「喧嘩にはならない。職場は別でも、働く仲間だからね。あなたとは違う」

「そりゃどういう意味だ」

男が立ちあがる。

「やめんかい」

星村は声を発した。

口で収まらないのは雰囲気でわかる。黙って去りたいところだが、それではアヤに失礼だ。いやな展開を予期したのか、アヤはちらちら自分を見ていた。

「なんだ、てめえ」男が目をむいた。「関係ねえ野郎は引っ込んでろ」

「吠えるな。うっとうしい」

男が椅子を蹴る。突進してきた。

星村は立ちあがりざま左手で男の襟を摑んだ。身体をひねり、腰を払う。男がもんどりを打ち、地面に転がった。

「警察を」

中年男が叫んだ。

「ご心配なく。ほかの皆さんも安心してください」アヤが笑顔で言い、星村を指さした。「この人、刑事さん……元だけど」

最後のひと言は小声だった。


殴りかかってきた男に本人の飲み代を支払わせ、SL広場で解放した。

喫煙エリアで煙草をくわえる。肩がふれるほど人がいる。幾筋もの紫煙が立ち、闇に消えていく。三十年配の女の鼻から煙がでた。眉間に皺《しわ》を刻んでいる。

ポケットがふるえた。携帯電話を手にし、画面を見る。耳にあてた。

「はい、星村」

《いま、どこですか》
いきなり言われ、星村は顔をしかめた。無視すればよかった。
「SL広場や」
《それはなにより。すぐ会社に来てください》
「時間外手当はでるのか」
《ばかなことを。まともに出社していない人がよく言えますね》
「なんの用や」
《急用です。十分で来なければ、今月の給料を半分にします》
通話は一方的に切れた。

赤レンガ通を渡り、角地にある七階建てテナントビルの二階にあがった。

手前のドアに『SLN』のプレートがある。正式社名は新橋レディースネット。女性専門の人材派遣会社だ。

五十平米ほどのオフィスに八つのデスク、右側に社長室と会議室。給湯室とトイレは共用で、おなじフロアには司法書士事務所とヨガ教室がある。

「おひさしぶりです」

デスクに座る西村典子《にしむらのりこ》が言った。三十七歳の独身。顔はふっくらしているが、目鼻立ちの造作がいいので見栄えがする。

星村は笑顔を返した。

「ひとりで残業か」

「いつも九時までいます」

「で、男ができん」

「さあ、どうでしょう。こう見えても持てるのよ」

「そう余裕をかませられるのもあと四、五年やな」

典子が瞳を端に寄せた。

同時に、右手から声がした。

「いつまで待たせるのですか」

社長室のドアが開いているのに気づかなかった。

おおきなデスクのむこうに小柄な有吉光史《ありよしこうじ》がいる。

「きょうはもう退社してください」有吉が典子に言う。「お茶は要りません」

立ちあがり、有吉がソファに移る。

星村は有吉と向き合った。

「こんな時間に、なんやねん」

ぞんざいに言い、星村は煙草のパッケージを手にした。

「関西弁が益々ひどくなりますね」

「ふるさとの文化を粗末にしたら罰があたるわ」

星村は大阪府岸和田市に生まれ育った。都内の私立大学を卒業し、警視庁の警察官になった。二年前に辞職したあとも東京に棲《す》みついている。警察官のころは標準語を意識したけれど、退官後は関西弁に戻った。連休のたび実家に帰るせいもあるのだろう。ひと月ほど前のゴールデンウィークも岸和田で羽を伸ばした。

煙草をふかして言葉をたした。

「用件を言え」

有吉がしゃくるように首をひねった。緊張しているときの癖だ。

「損害賠償を要求されました。一千万円も。冗談じゃない」

「俺に怒るな」

「あなたではなく、理不尽な要求に憤慨している」

星村は紫煙を吐いた。

「順を追って話せ。いつ、どこからの要求や」

「一時間前に電話がかかってきた。銀座のクラブ、ゴールドの社長からです」

「損害賠償の名目は」

「派遣した女性が自殺したそうです」

「それが損害賠償にどう結びつく」

「精神を病んでいるのを知りながら派遣したと」

「事実なのか」

「そんなわけがないでしょう」有吉が目に角を立てる。「登録者の個人情報は可能なかぎり集めている。しかも、派遣したのは八か月前です。ゴールドに入店してから精神を病んだのかもしれない」

「自信がなさそうやな」

「えっ」

　有吉が眉尻をさげた。

「可能なかぎりとか、かもしれないとか」煙草をふかしながら質問事項を整理する。

「過去に取引先から損害賠償を求められたことはあったか」

「今回が初めてです」

「同業者が同様のケースで訴えられたことは」

「聞いたことがありません」

ちゃんと調べろ。そのひと言は胸に留めた。ふかした煙草を灰皿でつぶす。

「自殺した女の個人情報はあるんやな」

「もちろんです」

「いつ登録した」

「ゴールドに入店する二か月前でした」

「右から左のやっつけ仕事か」

「そうじゃない」むきになって言う。顔が赤くなった。「わが社に登録する前から、八田《はった》が目をつけていた女性です」

八田も契約社員で、水商売専門のスカウト兼情報収集を担当している。『SLN』は社員六名、契約社員四名の零細企業だ。が、登録者は一万五千名を超えている。美容関連とアパレル業界を核に取引先企業にもめぐまれている。

設立当初は関心のなかった風俗業界にも進出したのは登録者のニーズに応えるためだった。多くの登録者が複数業種を選択し、その大半は風俗営業店を希望する。登録者募集のネット広告に風俗営業店と書き込んだとたんに登録者が急増したという。登録は無料だから、会社の業務内容がわかれば誰もが気楽に登録するのだ。

人材派遣会社の利益は登録者が企業や店と契約を交わした時点で発生する。派遣者の時給もしくは日給から二十五パーセントを天引きするのが相場である。時給三千円で働く者の手取りは二千二百五十円になる。

「女に会ったことはあるか」

「入店したあとゴールドに行きました。八田に頼まれて。ゴールドは銀座でトップクラスの店だから顔をつないでおいたほうがいいと言われた」

星村はにやりとした。

有吉が顎を引く。

「何ですか」

「なんぼや」

「三十分もいなかったのにボトルを入れて十万円も払わされた」

「飲み代やない。派遣料や。けちのあんたが銀座の高級クラブで遊んだ。まとまったカネを手にしたんやろ」

「なんてことを」有吉が目をまるくした。「けちなら仕事をしない人を雇いません」

「いまは仕事中や。答えろ。派遣料はなんぼや」

「バンスの二十五パーセント、プラス日給の十パーセントです」

「契約金やなく、バンスか」

経験と実績を評価されたホステスは入店時に契約金を手にすることがある。おおむね百万円単位で、ママとして契約すれば数千万円になることもある。

入店するさいの支度金をバンスという。売上制で入店する女が対象となり、バンスの金額はそのままホステスへの期待値につながる。ただし、契約書に記した売上額を達成できなければバンスは借金に変わり、契約金も全額返済を求められる。

「そうです。彼女は五百万円の契約金も受け取りましたが、そちらから派遣料をいただければ連帯保証人にさせられるおそれがある」

「バンスがない場合はどうする」

「ほかの業種とおなじ、日給の二十五パーセントを頂戴します」

「バンスの金額は」

「五百万円。保証の日給は五万円でした」

「それなら、バンスと日給、逆のほうが得やろ」

有吉が首をふる。

「水商売ですからね。ホステスがひとつのお店で長続きする保証はない」

「で、取れるときに取っておく」

「なんだか悪いことをしているように聞こえます」

「気のせいや。それにしても、いまどき五百万円のバンスとは……そんな上玉か」

二〇〇八年のリーマンショック以降、バンスをだすクラブは稀有《けう》になった。さらに東日本大震災と福島第一原発の事故で夜の銀座は客離れが加速した。どの店もあの手この手で経費削減とリスク回避に励んでいるという。バブル期に一億円のバンスをもらった女がうわさになったことなど作り話としか思えない現状である。

「わたしにホステスの価値はわからない。が、彼女はSランクでした」

「Sもあるのか」

登録者はAからEの五ランクに分けられている。大半はC以下で、Aは全体の五パーセント、Bは十パーセント程度だ。六名の社員がそれぞれ二千名以上の登録者を担当している。が、まめに接触するのはA全員とBの一部だと聞いた。

「二年もいて、知らなかったのですか」

「忘れたのかも」

「こまった人だ」有吉がため息まじりに言う。「Aランクの中で経験、技能、容姿がずばぬけていて、わが社が自信を持ってお薦めするのがSランクの人で、Aランクの五パーセントもいない。登録者の四百人に一人です」

「まさしく選ばれし者やな」

「水商売にかぎればもっとすくなく、現在はわが社に五人だけです」

「Sの連中がSLNの看板というわけか」

有吉がおおきく頷く。

「ご満足いただける人材を提供し、信頼を得る。人材派遣会社の実績は目先の利益ではない。取引先企業からの信頼が実績になる。信頼が信頼を生むのです」

「あ、そう」

そっけなく言い、星村はあたらしい煙草を喫《す》いつけた。話を続ける。

「自殺した女は契約のノルマをクリアしていたのか」

「そういうことは八田に訊《き》いてください。そのために雇っている」

有吉は面倒を避けたがる。あきれるほど防衛本能が強い。だが、どうでもいい。他人の気性をとやかく言うのは愚の骨頂だ。人の性根は直らない。

「警察の者は来たか」

「どういう意味です」

有吉の声に不安がまじった。

「自殺と断定するまで、警察は死亡者の身辺を捜査する」

「来ていません。社員からそのような報告もない」

首が右に傾いた。思案するとそうなる。ひろがりかける疑念に蓋をした。

「俺になにをさせたい」

「ゴールドと交渉してください」

「一千万円を十万円に値切るのか」

「とんでもない」声が裏返った。「一円でもだめです。おカネを払えばわが社が非を認めたことになる。ＳＬＮはろくに登録者の調査もせずに人材を派遣している。そんな風評が流れれば、わが社はたちまちアウトです」

「信用を失《な》くす。それはむこうもおなじや」

「どういうことですか」

「ほんまにそっち方面は苦手なんやな」

「ええ。だから教えてください」

星村は肩をすぼめた。長話は疲れる。煙草をふかしてから口をひらいた。

「水商売は風評にからっきし弱い。殺人や傷害の重要犯罪はもちろんのこと、ホステスが薬物や詐欺などの容疑で逮捕されても、店はあっというまに傾く。しこたま儲けていた店でも客足は遠のき、閑古鳥の棲家《すみか》になる」

「事件が風化すれば立て直すのも可能でしょう」

「そこまで持たん。店があぶないと思えば、スタッフやホステスは我先に辞める。そもそも経営者が見切りをつけ、店を手放す」

「経営者は、店への愛着とか、客への誠意とか、ないのですか」

「あるわけない。自前で店を始めたママらはともかく、スポンサー付きのママや、共同出資の経営者らは店や客に未練なんてかけらもない。客がカネをおとしてくれるうちに稼ぎ、店がひまになりだせばさっと手を引く。それがいまの水商売や」

有吉がネクタイを弛《ゆる》める。

「ここにいるときくらいはずしたらどうや」

「身体の一部です」こともなげに言う。「身なりは信用。人は、とくに初対面の方は服装を見て判断する。急に、どなたがこられても対応できるようにしています」

「好きにせえ」

投げやりに言い、煙草をふかした。

有吉が顔を近づける。

「ゴールドも手放すでしょうか」

「希望が見えてきたか」

「ええ、まあ」

有吉は、先のあかるい話には、それが夢物語に近くても反応する。

「今回の件は、責任の擦《なす》り合いやな」

「わかっているのなら、何としても相手を黙らせてください」

「やくざ者を紹介してやる。ゴールドの社長を天城山に埋めてもらえ」

「ばかなことを。わが社はしごくまっとうな企業ですよ」

「二言目にはわが社、わが社と、耳が疲れる」

「SLNはわたしの命です」

「……………」

星村はあんぐりとした。

有吉が言葉をたした。

「あしたの午後二時、新橋の第一ホテル東京のラウンジです」

「そこまで決めたのか」

「先方の要望です。こなければ法的準備を進めるとも言われた。あなたの話を聞いているうち、単なる威《おど》し文句に思えてきましたが」

「俺の相手は誰や。社長か、弁護士か」

「社長です。面識は」

「ない。ゴールドは俺が築地署を離れたあとにオープンした」

「老舗《しにせ》ではないのですか」

「ああ。けど、売上は銀座で三本の指に入るらしい」

「社長は顔がおおきく、髪はオールバック。金のブレスレットをつけている」

「そんな野郎はごろごろおる。まあ、ええ。写真を手に入れる。ところで」声音を変えた。「片がつけば報酬をもらえるんやな」

有吉が眉をひそめた。女のように細く揃えてある。

星村は背をまるくして、下から見つめた。

「あんたには世話になってるさかい、要求額の三割で手を打ってやる」

「そんな、ばかな」

有吉が目をむいた。目の玉がこぼれおちそうだ。

「確実に仕事をするやくざも、腕のいい弁護士も五割はハネる」

「契約とはいえ、あなたは社員です。わかりました。五十万円でお願いします」

「しゃあない」

諦め口調で言い、内心ほくそ笑んだ。五万円か、せいぜい十万円と踏んでいた。

新橋のガード下を潜り、交差点を左折した。ソニー通を数寄屋橋方面へむかう。午後八時を過ぎた。行き交う人はすくない。銀座の歓楽街は二〇〇八年のリーマンショックにゆらぎ、二〇一一年の東日本大震災で傾いた。福島第一原発事故による輪番停電で、街が闇に沈んだ時期もあった。

銀座七丁目と六丁目の間を右に折れ、テナントビルのエントランスに入る。階段を降りてダイニングバーの扉を開けた。

カウンターが十席、テーブル席が三つ。イタリア料理を食べさせる店で、夜明けまで営業している。カウンターにカップル、テーブル席に三人連れの先客がいた。

カウンターに座った。

「星村さん、おひさしぶりです」白シャツに格子柄のベストを着た男が言った。「お待ち合わせですか」

「ああ。ウィスキーの水割りを頼む」

「かしこまりました」

マスターが愛想笑いを残して離れた。

星村はグラスを傾けながら、メールを送った。一分ほど待っても返事がこないので携帯電話をポケットに収めた。

煙草一本を喫いおえたところに、松尾《まつお》靖彦《やすひこ》があらわれた。

星村より九つ下の三十四歳。中肉中背で、癖毛をバックに撫でつけている。松尾との縁は七年になる。星村が築地署の生活安全課保安係にいたとき、松尾が他署から異動してきた。当時の星村は巡査部長で、巡査の松尾は星村の班に入った。三年後に星村は愛宕署生活安全課に異動し、その二年後、依願退職届を提出した。

「先輩、お待たせしました」

「おう」

年明け早々に新橋で遊んで以来だから、顔を見るのは半年ぶりだ。

松尾がマスターに声をかける。

「奥を使えるか」

「十一時半までなら結構です」

十平米ほどのカラオケルームに移った。ベンチシートには五、六人が座れる。日付が変わるころにはホステスが同僚や客を連れてくるのだろう。

星村は息苦しさを覚えた。狭い場所は苦手だ。そのことは松尾も知っている。

「辛抱してください。きょうはここのほうが安心でしょう」

「気にするな」酔いがまわれば鈍感になる。「それはそうと、よかったな」

「ありがとうございます。ようやく受かりました」

この春、松尾は昇任試験に合格し、巡査部長になった。

「班長か」

「はい。女房からばかにされなくなりました」

松尾が真顔で言った。射撃は国体に出場するほどの腕前で、剣道も段持ち。だが、土下座をして求婚したという妻には頭があがらないようだ。子は二人いる。

「上の息子は幾つになった。小学生か」

「一年生です。娘は幼稚園に通いだしました」

「大変やな」

「ほんとうに大変です。うるさくて、夜勤明けでもろくに眠れません」

話が嚙み合わない。聞き流し、煙草に火をつける。

松尾が声を発した。

「先輩は結婚しないのですか」

「懲りた」

星村には同棲歴がある。結婚する約束で一緒に住みだしたが、女の罵詈《ばり》雑言《ぞうごん》に耐えられなかった。本を糺《ただ》せば、自業自得だ。別れて五年になる。

バーテンダーが水割りとおつまみを運んできた。

星村は松尾に話しかけた。

「ここはなじみか」

「たまに同僚と来ます」

銀座では手ごろな料金の店だが、それでも一人あたり四、五千円は使うだろう。

星村はバーテンダーに声をかけた。

「安物のバーボンを一本。ピザとマリネも」

松尾はバーボン党だ。星村は何でも飲む。

バーテンダーが去るや、松尾が口をひらく。

「豪勢ですね」

「おまえの昇進祝や。きょうは経費で遊べる」

松尾が顔をほころばせた。笑うと童顔になる。子どもが懐《なつ》く顔だ。

ワイルドターキー8年とアイスペールがきた。

乾杯のあと、松尾が上着の内ポケットから用紙を取りだした。

「死亡した大西《おおにし》礼子の個人情報です」

SL広場で有吉と別れてすぐ松尾の携帯電話を鳴らした。交渉は情報戦だ。手持ちの情報が多いほうが有利に運べる。

「犯歴は」

「ありません。車を所有していましたが、違反切符はゼロです」

星村は用紙を見た。松尾の書体だ。


大西礼子。三十歳、独身。

住所、東京都中央区湊二丁目○—○—一〇三五。同居人なし。

千葉県市川市内の公立高校を卒業後、都内のデパートに勤務。

二十歳で結婚し退職、同年、美耶《みや》を出産。

二十二歳で離婚。長女の美耶は元夫の実家が引き取る。現在、十歳。

離婚後、六本木のキャバクラに勤務。

三年後の二十五歳、銀座のクラブに移る。『ゴールド』は銀座で二店目。

市川の実家には、父・雄三《ゆうぞう》と妹の和子《かずこ》。

雄三は無職。重度の糖尿病で入退院をくり返している。

生活保護を受けている。

礼子の預金は二行で計八五、四四二円。生命保険には加入していなかった。

「きたない字ですみません」松尾が頭を掻いた。「友田《ともだ》に捜査報告書を見せてもらい、必要なことを書き取りました」

築地署刑事課捜査一係の友田正浩《まさひろ》は知っている。松尾と友田は同期の仲良しで、何度か三人で遊んだことがある。

「他殺の線もあったのか」

「いいえ。友田は一一〇番通報で臨場し、現場の状況を見て自殺と思ったそうです」

「誰が通報してきた」

「妹の大西和子です。メールの返信がなく、電話もつながらないので気になり、月曜の夕方、学校帰りに姉の家に寄ったと」

「鍵は」

「スペアを預かっていたそうです」

「学生か」

「明華女子大の四年生。礼子とは九歳違いです」

「死亡推定時刻は」

「五月二十五日、日曜の夜十時から翌日午前二時の間です」

「どこで死んでいた」

「バスルームです。白のショートパンツに黒のTシャツを着て洗い椅子に座り、左腕をバスタブに浸けていました」

さも見たようなもの言いだった。

星村は煙草で間を空けた。

「水の中で手首を切った。ためらい傷はあったか」

「古傷もありませんでした」

「発作的やなく、覚悟の自殺というわけやな」

「窓はすべて閉まっており、部屋はきれいに掃除されていた。捜一はそれらのことから自殺と判断したようです」

「遺書は」

「見つかっていません」

「マンションの防犯カメラの映像は見たか」

松尾が頷いた。

「礼子は日曜の午後九時過ぎに帰宅したあと外出しなかった。和子が訪ねるまでのあいだ、礼子の部屋に出入りした者はいませんでした」

「フロアごとに防犯カメラが設置してあるのか」

「そこまでは知りません。でも、その時間帯にエレベーターを使って十階で乗り降りした者の素性と、彼らが出入りした部屋は特定したそうです」

　星村はグラスを傾けてから質問を続けた。

「礼子の交友関係をあたったか」

「自宅のパソコンに客の名前があり、彼らから事情を聞いたそうです。客は礼子の日常生活を知らないようで、客全員のアリバイのウラは取りました」

「友人知人や銀座の関係者は」

「迷惑が及ぶのを気遣ったのか、ケータイにもパソコンにもアドレスの登録がなく、電話やメールの発着信履歴はすべて削除されていた。それで訊問は少人数に留まったようで、礼子の身辺でトラブルがあったとか、礼子が悩んでいたとか……そういう類の話は誰からも聞かなかったそうです」

「迷惑が及ぶのは客が一番や。なんで客の情報を消さんかったのかな」

「その点は友田も疑問に思い、ゴールドの担当スタッフに訊いたそうです。客の中には店の売掛が残っている者もおり、ゴールドや身内にカネでの面倒をかけないよう配慮したのではないかという返答だったと」

「スタッフも礼子が死を覚悟するほど悩んでいたことに気づかなかったのか」

「そう証言しています」

　星村は顎をさすった。ここまでの話に疑念はうかばない。

「礼子の病歴はどうや」

「入院や手術を要する病はなかった。電話で聞いた精神疾患ですが、礼子が病院の精神科や心療クリニックに通っていた事実はありません。もっとも、捜一の連中は、礼子の精神疾患にあまり関心を持っていなかったとか」

「俺の話を友田にしたのか」

「いいえ。素朴な疑問として精神疾患の有無を訊きました」

「ゴールドの関係者はどうや。精神を病んでいたという話は聞かなかったのか」

「そのようです」松尾が目元を弛める。「それはそうですよね。店側が礼子の精神疾患を把握していたと証言すれば、ＳＬＮに損害賠償を要求できないでしょう」

「鈍感になっているのかもしれん」

「どういう意味ですか」

「おまえ、保安の巡査部長にしては勉強不足やで」

「すみません」松尾が眉尻をさげた。「教えてください」

「銀座のクラブホステスの半分は精神を病んでいるそうや。リーマンショックのあと店もホステスも顧客を減らした。経営者側は売上減少の対策として、ホステスに同伴出勤や売上のノルマを課した。一方で、出勤日数を調整した。いつクビになるか、ひやひやの毎日やさかい、精神病を患うのもむりはない。ついでに言えば、銀座のホステスの七割は彼氏がおらんそうな」

「精神的に余裕がないのですね」

「時間の余裕もない。昼間は電話とメールで営業、深夜は強制のアフターがある」

来店した客と深夜に飲食することをアフターという。

バーテンダーが料理を運んできた。

松尾がカレイのマリネを口にする。

「うまいです」

言って、生ハムと青野菜のピザも食べる。

星村は、煙草をふかしながら松尾の口が休むのを待った。

かつての同僚たちの協力があるから解雇されずにいる。

社内での肩書は主任調査員だが、雇用契約書には相談役とある。一年契約、延長等のオプション項目の決定権は会社にある。給料はボーナスなしの月額二十五万円、仕事の内容によって一万円から三万円の手当をもらえる。去年の年収は三百四十万円だった。たまに足を使うが、大抵は電話一本で片がつく。楽な稼業だ。

ふいに、松尾が顔をあげた。

「遺体から薬物反応がでました」

声がちいさくなった。目が気配を窺っている。

「覚醒剤《シャブ》か」

「ええ」

「なんで解剖した」

早口になった。他殺と断定、もしくはその疑いがある場合に司法解剖する。

「親族の意向です。妹は姉が悩んでいた様子はなかったと言い、父親はどんな事情があっても自分と妹を残して自殺するはずがないと。対応した者が現場の状況を説明して、他殺の可能性はきわめて低いと言っても父と妹は納得しなかった。で、水曜の午前に行政解剖を行なった」

「針の跡はあったか」

「そこまで訊きませんでした」

「どうせ炙《あぶ》りか、擦《こす》りやな。ホステスは肌をさらす」

「覚醒剤も歯茎に擦ったりするのですか」

「それやと歯茎が痩せて歯がぼろぼろになる。ヘルスの女に聞いた話やが、その女は彼氏とヤるときだけ、アソコに擦りつけるそうな」

松尾が目を白黒させた。

星村は先を急いだ。

「薬物の捜査は」

「きのう礼子の部屋を再捜索しました。が、薬物や吸引器具は見つからなかった」

「組対《ソタイ》五係も出動したのか」

警視庁の組織犯罪対策五課および所轄署の組対五係は銃器・薬物捜査を担当する。

「いいえ。捜一が補充捜査の名目で家宅捜索の令状を取ったそうです」

「捜一に薬物の入手ルートを追えるとは思えんが」

「友田によれば、継続捜査を行なうか、組対五係に協力を要請するか。マスコミに薬物の件を発表するか。慎重に検討していると聞きました」

「死者への配慮か」

「そうでしょうね。だから、行政解剖をおえたあとの記者会見では自殺と断定したという事実のみを発表しました」

「おまえもためらった」

「えっ」

「俺に話すかどうか迷った。で、薬物の話をあとまわしにした」

「ええ」松尾が苦笑した。「先輩を信用していないわけではないのですが」

「わかってる。念を押すけど、築地署は薬物の件を公表してないんやな」

「はい」

松尾の声に元気が戻った。

星村は頷いた。

ここにくる前にマスコミ報道を調べた。〈マンションで女性の死体を発見　自殺か〉全国紙の東京版にちいさな見出しを見つけた。本文は警察発表をそのまま載せたような記事だった。テレビとインターネットは礼子の死を報じていなかった。

そんなものだ。この十年間、都内の年間自殺者は二千五百人を超えている。一日に約七人が自殺している。女は三割強。男は五十代が突出し、女の自殺者は成人以降の各世代の比率が平均しており、二十代後半が目につく程度である。

「家族やゴールドの関係者に薬物の話をしたか」

「いいえ。薬物事案に関する訊問もしなかったそうです」

「洩《も》れてるな」

ぼそっと言った。

松尾が目をぱちくりさせた。

「ゴールドは薬物のことを知っているのですか」

「その話はなかったようやが、そんな気がしてきた」

「どうして」

「ただの勘や」

星村はポケットの封筒をテーブルに置いた。

松尾が拝むようにして手に取り、中身を見た。

「いいのですか、こんなに」

「ああ、たまのことや」

情報提供の謝礼はいつも五千円か一万円だが、今回は三万円にした。警察データにある個人情報だけでなく、捜査状況についても依頼したからだ。有吉は領収書なしの経費に文句をつけるけれど、今回は黙って認めるだろう。

松尾が封筒を二つ折りにしてポケットに収めた。

「ほかに知りたいことはありますか」

「捜一の動きに変化があれば連絡をくれ」

「薬物の件が気になるのですね」

「まあな。俺としては捜一が動かんほうが好都合や。調べる過程で知りたいことが見つかれば骨を折ってもらう」

「いつでもどうぞ」

松尾がうれしそうに言った。

地方公務員の警察官は薄給の上に、必要経費はきびしく精査される。一度でも接待や小遣いの味を占めれば、つぎからは罪悪感が消える。程を知らずに自分から要求すればいずれ監察官室に目をつけられ、あげく、辞職勧告を突きつけられる。マスコミにでる警察官の犯罪の大半は常習者の末路といわれている。

松尾と別れ、銀座の並木通を歩いた。

八丁目の中ほどで足を止め、袖看板を見あげた。三階に『ゴールド』の名がある。顎をしゃくり、視線を戻した。座って五万円の店の客には死ぬまでなれない。

胸の谷間と背中を露《あらわ》にした女たちがエントランスに出てきた。彼女らに囲まれた男はやにさがっていた。

並木通の端を右折し、リクルートの角を左に折れ、新橋へむかう。銀座を離れるにつれ路上の人が増えてゆく。銀座は八丁目の一角だけがにぎわっていた。

ＪＲ新橋駅のコンコースを通りぬける。ＳＬ広場には大勢の人がいた。足元が覚束ない中年男も、上機嫌ではしゃぐ若者らも、新橋駅にむかっている。ＪＲや東京メトロに乗って家路につくのだろう。

路地にアヤの姿はなく、焼きとん屋は店仕舞いに追われていた。

赤レンガ通沿いの雑居ビルに入った。エレベーターで四階にあがり、バー『蓮華』のドアを開ける。三十平米ほどか。カウンターとベンチシートがある。テーブル席に三人の男、カウンターの中央にカップルがいた。

星村はカウンター奥の端、いつもの椅子に腰をおろした。

「いらっしゃいませ」

初老のバーテンダーがおしぼりを差しだした。

受け取り、首のうしろを拭う。汗ばむ肌に粉塵《ふんじん》がへばりついていた。

「どちらにしますか」

「ウィスキー。水割りで」

ウィスキーと麦焼酎のボトルをキープしてある。車券が的中したらそうする。競輪は小学生で覚えた。実家の近くに岸和田競輪場がある。土日になると父親に連れて行かれた。東京に来てからはやらなかったのだが、愛宕署に異動して環境が変わった。SL広場の傍らに『ラ・ピスタ新橋』という場外車券売場がある。職務で訪れるうち車券を買うようになった。

着物の女が寄ってきて、となりに座る。ママの吉川八重子《よしかわやえこ》だ。

「それがお仕事の顔なの」

「わからん。鏡を見ないからな」

八重子がクスッと笑った。

目尻の皺が増え、口元の左にえくぼができた。あとひと月経てば四十歳になる。店では着物を着るのでおちついて見えるが、素は無邪気な女だ。

「たまにわたしの心を見つめるような……そのときの目に似ていた」

「気のせいや」

「そうかもね」

「おわりそうか」

「うしろのお客さんたち、電車に乗る気がないみたい」

そろそろ終電の時刻が近づいている。

「常連か」

「そう。上司が家嫌いだと、部下も大変ね」

八重子が悪戯《いたずら》っぽく言い、黒曜石のような瞳を近づけた。

たじろぎのあと、白いうなじにふれたくなる。それは出逢いのときから身近な存在になったいまも変わらない。グラスを傾け、息をついた。

「きょうはどうするの」

「人がくる。それ次第や」

「そう」八重子が腰をあげた。「女の子たちを帰さなきゃ」

店の女二人と入れ違いに八田が入って来た。

「遅くなってすみません」

八田が笑顔で言い、八重子が座っていた椅子に腰をおろした。

優男の顔だが、肉体は逞しい。ジムに通い、大胸筋も腹筋も鍛えている。本人の不満は足だ。まぬけの小足は鍛えてもおおきくならないらしい。

「おなじものをください」

八田がバーテンダーに言った。

星村は煙草をふかし、話しかけた。

「口説いていたのか」

「ええ。六本木のキャバクラで働いている子です。銀座に移る決心がつかないようで……きょうは店を休むというから、三店のクラブをまわりました」

「面接か」

「見学です」

「飲み代はどうなる。経費でおちるのか」

「とんでもない」八田が声を張った。「社長がけちなのは知ってるでしょう」

「まあな」

グラスを空け、お代わりを頼んだ。

八田が口をひらく。

「三店ともただでした」

「どこもその子がほしいわけか。で、見学をおえた女の感触はどうや」

「あとひと押しというところかな」

「自慢の肉体で押さんかい」

八田が顔の前で手のひらをふった。

「商品には手をつけません」

「ふーん」

そっけなく返した。ついでの話だ。他人のプライベートには興味がない。三十三歳の独身。本人から聞いたのはそれしきである。

「礼子はどういう女や」

「大胆と慎重がまじった、いえ、両方を見せる人でした」

「具体的に言え」

「あの人のことはよくわかりませんでした。話をしながら相手の本音をさぐるのはぼくの癖ですが、あの人は摑み処《どころ》がなかった」

星村はグラスを持ち、あとの言葉を待った。

「礼子さんは銀座に移って来たときから目をつけていた。あるホステスの紹介で縁ができて、おいしい話を持ちかけたのですが、本人にその気がなくて。諦めかけていたところに連絡があり、SLNに登録してもらいました」

「その二か月後、ゴールドに移った」

「前の店との契約が終了する時期だったとはいえ、異例の早さでした。売上制で働くホステスは売掛の始末や店を移る準備に時間もカネもかかります」

「契約金とバンスが効いたわけか」

「バンスです。礼子さんの実績からして契約金は相場の額だけど、いまの銀座で五百万円ものバンスをだすのはゴールドくらいでしょう」

「そんなに稼いでいたのか」

「売上だけならゴールドは銀座で一番かも」

「店やない。礼子のほうや」

八田が首をすくめた。

「前の店ではひと月の総売上が二百万円以上、純売上で八十万円くらいでした」

「純売上って何や」

「クラブのセット料金は一人約一万五千円。それにボトル代とドリンク代をたした金額を純売上といい、それが日給の対象になります。純売上にいろいろなチャージをつけ、約五十パーセントのサービス料を加算した金額が客への請求額です」

星村は首をまわした。途中から話を聞くのをやめた。算数は苦手だ。カネの計算はもっと下手だ。そもそもカネには縁がない。

「ややこしいさかい総売上で話せ。二百万円として本人の取り分はなんぼや」

「二百万円なら日給四万五千円だから、ひと月の営業日数を二十日として、諸々差し引かれた手取りは約八十万円ですね」

「礼子のゴールドでの日給は五万円やったな」

「ええ。ゴールドとの契約は、ひと月二百五十万円を売り上げることを条件に、日給五万円が保証されていました」

「それで店でのランクはどの程度や」

「三人のママを除いて、上から三、四番目というところです」

「ホステスは何人おる」

「在籍は約五十人、一日の出勤者は三十五人ほど。ホステスの八割はヘルプで、彼女らは週に三、四日の出勤です」

月の売上が百五十万円未満のホステスをヘルプという。

「ヘルプの平均日給は」

「三万三、四千円、月の手取りは約四十万円ですね」

「ふーん」

星村は気のない声で返し、水割りを飲んだ。

銀座で年収が一千万円を超えるホステスは全体の五パーセント未満で、ホステスの平均年収は上場企業に正社員として勤める女のそれと変わらないと聞いた。手取り分から衣装を購入し、出勤前は美容室に行く。顔や身体の手入れにもカネがかかる。ヘルプの連中がまじめに仕事をやろうとすれば貯金はむりだ。

　そう思っても同情の念は湧かない。汗だくで働いてもヘルプの半分の収入もない人は掃いて捨てるほどいる。仕事があるだけましで、それは身に沁《し》みている。

　八田が顔をむけた。

「ゴールドには礼子さんの売上より魅力的なものがちらついていたかも」

「なんや、それ」

「礼子さんが前の店で売上を伸ばしたのは、一回の来店で五十万円ほどを使う、いわゆる太い客がついたからです。礼子さんには六本木時代から月に数十万円を使う客が何人かいたけど、その太い客は別格です」

「おまえは礼子の売上額も客筋も知っているのか」

「もちろんです」八田が声をはずませた。「スカウトする段階では本人の話を信用するしかない。でも、店を移る場合は前の店の売上台帳が必要なので、そのさい確認します。本人の話と実際の数字が異なっていれば契約しません」

「派手に遊ぶ客の寿命は短いと聞くが」

「その太い客は、改心しないかぎり、長続きすると思います」

「何者や」

「栗田《くりた》さん。サンライズというインターネット事業の経営者です」

星村はソーシャルメディアにうとい。それでも社名は知っていた。

「ゴールドは礼子の客を略奪する目的でバンスの五百万円を投資したのか」

「略奪は言い過ぎです。が、いずれは店の客にしたいとの思惑が働いたかもしれません。実際、面接でゴールドのスタッフは慎重に対応していたのに、礼子さんが保証人は栗田さんと言ったとき、スタッフの表情が弛みました」

「おそろし」おどけ口調で言い、グラスを傾けた。あらたな疑念がうかんだ。それが声になる。「前の店はそういう意識がなかったのか」

「意識はともかくとして、条件が合わなかった。礼子さんは売上の半分をもらえるママにしてほしいと要求し、店はそれを拒んだ」

「本人がそう言ったのか」

「いいえ。前の店の専務から聞きました。ぼくがスカウトになったときからのつき合いだから、ほんとうのことだと思います」

「ゴールドにはそれを要求しなかった」

「はい。代わりにバンスを求め、ゴールドが応じた。面接のとき、礼子さんはママになりたいとは言わなかった」

言って、八田がグラスを手にした。

星村は左腕で頬杖をつき、煙草をふかした。

頭が休みたがっている。ひさしぶりに情報を詰め込んだ。半分は苦手の数字なので頭がだだをこねてもむりはない。

が、そうはさせない。

――五十万円でお願いします――

けちの有吉が奮発した。約束は守る男だ。

「礼子は契約のノルマをクリアしていたか」

「ゴールドから毎月SLNに振込があったのでそう判断していました。ただ、ことしの二月と三月はノルマぎりぎりの売上でした」

「そのことで、本人と話をしたか」

「いいえ。四月からは数字が元に戻ったので、そのままに。この二か月ほどはメールのやりとりだけでした」

「そんなものか」

「それが普通です。だから、こっちからまめに連絡して、女の子たちの状況を聞きだすようにしています」

「愚痴を聞いてやり、不満があれば店を移らせる。で、カネにする」

「ひどい」八田が目をむく。「店を移るのは良し悪《あ》しです。女の子は堪《こら》え性がないと評価され、そんな子を紹介するぼくの信用はなくなってしまう」

うしろの席でカラオケが始まった。どうやら腰を据えて飲むようだ。音量は低く抑えてあるが、それでもうるさい。下手なやつほど大声を張りあげる。

八重子の腕の見せ処だ。『蓮華』はスナックとして認可されているから朝方まで営業できる。が、八重子はだらだらと店を開けておくのを好まない。日付が変われば、客が途切れた時点で店を閉めるし、酒癖の悪い客は上手《うま》くあしらって追いだす。

あたらしい煙草に火をつけた。紫煙を吐いてから話しかける。

「おまえは築地署に事情を訊かれたか」

「いいえ。連絡もありません」

「ゴールドからはどうや」

「ないです」

「ほな、礼子の自殺を誰に聞いた」

「死体が発見された日、銀座中にうわさがひろがりました」

「ゴールドに確かめたか」

八田が首をふる。

「ぼくから連絡すれば藪蛇《やぶへび》になります」

「どういう意味や。メールのやりとりで自殺するような気配を感じていたのか」

「いいえ。でも、ぼくがゴールドのスタッフに接触すれば、むこうは逆に、いろいろ質問するでしょう」

「面倒を避けたわけやな」

「認めます」八田があっけらかんと言う。「でも、うわさの真相は伝《つて》を遣って調べました。確かな情報を得られなかったので、うちの社長への報告は控えました」

最後は言訳がましく聞こえた。

「有吉に怒鳴られたな」

「知らずに大恥をかいたと、電話でこっぴどく」

「俺がおまえに連絡する前か」

「ええ。それにしても、ふだんは冷静な社長があんなにあわてるなんて」

「蚤《のみ》のキンタマやからな」

「あるのですか、蚤にキンタマ」

「知らん」

さらりと返した。

八田の表情が締まった。

「ぼくはなにをすればいいのですか。ホシさんの電話のあと、社長からまた連絡があって、ホシさんを手伝うよう言われました」

「手帳はあるか」

八田がエルメスのセカンドバッグを手にし、手帳を取りだした。ダイアリーカバーとボールペンはダンヒルだった。

「スカウトは見栄張り稼業か」

「腕のいいスカウトと印象づけるための小道具です」

八田が何食わぬ顔で言った。

有吉とおなじ発想か。そのひと言は胸に留めた。

「礼子のゴールドでの仕事ぶりを知りたい。売上、店での評価、人間関係。礼子の客と友人知人は住所、職業、連絡先も調べろ」

八田がペンを走らせる。

「それと、ゴールドの動きをさぐれ」

「どういうことですか」

「ゴールドは、警察が自殺と断定した翌々日に、損害賠償を要求してきた。幾ら何でも早すぎる。そうする理由があるはずや」

八田が顔を近づける。

「ホシさんの読みは」

「SLNに責任を擦りつける。それで風評被害をかわそうとの魂胆やろ。賠償請求するだけのまっとうな事実をつかんでいるかも」

「面倒そうですね」

八田が眉尻をさげた。

「逃げるなよ」

星村は目でも釘を刺した。

八田は口達者で仕事ができる。が、気性は有吉に似ている。面倒を避けたがる。都合の悪いことは他人に押しつける。

「見損なわないでください」

八田が胸を張った。

どうせ虚勢だ。松尾の情報を話せばどう転ぶか知れたものではない。

薬物事案は八田に教えない。予断を持たせれば視野が狭くなる。八田がその情報を口外すれば、警察に情報の出処を問われかねない。そうなればかつての仲間に迷惑が及ぶし、己の仕事が立ち行かなくなる。

煙草をふかし、話しかけた。

「ゴールドの社長は雇われか」

フロアが三百平米以上の、大バコと称するクラブの社長の大半は雇われの身だ。

「そうです。あそこは何人かの出資者がいて、社長もそのひとりかもしれませんが」

「会社組織か」

「ゴールドエンタープライズという株式会社で、コリドー街のテナントビルにちいさなオフィスを構えています」

「そこに行ったことは」

「あります。ホステスとの契約はオフィスでしますからね。午後一時から九時まで、事務の女二人がいるそうです」

星村はポケットの携帯電話を手にした。

《はい。松尾です》

警察官は非番でも就眠中でも官給の携帯電話は電源を切らない。

「夜分にすまん」

《とんでもない。先ほどはごちそうさまでした》

「俺のほうこそ世話になった。また調べてほしいことができた」

《待ってください……どうぞ》

「ゴールドの経営者らの個人情報を知りたい」

《登記簿に載っている全員ということですね》

「ああ。ほかに隠れ出資者がいれば、そっちも調べてくれ」

カネはだしても自分の存在を隠したがる連中もいる。

《わかりました。週明けに連絡します》

「頼む」

通話を切り、八田に話しかけた。

「あしたの午後一時四十分、ＳＬ広場にこい」

「なにをするのですか」

「第一ホテル東京で、ゴールドと交渉する。俺は社長の顔を知らん」

「あしたの午前中に、社長の顔写真をメールで送ります」

「ついてこいと言うてるんや」

星村は語気を強めた。関西訛《なまり》がきつくなる。

「交渉にぼくは必要ないでしょう」

「なんで、逃げる」

「面倒に巻き込まれたら仕事がやりにくくなります」

「ええんか。小道具をなくすぞ」目でも凄《すご》んだ。「一匹のスカウトよりも、ＳＬＮの社員のほうが信用されるやろ」

「社長には内緒で……お願いします」

弱々しい声音になった。

星村は携帯電話をつかんだ。

「有吉にかけたる。直《じか》に頼まんかい」

「やめてください」

声を引きつらせ、八田が手を伸ばす。

星村は携帯電話を遠ざけた。

「行けばいいんでしょう」

ふてくされて言い、八田がグラスをあおった。

星村はちらっとふりむいた。

いつのまにか、音痴のカラオケはおわっていた。

背伸びをし、何度も首をまわした。頭が重い。飲みすぎでも寝不足でもない。短時間にたくさんの情報を詰め込んだせいだ。日頃の怠け癖が祟った。

寝室を出て、ダイニングテーブルにむかう。

「おはよう」

八重子が言い、ペットボトルの水をグラスに注いだ。

椅子に座り、水をひと息に飲む。寝る前と起きた後の習慣である。

正面に八重子の娘の雛乃《ひなの》がいる。中学一年生。母親似で、えくぼもそっくりだ。生まれたときから雛乃に父親はいない。八重子はシングルマザーだ。

去年の秋のことだった。『蓮華』を出たあと、自宅に連れて行かれた。

――十二歳の娘がいるの――

そう聞いたのは部屋に入ったあとだった。娘は眠っていた。

娘と暮らす部屋に男を入れる女の心中にとまどい、腰がうきかけた。翌朝めざめたとき娘はいなかった。八重子は店にいるときよりも若々しく見えた。星村は、母と娘に悶着がおきなかったと察した。

あの日から、どちらかが誘えば八重子の家に泊まるようになった。それでも雛乃と顔を合わせるのは週末か祝日だから半年で十回くらいだ。

雛乃が顔を近づける。

「ねえ、セックスしたいときだけうちにくるの」

「なんてこと言うの」

八重子の声がひきつった。たちまち顔が赤くなる。

雛乃が母親を見た。

「いいじゃない。他人じゃないんでしょう」

「そんな言い方はやめなさい」

娘を叱っても、母親の顔は怒っていない。

——カエルの子はカエルね——

いつだったか、八重子は口達者な雛乃のことをそう言った。

星村は気にしなかった。気さくに話しかけてくるのは雛乃の機嫌がいい証《あかし》だ。小娘に丁寧語で話されたら無視されるよりも不愉快になる。

「ママはおじさんにぞっこんみたい」

「こらっ」

八重子が手をあげた。

雛乃はひるまない。両腕をテーブルに立て、ちいさな顔を手のひらにのせる。

「なんとなくわかるよ。腕は短いし、蟹股《がにまた》だけど、上はまあまあ。顔はまるくて目が細い。ほっとする顔だもん。ねえ、おじさん。そのへアスタイル、何ていうの」

「サイドバック」

「ふーん。あまり見かけないけど、似合ってるよ」

「いいかげんにしなさい」八重子が声を発し、テーブルの携帯電話を指さした。「お友だちとの約束の時間に遅れるよ」

「いけない。行ってくる。五時には帰るね」

雛乃が立ちあがり、ビニールのトートバッグを持った。速足で玄関へむかう。

八重子が椅子に座った。ふうっと息をぬく。

「あなたにさぐりを入れているみたい。わたしにはあなたのこと訊かないのに」

「何となく感じた」

「だから、冷静だったのね。いつか訊こうと思っていたけど、感情が表にでないタイプなの。それとも、感情をコントロールしているの」

「そんな器用やない」

「あのとき、わたしがあなたを誘わなければ、いまごろどうなっていたかしら」

「そんなことは考えたこともない」

八重子がものたりないような表情を見せた。

「雛乃、あなたに懐くかな」

「懐かれてもな」コーヒーを飲んだ。「子どもにどう接したらええのかわからん」

「普通でいれば」

「普通もわからん」

八重子のえくぼが深くなった。

「でかけるの」

「ああ。しばらくは忙しくなりそうや」

星村は、仕事の内容を手短に話した。

「ゴールドは流行《はや》っているみたい」

八重子がさりげなく言った。

「知ってるのか」

「お友だちに、ときどき銀座の話を聞かされる」

八重子もかつては銀座のクラブで働いていた。本人はあまり当時のことを話さなかったけれど、『蓮華』の客になって八重子のことが気になりだした。

――売れっ子で、引く手数多《あまた》だった――

築地署時代に縁のあった銀座の黒服がそう教えてくれた。八重子が銀座から消え、ほどなく子どもを産んだとうわさが流れたときはびっくりしたとも言い添えた。

雛乃が五歳のときに、八重子は銀座で働いていたころの先輩に声をかけられて『蓮華』を手伝うようになった。それから三年後に店の経営をゆだねられた。諸経費を差し引いた利益を折半しているという。

「手伝ってあげようか」

「いらん」

ぶっきらぼうに返し、携帯電話を手にした。

KEIRIN.JPを検索する。気になる選手が松戸競輪場に出場している。

第六レースの周回予想を見た。④①⑧⑥　③⑨　⑤⑦②
それぞれの先頭を走る三選手の戦法は異なる。④の先行、③の捲《まく》りと読んだ。

「はい」

八重子がメモ用紙とボールペンをテーブルに置いた。

①③④と①③⑧のボックス、と書く。一点を三〇〇円にするか、五〇〇円にするか小考したのち、三〇〇円にした。気になる選手③の捲りは強烈だが、松戸競輪場は直線が短いので不発になるおそれもある。計十二点で三六〇〇円だ。
「わたしも」

八重子がボールペンを奪い取り、①③④⑧、各一〇〇円、と書いた。四点ボックスは二十四通りあるので二四〇〇円になる。


場内アナウンスが流れた。

《審議の結果、二着入線の①は失格と判定します》

先行の④を庇《かば》う①は、捲って来た③のうしろの⑨を弾き飛ばした。

着順が確定した。③—④—⑧だ。

配当を聞いて倒れそうになった。二車単は二一六〇円の中穴だが、三連単は一〇六三〇〇円の配当がついた。③—①—④のオッズは七十二倍だった。

第十レースの車券も買うつもりだったが、その気が失せた。悪い予感がする。

八重子の的中車券をカネに換えて『ラ・ピスタ新橋』を出た。

SL広場の機関車のそばに八田が立っていた。カーキ色のコットンパンツに白い半袖ポロシャツ。軽装のときは身体を鍛えているのがよくわかる。

「冴えない顔ですね」

八田がからかうように言った。

「おまえの観察眼はあてにならん。万車券をあてた」

八重子の車券だが、的中したのは事実だ。

「へえ」八田が頓狂な声を発した。「交渉も上手くいくといいけど」

星村は返事をせずに歩きだした。山手線の高架沿いを有楽町方面へむかう。きょうも空はまぶしい。一歩進むたび汗がにじむ。

八田に話しかけた。

「なにかわかったか」

「さっき、四月半ばまでゴールドにいた子とランチしました」

「いまも銀座にいるのか」

「ええ。イレブンというクラブに、由美《ゆみ》の名で……由緒の由に、美しい」

星村は人名を字面で覚える。八田はその習癖を知っている。

「自殺のことを知っていたか」

「月曜の出勤前に店のスタッフから連絡があったそうです」

「礼子と由美の仲はどうやった」

「店で話す程度で、そとでのつき合いはなかったそうです。でも、礼子さんと親しかったスタッフや同僚の名前は聞きました。住所と連絡先はこれから調べます」

スカウトやクラブのスタッフはホステスの個人情報を共有している。

星村は質問を続けた。

「礼子の、ゴールドでの評判を聞いたか」

「やさしかったと言う子もいれば、とっつきにくかったと言う子もいます。ゴールドに移る前の店でも一匹狼的な存在だったそうですが、自分の手足になるヘルプの子の面倒は見ていたようです」

「例の客は」

「サンライズの栗田社長ですか」

「ああ」

栗田雅人《まさと》は大手の広告代理店を退職し、『サンライズ』を設立した。八年前、栗田が三十歳のときで、設立時の社員は三名だった。

起業家としての出発は『ＳＬＮ』の有吉社長に似ている。だが、その後の発展は格段の差がある。『サンライズ』は三年前に東証一部上場を果たした。いまやソーシャルメディア業界の大手で、子会社および関連企業は七社ある。

千代田区三番町にある八重子のマンションを早めに出て『SLN』のオフィスに立ち寄り、西村典子に調べてもらった。『サンライズ』には三名を派遣していた。典子によれば、『サンライズ』は株式を上場する以前からの取引先だという。

星村は、自分が栗田に興味があることを有吉に話さないよう、典子に頼んだ。有吉はなによりも取引先を大切にするので、制約をつけられるおそれがある。それ自体はどうということはないが、あれこれ言われるのはうっとうしい。

八田が口をひらく。

「四月までのことですが、栗田社長は月に二、三回来て、散財していました。由美さんも社長に目をかけられ、席に呼ばれていたそうです」

「客が誰を気に入ろうと、係が替わることはないやろ」

「ええ。たとえ客がほかの子と寝ても、係は替わらない。客が寝た子を係にしたければ最低三か月間は来店しないことが条件になります」

騙《だま》し騙され、盗り盗られの世界でも、最低限の規律はある。

「気長に待つ女がいるのか」

「いませんね。そもそも客を寝取れば店に居づらくなる。リスクを覚悟でやったのだから店を移って自分の客にするでしょう」

星村は顔をしかめた。訊かなければよかった。げっぷがでそうになる。

「ちょっと気になる話を聞きました」

八田が小声で言った。曖昧な表情になる。

星村は足を止めた。左手に第一ホテル東京の正面玄関がある。腕の時計を見て壁際に移る。煙草をくわえ、携帯灰皿を持った。第一ホテル東京のロビーラウンジは全席禁煙という。でがけに八重子から教わった。

「なんや。言うてみい」

「礼子さんは一時期、荒れていたと。自分の客が店にこない日も多く、ママの客の席でシャンパンやワインを飲んで酔っ払っていたそうです」

「売上がおちた二月三月のことか」

「礼子さんは自腹を切っていたかも」

契約のノルマをクリアできなければペナルティーを科せられる。保証の賃金で補塡させられることもある。保証賃金は会社の基本給にあたる。それを避けるためにホステスは友人知人を店に呼ぶ。自分で飲食代金を支払うのだ。

「客を逃がしたわけか」

「来店回数が減ったとも考えられます」

「けど、四月からの数字は元に戻ったんやろ」

「ええ。以前の客が戻ったのか、新規の客を摑んだのか、わかりませんが」

八田が語尾を沈めた。判断するに足る情報がないのだろう。

星村は間を空けなかった。

「礼子の売上台帳を調べろ」

「簡単に言わないでください。水商売では最も重要な個人情報です」

「ゴールドのスタッフや同業から情報をもらえないのか」

「同業にはことわられました。礼子さんの件にはかかわりたくないようで、おまえも首を突っ込まないほうがいいとも言われました」

「で、びびってゴールドのスタッフには接触しなかった」

星村は目で笑った。

八田はすぐむきになる。むきになれば口が軽くなる。

「タイミングを気にしたのです。これからゴールドの社長と会わなければ電話していました。もっとも、ゴールドの連中は、ぼくが持っている情報は貪欲にほしがるくせに、自分の店の情報は隠したがるので、あてにはできません」

「なんとしても台帳を手に入れろ」

八田が口をもぐもぐさせる。が、声にならなかった。

「もうひとつ、ゴールドは栗田に違約金の弁済を求めたのかどうか調べろ」

「それは微妙ですね。トラブルにするよりも、この先も店でカネを遣ってもらうほうを優先するかもしれません」

「おまえの推測はいらん。事実を集めてこい」

八田の頬がふくらんだ。

星村は煙草を消した。


第一ホテル東京のロビーラウンジはゆったりとした空間がひろがっていた。客席はちらほら空きがある。静かだ。

八田が身体を寄せた。

「壁画の前の席にひとりでいるのがゴールドの山本《やまもと》社長です」

星村は頷き、山本の近くの席を見つめた。

「あっ」

声を発し、八田があとじさる。

星村は八田の腕を摑んだ。

「先に行け。俺を紹介せえ」

八田がため息をつき、うなだれた。


「上司の星村です」

八田が星村を紹介しても、山本は腰をあげなかった。

グレーのスーツにブラウンのネクタイ。櫛目の入った長めの髪はムースで固まっている。柑橘系のオーデコロンが鼻についた。おおきな顔と身なりからやくざ者と見紛う民間人もいるだろう。

星村は与《くみ》しやすい印象を持った。裏社会の連中とは雰囲気が異なる。もっとも、交渉の相手が誰であろうともやることはおなじだ。相手によって対応を変えられるほど器用な人間ではない。

「わたしは有吉社長と約束したのだが」

山本が声に不満をにじませた。

ねっとりとしたまなざしが神経にふれる。

「文句より、挨拶が先や」

はねつけるように言い、名刺を手にした。相談役と記してあるほうだ。普段は〈主任調査員〉の肩書の名刺を使う。

山本も名刺を差しだした。〈クラブ・ゴールド　社長　山本忠雄《ただお》〉とある。

「社長はどうした。遅れてくるのか」

山本が横柄に言った。

星村は気にしない。損害賠償を要求しているのだから下手にでるわけがないのだ。水商売に生きる者の証のような笑顔と丁寧語はどこかに置いてきたか。ウェートレスにコーヒーを頼んだあと山本を見据えた。

「俺が相手や」

星村はつっけんどんに言った。標準語を意識する相手ではない。

「まともな話ができるとは思えない」

「名刺をよく見ろ。俺はＳＬＮの相談役や」

山本が顔をしかめた。

「うしろの連中とは友だちか。用心棒に雇ったのか」

「何のことだ」

山本が声をひそめた。ふりむこうともしない。

山本の斜めうしろの席に三人の男がいる。銀座と新橋を島に持つ銀友会の連中だ。黒っぽいスーツを着た男がふんぞり返っている。若頭の松永豪士《まつながたけし》。心臓疾患で療養中の三代目会長に代わって組織を束ねている。彼の両側にいるのは乾分《こぶん》だ。

銀友会は戦後の混乱期に生まれた愚連隊だった。七〇年代に関東十日会の直系組織となり、バブル最盛期には五十人を超える組員がいた。そこからじりじりと衰退し、現在は十二人になった。そのうち二人は刑務所暮らし、ひとりが消息不明。警察は飯が食えなくなって逃亡したと見ている。

「俺の素性を教えられたか。松永が耳打ちしたようやが」

「見間違いだ。わたしはひとりで来た」

「そうかい」コーヒーで間を空けた。「カネをよこせとはどういう了見や」

「当然の要求だ」

「一千万円の内訳を言え」

「まず、契約違反だ。一年間の在籍を条件に五百万円の契約金とバンスを用意した。礼子の在籍期間は八か月だから、契約違反にあたる。契約金の返済については保証人と交渉するが、バンスに関してはＳＬＮに要求する。バンス分から派遣料を取ったのだからな。つぎに、ＳＬＮの過失責任。礼子が精神的に病んでいることを隠して派遣業務を行なった。礼子との契約はＳＬＮを信用してのものだった」

山本は立て板に水のように喋った。弁護士に口上を教えられたか。

「それなら裁判所に申し立てろ」

それはしない。星村は見切っている。直接交渉を望むのはそれなりの理由がある。その理由をさぐるために山本の神経を逆なでしている。

「できることなら穏便にという、ゴールドの厚意だ」

「笑わせるな」

「なにっ」

山本の眉がはねた。

星村は身体を傾け、山本のうしろの席に目をやった。

「おい、松永」

「なんだ」

松永が面倒そうに言った。

旧知の仲だ。築地署でも愛宕署でも松永に面と向かった。

銀友会の主な資金源はみかじめ料と賭博である。が、改正暴力団対策法と暴力団排除条例の効果か、飲食店はみかじめ料の支払いを拒み、暴力団が押しつける熊手や地場のマップなどを買わなくなった。それでも暴力団はしぶとく生き延びる。銀友会は違法営業の飲食店や性風俗店から金品をせしめている。

　そういうわさを聞いては松永と何度もやり合った。

「俺が出張るとは思わなかったのか」

「何の話だ。俺は女を待ってるんだぜ」松永が腕時計を見る。「ふられたか」

　松永が立ちあがり、星村の横に来て腰をかがめた。

「相手を見て喧嘩しろ。もう桜の代紋はねえんだ」

　松永が視界から消えた。

　星村は視線を戻した。

「あんた、雇われ社長らしいな」

「それがどうした」

　山本の声はとがったままだ。

「SLNへの要求はゴールドエンタープライズの総意と受け取っていいのか」

「もちろんだ」

「銀友会の松永を雇ったのも総意か」

「ばかを言うな。わたしも水商売は長い。デビューは銀座だった。六本木に移って十年経験を積んだあと、三年前にゴールドの開店にかかわった。銀友会も知っている。松永さんとも多少の面識はある。だが、今回の件では相談してない」

星村はちいさく頷いた。山本の顔も名前も知らなくて当然といえる。時期がずれている。築地署にいたころは銀座の男衆の顔はたいてい憶えていた。

「やくざをさんづけかい」

星村はあざけるように言った。

「わたしもゴールドも迷惑を被っていない」山本が前かがみになる。「そんなことよりも、返事を聞かせろ」

「要求は拒否や。SLNはゴールドにびた一文払わん」

「理由を言え」

「あほくさ」吐き捨てるように言う。「なんで手の内を見せなあかんのや」

拒否する理由はある。『SLN』と『ゴールド』、礼子と『ゴールド』、いずれの契約書にも礼子が死亡したさいの条項は記されていなかった。築地署の松尾によれば、礼子の精神疾患を示す事実はないという。

しかし、それらを山本に話すつもりはない。

なぜ、『ゴールド』は拙速と思える行動にでたのか。山本の話を聞いて、『ゴールド』が弁護士に相談しているのは確信した。それなのにどうして、恐喝罪に問われかねない手段を取ったのか。ここに来て疑念がふくらんだ。

それを山本にぶつけるのは早計である。『ゴールド』の出方を窺いながら、あらゆる事態に対応できるよう情報を集める。本格交渉に入るのはそのあとだ。

山本が口をひらく。

「いいのか、そんな強気にでて。今後の展開次第ではさらなる要求もありうる」

「どんな展開や」

「礼子の自殺のうわさは銀座中にひろまった。ゴールドにとって多少のダメージは避けられそうにない。風評被害も本を糺せばＳＬＮの過失だ」

「まとめて、裁判所に提訴せえ」

星村は投げつけるように言った。

不安はない。『ＳＬＮ』の業務と礼子の自殺との因果関係が立証されないかぎり、風評被害による損害賠償や慰謝料の請求は却下されるだろう。

山本が顔をゆがめた。

「はっきり言っておく。話し合いで解決するほうが互いのためだ」

「どうためになる」

「そんなこともわからないで、よく相談役が務まるな」

「俺もそう思う」

さらりと返し、腰をあげた。

「待て」山本があわてて言う。「まだ話はおわってない」

「俺は忙しい。あんたがひまなら八田を貸してやる」

八田がぶるぶると顔をふった。


新橋のＳＬ広場に戻り、雑居ビル二階の喫茶店に入った。

一階のコーヒーショップよりもコーヒー一杯の値段が三倍ほど高い。平日の夕方は待ち合わせの客でにぎわう店も、土曜の昼下がりは空席がめだった。

星村はコーヒーを注文し、煙草を喫いつける。

「どうしてぼくを連れて行ったのですか」

八田が不満顔で言った。

聞き飽きた。戻る道すがら、八田はぼやき続けていた。

「ゴールドだけならまだしも、銀友会に睨まれるなんて最悪です」

「スカウトもみかじめ料を取られるのか」

「道で声をかけられたら、たまにコーヒーを飲みます。銀友会が裏でかかわっているイベントのパーティー券を買わされることもあります」

「ゴールドと銀友会の仲をさぐれ」

「いやです」

八田が目くじらを立てた。本気で怒っている。

が、気にしない。煙草をふかした。

「俺の指示は有吉の命令や」

「そんなことをしているのがばれたら、銀座で仕事ができなくなります」

「六本木もある」

「あっちはスカウトするところで、おカネになるのは銀座です」

「SLNを通さずに個人営業もやっているのか」

「人材派遣会社に登録するのを嫌う子もいますからね」八田が澄まし顔で言う。「ピンハネされるのがおもしろくないんです」

「おまえも女からピンハネするやろ」

「いいえ。店から紹介料を頂戴しますが、女の子からはもらいません」

「それができるのに、なんでSLNの契約社員になった」

「仕事がし易いからです。女の子をスカウトするだけなら腕一本でいいけど、いろんな情報を集めるさいはSLNの名刺が役に立ちます」

「自分でSLNに売り込んだのか」

「銀座のデパートの店長から夜の銀座にあかるい男をさがしている派遣会社があると聞いて。その人の紹介で面接を受けました」

ウェートレスがコーヒーを運んできた。

星村はフレッシュをおとして飲み、椅子にもたれた。

八田が口をひらく。

「ホシさんはどうしてSLNに入ったのですか」

「ほかに職がなかった」

ほんとうのことだ。

警視庁の警察官は再就職先にこまらない。所管する企業や団体には多くの先輩がいるからだ。警察人脈は世間が認識する以上に多岐にわたり、それらとの縁は太くて深い。警察組織の中で刑事部署だけはそうした縁が薄いけれど、彼らには警察の組合や警察関連団体が再就職先を斡旋《あっせん》する。

つぶしが利かないのは中途退職者だ。懲戒免職者は論外で、依願退職者の大半も声がかからない。退職の理由に問題があると見なされるからだ。それでも選《え》り好みしなければ飯を食える程度の仕事にはありつける。暴力団の飼犬になる元マル暴担当者もいるし、パチンコ店や性風俗店の用心棒になる元保安担当者もいる。

　星村はそうした伝を頼らなかった。新聞とネット上の求人広告を見て三社の面接を受けたけれど、不採用の通知が来た。理由は知らない。結末はそのまま受け容れる。面倒くさいのが先に立ち、二か月ほど岸和田の実家でぶらぶらしていた。

　見かねた元上司が動いてくれた。『ＳＬＮ』には愛宕署生活安全課の平岡《ひらおか》管理官の口利きで入社したのだった。

「お願いです。銀友会のほうは勘弁してください」

　八田が目でも訴えた。

「とりあえず、あとまわしにしてやる」

「永遠のあとまわしで結構です」

「俺に尽くすか」

「誠心誠意」

「なめらかな口やのう」

「はい。プロのスカウトです」

　星村は肩をすぼめた。口では勝てない。

「ランチを食べた由美に連絡しろ。俺が話を聞く」

　八田が携帯電話で時刻を確認した。

「きょうはむりだと思います。夕方から客と歌舞伎を観に行くと聞きました。あしたは客とゴルフで、五時起きだそうです」

「ゴルフのあとでもかまへん」

　八田がメールを打つ。

　送信するのを待って話しかけた。

「おまえ、なんか隠してるやろ」

「冗談じゃない」八田が声を張った。「隠し事なんてありません」

「山本が言った、互いのためとはどういう意味や」

「知りませんよ。ホシさんはどう読んだのですか」

「読めたらおまえに訊かん」

　ぶっきらぼうに返した。

　――洩れてるな――

築地署の松尾に言った自分のひと言が胸に残っている。毎日のように銀座にいる八田ならうわさを耳にしたかもしれない。それを確かめたかった。

クラブ『ゴールド』は何らかの方法で警察情報を入手した。礼子の薬物使用が表ざたになるのをおそれて先手を打った。

――はっきり言っておく。話し合いで解決するほうが互いのためだ――

山本の言葉は互いのリスクを回避するという意図か。それなら納得する。覚醒剤使用者を派遣した側も雇った側もダメージを受ける。

八田が顔を寄せた。

「提訴しろと言ったけど、本気ですか」

「裁判ざたにはならん」

「なぜです」

「勘や」そっけなく言う。「おまえは情報を集めろ」

八田が姿勢を戻した。つまらなそうな顔になる。

星村は煙草をふかしてから話しかけた。

「おまえは契約書の作成に立ち会ったのか」

「ゴールドと礼子さんの契約時は同席しました」

「契約書の内容は憶えているか」

「はい。店とホステスの契約は、数字以外ほとんどおなじです」

「ゴールドと礼子の契約書の条項には死亡や長期入院など不測の事態に対処する記載はなかった。が、いかなる理由によろうとも契約期間内の退店には違約金が発生し、本人が違約金を支払えない場合は保証人がその責務を負うとなっていた。で、いかなる理由やが、具体的な話はしたか」

八田が目をしばたたいた。

「自殺した場合のことですね」

「何らかの理由による長期欠勤もある」

「しません。そういうこともふくめてというのが通例です」

「通例は法律やない」星村は声を強めた。「病気に関する条項もなかった。一般の企業は採用予定者の健康診断を行なうのが普通だが、水商売ではどうしている」

「店側は面接のさい健康状態を訊きますが、本人が健康と言えばそれまで。休みがちの子や、体調面でよくないうわさがある子とは面接しません」

「おまえはどうや」

「右におなじです。酒癖が悪いとか、キレやすいとか、そんな子も商品にならない。

顔もスタイルもセンスもいい女がいて、なんとか商品にしたいと思ったのですが、悪いうわさを聞いて手をひきました」

「性格に問題があったか」

「すこぶる付きの男好きでした。酔っ払うと誰とでも寝てしまう。盗った盗られたということなら水商売だから仕方ないとも思うけど、ほかの子が係の客とも寝る。下半身がだらしない女は商品価値が……」

「もうええ」邪険にさえぎった。反吐《へど》がでそうだ。「とにかく情報や。由美のようにゴールドを辞めた女や、前の店の同僚のほうが話を聞きだし易いかもしれん。自分に害がなけりゃ口は軽くなる。うわさ好きの女もおるやろ」

「そうします」

言って、八田がコーヒーを飲む。

――前の店の専務から聞きました――

前夜の『蓮華』でのやりとりを思いだした。

「礼子が前にいたクラブはどこや」

「よし……佳作の佳、一字です」

クラブ『佳』は知っている。経営者はホステスあがりで、四十年近く営業している。

百平米ほどの、いまどきの銀座ではちいさなクラブだ。古くから著名人が通う店として名が知られている。ママは六十代後半になるか。

「おまえと仲良しの専務の名前は」

「川村《かわむら》さん。知りませんか」

「知らんな」

星村はさらりと返した。銀座で働く者全員の顔や名前を覚えるほど熱心な警察官ではなかった。保安部署との接触を嫌う経営者やスタッフもいた。

「川村に会え。佳に在籍していた当時の、礼子の情報を聞きだせ」

「それはゴールド以上にむずかしいと思います。老舗の店ほど口が堅い。笑い話で済ませられることでも客席での会話のネタにはしません」

「講釈はいらん。やるのか、やらんのか」

「だから、むずかしいと……」

「やかましい」怒鳴りつけた。「俺が会う。川村を紹介せえ」

八田が口をへの字に曲げた。危機意識が働いたか。

「それもいやならひとりで佳に行く。川村は礼子の情報をおまえに流した」

「そんな」八田が目をむく。「川村さんを威すのですか」

「なんでもやる。SLNをクビになれば餓死する」

「ぼくは」八田がしょぼくれる。「どっちにしても廃業に追い込まれる」

「うるさい。おまえのピンハネ、有吉にばらすぞ」

「ぼくまで……」

「威してない。けど、俺は口が軽い」

「なんて人ですか。ホシさんは情のある人だと思っていたのに」

「おまえの目は確かや。俺の情に賭けて協力せえ。骨は拾ってやる」

「クビになれば餓死する人が、ぼくの面倒を見られるわけがないでしょう」

「面倒は見ん。代わりに、拾った骨を銀座にばら撒く」

八田がおおげさにうなだれた。

星村はポケットの携帯電話を手にした。

――手が空いたら連絡ください――

八重子のメールはいつも短い。仲を感じさせる文言は使わない。

「まずは由美、つぎに川村。会う約束を取りつけろ」

言って、席を離れた。

階段を降り、路上に立った。
土曜の新橋に平日の喧騒はない。行き交う人もすくない。SL広場にはカジュアルな身なりの若者がめだつ。中年男が『ラ・ピスタ新橋』に入った。
星村は八重子の携帯電話を鳴らした。
「あたった。十万円ついた」
《ほんと》八重子の声がはずんだ。《よかったね》
「あたったのはおまえの車券や」
《そっか》
一転して声が沈んだ。星村が買う車券の抜け目を押さえた八重子の車券が的中したのは三度目だが、これまでとおなじ反応だった。
《お仕事のほうはどうなの》
「長引きそうや」
《気をつけてね。銀座の人たちはおカネにシビアだから》
「おまえは例外か」
《わたしも銀座にいたころはおカネに執着していた》
「よかったな。おまえはカネより大切なものを手に入れた」

すこし間が空いた。
《そうね。あなたにも会えたし》
「切るで」
《かわいいね》
「うるさい」
笑われる前に通話を切った。

喫茶店に戻った。八田は二つの携帯電話にふれていた。

「由美から返信はあったか」

「ええ。ディナー付きなら、あした会うそうです」

「ふざけた女や」

「それくらいでなければ銀座のホステスは勤まりません」

「あまやかしすぎや。一々さんづけするな」

「女の子がいての稼業です」

星村は口をつぐんだ。ああ言えば、こう言う。煙草を喫いつける。

八田が言葉をたした。

「西麻布にあるイタリアンレストランのキャッツ、午後九時です」

「遅い晩飯やな」

「朝が早いので、ゴルフのあと自宅に帰ってひと眠りしたいそうです」

「あほらし」煙草をふかした。「佳の川村はどうや」

「メールを送ったけど、返信が来ません」

「ケータイを二つ使って、成果はそれだけか」

「ほかもあたっています。ケータイを見ますか」

八田が声をとがらせた。

「すまん。言い過ぎた。けど、おまえが頼りやねん」

「がんばります」

八田が顔をほころばせた。

たまに見せる顔だ。それにだまされたこともある。

「これから市川に行く」

「礼子さんの実家ですか」

「ああ。焼香に伺いたい旨を伝えた」

立ち寄った『SLN』のオフィスから電話をかけた。

「ぼくは木曜の葬儀に参列しました」

「きょうは有吉の代行や」

「こんな格好で」

八田が自分の胸元を指さした。

「俺もおなじや」

グレーのパンツも濃紺のジャケットもコットンだ。シャツはピンク。帰宅して着替えようと思ったけれど、そとに出たとたんに失念した。

星村は新橋の烏森に住んでいる。『ＳＬＮ』とは徒歩十分の距離だ。が、『ラ・ピスタ新橋』のほうが近かった。

「道案内せえ。葬儀の様子は電車の中で聞く」

八田のため息は背で聞いた。


ＪＲ山手線の秋葉原駅で総武線に乗り換え、市川駅に着いた。そこからバスに乗るか、タクシーを使うかと訊かれ、迷わずタクシー乗場にむかった。自費ならタクシー代が幾らなのか訊いた。

礼子の実家は住宅街のはずれにあった。百平米ほどか。木造平屋の瓦は傷み、モルタルの壁は汚れていた。道端で寝そべる犬があくびを放った。

玄関から若い女が出てきた。

「妹の和子です」

八田が耳元でささやいた。

和子がそばに来て、八田に顔をむけた。

「先日はありがとうございました」

「とんでもないです」

「あなたも人材派遣会社の方でしたか」

「はい。礼子さんはＳＬＮに登録されていました。こちらは上司の星村です」

和子と目が合った。

「このたびはご愁傷様でした」

「遠いところ、ありがとうございます」

長い髪がゆれた。ジーンズに黒のタンクトップ、レモンイエローのパーカー。写真で見た礼子に似て、目鼻立ちがはっきりしている。

焼香のあと、居間に案内された。

障子も縁側の硝子戸も開け放たれ、殺風景な庭が見える。枇杷《びわ》の木は濃緑色の葉を無秩序にひろげ、土は乾いて白っぽい。この季節に花のない庭もめずらしい。

和子が麦茶を運んできて、星村の正面に座った。

「なんのお構いもできず、ごめんなさい」

「お気遣いなく」

言って正座を崩し、胡坐《あぐら》をかいた。礼儀作法に神経を遣えば肩が凝る。足がしびれたら頭もまわらなくなる。標準語を意識するので精一杯だ。

和子が口をひらく。

「姉が人材派遣会社に登録していたとは知りませんでした」

「警察からも聞かなかった」

「はい」

「警察は自殺と断定したそうだが、納得したの」

くだけた口調で訊いた。丁寧語も正座とおなじ。ただ疲れる。

「解剖の結果を聞いて、諦めました」

「おとうさんは、自分たちを置き去りにして自殺するはずがないと言ったそうだが」

和子が小首をかしげるのを見て言葉をたした。「仕事柄、警察ともつき合いがある。

礼子さんの自殺の背景を調べるのは、それが供養になると思うからだよ」

和子が頷いた。

「姉が悩んでいたなんて……気づきませんでした。父もわたしも姉のおかげでこうして暮らせているのは自覚していたのに」

声が沈んだ。表情も暗くなった。

星村は麦茶で間を空けた。神経は煙草をほしがっている。

「おとうさんは体調が思わしくないとか」

「糖尿病がひどくなって十年前に会社を辞めました。その前の年に母が心臓の発作で倒れ、心身とも負担が重くなったのだと思います。母は半年後に合併症をおこして亡くなり、父は母の四十九日の法要を済ませた翌日に退社しました」

「十年前といえば、礼子さんが結婚された年だよね」

礼子の個人情報は頭にある。警察官のころから記憶力には自信があった。

「母が倒れたとき、姉は妊娠五か月でした。姉はここに戻ってきて、家事と母の看病をしていました」

「時期的に、礼子さんの出産とおかあさんの死はかさなった」

「ええ。母は、生まれてまもない美耶を見て、息をひきとりました」

「そのあいだ、礼子さんのご主人は」

「はじめのうちは週末に泊まっていました。次第に間隔が開いて、それも数時間いて帰ることが多くなりました」

和子のもの言いが重たくなった。

星村はさぐるような目で見つめた。

「ご主人にそうする事情があったのかな」

和子が首をひねる。

「わたしはまだ小学生だったので」

「近藤《こんどう》さんはどこに住んでいたの」

「青山です。当時、博之《ひろゆき》さんは金融関連の会社を経営していたと聞きました」

「会社の名は」

「憶えていません」

「出産したあとも礼子さんはここに」

「三か月ほどして青山に帰りました。でも、週末はよく帰って来ました」

「ご主人も一緒に」

「いいえ。美耶と二人でした」

「そのころから夫婦仲が悪かったのかな」

「さあ」

和子が曖昧に答え、目を伏せた。表情が乏しくなっている。礼子の元夫の話になってから言葉数が減った。苦手なのか。あまり記憶にないのか。

星村は質問を続ける。

「礼子さんから離婚した理由を聞いたの」

和子が顔をあげ、まばたきする。ややあって口をひらいた。

「姉からは聞かなかったと思います。でも、何年か経って父に教えられました。美耶が一歳のときに博之さんの会社が倒産したと。半年後に離婚し、博之さんは美耶を連れて北海道の実家に帰ったそうです」

「親権はむこうに」

「ええ」

「礼子さんと合意の上で」

「たぶん」

和子が力のない声で言った。

「娘は母親の葬儀に参列したの」

「いいえ。一応、北海道に連絡しましたが、博之さんの母親は交通費を送れば美耶を行かせると……父は激怒しました」

和子がくちびるを噛んだ。

星村は眉をひそめた。気が詰まりそうだ。

「おとうさんはどちらに」

「病院です。葬儀のあと体調が悪くなり、入院しました。きのうのことです。不自由な足で動きまわったせいでしょう」

星村はそっと息をついた。

糖尿病が悪化すれば足を切断することもあるという。

警察が継続捜査を行なうか、礼子の薬物使用を公表するか、慎重に検討しているのは大西家の事情をかんがみてのことだろう。

これ以上の質問は控えたくなった。だが、それでは務めを果たせない。銀行預金の残高が気になる。収入の割にすくな過ぎる。ほかにも知りたいことがある。

「立ち入ったことを訊くが、ここの暮らしはどうしていたのかな」

「父が会社を辞めてしばらくは退職金と母の生命保険金で暮らしていたそうです。そのあとは姉に」和子が言葉を切り、うつむく。すぐに顔をあげた。「わたしも高校のころはアルバイトをし、大学は諦めていたのですが、結局、姉にあまえました」

「二人が暮らすのに充分な額だった」

「充分すぎるおカネでした。大学の入学金も学費もだしてくれました。姉は北海道にも美耶の養育費を送っていたようです」

「礼子さんは娘に会っていたの」

「わかりません。姉は滅多に美耶の話をしなかったので」

星村は視線をそらし、庭を見た。

想定外の話が続いている。和子はどうして初対面の他人に家族の込み入った話をするのか。懺悔《ざんげ》か。疑念がめばえ、首をふった。

懺悔か。その思いだけが残り、やがて、それも消えた。質問を続ける。

「銀座に移った理由を知ってるかな」

和子が頷いた。

「六本木はおわったと聞きました。リーマンショックで店はがらがら、わたしの客は大丈夫だけど、そのうちひまな店には寄りつかなくなるとも言っていました」

「仕事の話はよくしていたの」

「いいえ。たまにお客さんのおもしろい話をしてくれましたが、お仕事の話はそのときだけで、だから憶えていたのかもしれません」

不安だから妹に話した。そんなふうに思う。が、口にはしない。礼子の心中を推察すればするほど気分は滅入る。

「去年の九月に店を移ったことは」

「ゴールドですね。お店を替わることにしたと聞きました」

「夜に働くようになったあともまめに帰って来たの」

「月に二度は週末に。平日の昼間に父の様子を見に来ることもありました」

「自分の車で」

「ええ。高速に乗れば三十分とかからないそうです」

「しばらく来なかったとか、様子がおかしかったとか」

和子の首が傾く。眉尻がさがった。

「些細なことでもいいよ」

星村はうながすように言った。

「一時期、週末に顔を見せなくなったことがあります。でも、そのころも昼間には来ていたみたい。わたしは学校があるので会ってないけど、父にそう聞きました」

「いつごろ」

「ことしの冬から春にかけてだったと思います」

「ゴールデンウィークは」

和子が目をまるくした。なにかを思いだしたようだ。

「そういえば……ゴールデンウィークに帰ってこなかったので電話をかけました。姉は体調を崩していたそうです」

「見舞いに行ったの」

「いいえ。電話で行くと言ったのですが、ことわられました」

「そのあとも連絡は取れていた」

「はい。電話で話すのは週に一回くらいだったけど、メールでは三日にあげず。父の病状に関することがほとんどでした」

「だから、おとうさんは礼子さんの自殺を受け容れられなかった」

「わたしもです」声が強くなった。「父とわたしのために生きていた姉が……」

和子の顔が手のひらに隠れた。

星村は最後の質問を諦めた。


大西家を去り、ＪＲ市川駅にむかって歩いている。行きはタクシーで五分とかからなかった。何となくむだな時間がほしくなったこともある。

ミンミンゼミが鳴いている。

星村は視線をふった。

ちいさな児童公園がある。空色の滑り台はあちこち塗料が剝げおち、二つのブランコは鎖が錆色になっている。

キャッキャと幼子が走りまわる。三歳ほどの娘か。木陰のベンチで老女が背をまるめていた。公園にはその二人きりだ。老女が顔をあげた。頭上で鳴くセミがうっとうしいのか。小便をかけられたのか。

幼子が転んだ。たちまち泣きわめく。「あら、まあ」声を発し、老女が立ちあがる。幼児に近づいたときはうんざりした顔つきに戻っていた。

「二月から四月が気になりますね」

声がして、八田を見た。

「おまえはどう思う」

「スカウトの勘で言えば、客とデキた」

「で、四月から売上を戻した」

「ええ」

「勘はあてにならん。とにかく売上台帳を手に入れろ」

雑なもの言いになった。神経が疲弊している。

礼子に彼氏はいたのか。

最後に訊きたかったのはそれだった。


麴町四丁目の『登龍』で八重子と待ち合わせた。

高級中国四川料理と謳っているように、自腹では夜の登龍に行けないけれど、それでも、きょうで十回目になる。八重子の車券が的中すると、払戻金額に関係なく、的中した週の土曜日に八重子が馳走してくれる。

「ひとりか」

右奥の席に座っていた八重子に声をかけ、正面に座した。

「雛乃がいないとさみしいの」

「中華は人数が多いほどいい」

「そうね」

八重子はメニューを見ながら話している。

「ビールを二つ」

ウェーターに言い、星村は椅子にもたれた。

八重子が別のウェーターに注文する。

そんなに食べ切れるのか。声をかけたくなるほどの品数を口にした。

憶えたのはピータンと麻婆豆腐と野菜玉子スープ。どれも星村の好物だ。たまに八重子と食べるランチはエビソバか担々麺と決めている。

「雛乃は残念がっていたのよ。ここの麻婆豆腐が大好きだから。でも、お友だちの誕生日会があるので、そっちに行っちゃった」

「それでええ。子どもは子どもの世界で生きるのが一番や」

ようやく関西弁が戻ってきた。

八重子がきょとんとした。表情を戻してグラスを持つ。

「十勝目に乾杯」

「憶えてたのか」

「うれしいことやたのしいことはね。いやなことは寝て忘れる」

「うらやましい」本音がでた。「それに、おまえはギャンブル運も強い。半年間で三十回くらい買って十回あたった。勝率三割なら上々や」

「半年じゃなくて、八か月よ。初めて家に泊まったつぎの日にあたった」

思いだした。今回の倍の配当がついた。極上のビギナーズラックだった。

八重子が両肘をテーブルにのせる。

「なにがあったの」

「ん」

「疲れた顔して」

「例の女の実家に行った。闘病中の父親と大学四年生の妹が住んでいる」

「いやな思いをしたの」

「せん」

そっけなく返し、ビールを飲んだ。

八重子が姿勢を戻した。話を聞くつもりになっている。

星村は、ピータンを二切れ食べてから、礼子と家族のことを話した。

八重子が反応したのは礼子の離婚のくだりだった。ほかは食べながら口をはさまず聞いていた。二品の料理が来て中断した。箸を休めて紹興酒を飲んだあと、礼子が六本木から銀座に移ったことも話した。

「銀座も大変だったみたい」

八重子がぽつりと言った。

リーマンショックはバブル崩壊でも打撃を受けなかった銀座をあわてさせた。数十軒のクラブやバーが店を畳み、テナントビルに幾つもの空室ができた。

星村は築地署に勤務していたから、当時のことはよく憶えている。

三年後におきた東日本大震災と福島第一原発の事故で銀座は立ち直れないほどの打撃を被り、いまも多くの店が不況に喘《あえ》いでいる。

「あのときは忙しかった。廃業届をださずにやめる店が続出したさかい。ホステスも出入りが激しかった。六本木のキャバクラ嬢が大勢流れてきた」

「友だちに聞いた。お店の方針も変わったって。銀座のクラブは日本で一番高い料金を取るけど、客にはむりをさせず、長いつき合いを望んでいた。それなのにリーマンショックのあとは客にワインやシャンパンをねだり、一回あたりの料金を大幅にアップさせるお店が増えた。銀座も背に腹は代えられなかったのね」

「ITバブル期の六本木のまねをしたわけか」

その一時期、IT関連企業の役員や外資系金融企業の社員らは連夜のごとく六本木にくりだし、湯水のようにカネを使ったという。

「そう。で、六本木の売れっ子が銀座で重宝されたみたい」

「…………」

星村は口を結んだ。

あの当時の銀座の光景は記憶にある。知らない女たちが増えた。中国女が路地角に立ち、道行く男に声をかけるようになった。銀座では成功しないといわれたキャバクラが幾つもオープンした。コンビニエンスストアや廉価な居酒屋も目につくようになった。銀座も変わる。そう感じたのを憶えている。

八重子がレンゲを持った。

麻婆豆腐は無言で食べた。八重子もおなじだ。そのあとのスープはひと啜《すす》りするごとに息が洩れた。胃が生き返った気分になる。スープはシンプルなほど美味《うま》い。

八重子がナプキンを口にあてた。

「その子は佳に何年いたの」

「四年と聞いた」

「六本木から来た子の中では数すくない勝ち組ね」

六本木からの移籍組は徐々に姿を消したという。銀座で育った女らとの軋轢《あつれき》があったし、派手に遊ぶ客はバブルのようなものだとも言い添えた。

「けど、佳では礼子の要求がとおらなかったようや」

「佳はオーナーママのお城だから、お姫様はいらないのよ。あの店はいまもママはオーナーひとりだと思う」

「稼げる女をママで雇うほうが楽やろ」

「自分以外にママという肩書のホステスがいることがいやなのね。三十年も四十年もがんばってきたプライドが許さない」

「ふーん」

気のない声がでた。別世界の話である。

「四年もいたのならママの気性とかお店の営業方針とか、わかるでしょうに。どうしてママになりたがったのかしら」

思わず前のめりになった。

八重子が続ける。

「佳の対応も気になる。その子の売上が伸びて店にメリットがあるのなら、ママの肩書の代わりに契約金を増やすとか、打つ手があったんじゃないの」

「稼げるうちに稼ぐ。礼子はそう言ったそうな」

「佳をあたったの」

「八田は専務の川村と縁がある。で、会えるよう指示した」

「うまくいくといいね」

八重子が表情を弛めた。

「川村を知っているのか」

「見た目は地味だけど、かしこくて堅実で、いかにも銀座の黒服って感じ」

言って、八重子がスプーンを手にした。

杏仁豆腐が咽《のど》を滑りおちる。

星村は煙草を喫いたくなった。

「あれで払って」

八重子が目を細めた。


支払いを済ませ、店を出た。

八重子に八万八千円と領収書を渡した。

それを財布に収めてから、八重子が口をひらく。

「どうするの」

「鳥森に帰る」

「そう言うと思った」八重子が腕を絡めた。「雛乃の友だちの家までつき合って」

星村は引き摺られるようにして日テレ通の坂をくだった。

東京メトロ半蔵門線と銀座線を乗り継ぎ、新橋駅に着いた。

階段をのぼる脚が重い。二日ほど新橋を留守にしたような感覚である。

SL広場を通ってニュー新橋ビルと山手線の間を歩いた。

ネクタイ姿の中年男はちらほら。二、三十代とおぼしき軽装の男が目につく。通行人は平日の何十分の一だ。土曜の夜に営業しているのは居酒屋とガールズバー、ファッションヘルスなどの性風俗店だから、おなじ歓楽街でも新宿の歌舞伎町や渋谷の宇田川町に屯《たむろ》するような十代の男女はいない。

烏森口の飲食街も人はまばらだった。平日なら昼も夜も人であふれている。

二つ目の路地を右に折れ、桜田公園のそばを左に曲がる。

ズボンのポケットの鍵にふれた。

「わーい」

おおきな声がして、顔をあげた。

赤と青の水玉のワンピースを着たノンが両手を挙げて跳びはねた。そのまま地面に倒れれば新種のカエルになりそうな格好だった。

「お願い」ノンが立て看板を指さす。「あれでいいから」

ガールズバー〈40分　1990円ポッキリ〉とある。

「ああ」

「やった」

ノンがまた跳んだ。

「つぎはわたしにつき合って」

そばに立つ二人の女の片方が言った。皆で路上を行く男に声をかけている。


十分で店を出て、脇の階段をのぼった。二階の手前のドアを開ける。

狭い台所を過ぎて、つまずいた。

部屋は段差だらけだ。築四十年は経っている。以前はなにかの事務所で、その前は二階も三階も酒場だったらしい。十数年前に住居用に改装したと聞いたが、キッチンやバスルームというには違和感がある。

些細なことだ。新橋駅から徒歩三分のところに賃料四万七千円で住んでいる。

フローリング仕様二十平米の部屋にはシングルベッドとコタツになるテーブル。組み立て式の衣装ケースが二つ、五十インチのテレビがある。テレビは近くの量販店の展示品を買った。外枠に二本のひっかき傷がある。気にしない。見るのは画面だ。日本製で二万円プラス消費税は値切れなかった。

テレビとＤＶＤプレイヤーの電源を入れる。

コルネットを吹くRICHARD GEREがあらわれた。若い。愛嬌のある髭だ。プレイヤーにFRANCIS F COPPOLAの『THE COTTON CLUB』のＤＶＤを挿して三日目になる。映画はそのままにしてシャワーを浴びた。湯に浸かれば寝てしまう。忘れる前に頭の中を整理しておきたい。インスタントコーヒーを淹れて部屋に戻った。ベッドに腰をかけ、煙草をふかした。

ほどなくしてドアをノックする音がした。人が訪ねてくることはない。住所を知っているのは『ＳＬＮ』の数名と八重子だけで、八重子も来たことはない。

くわえ煙草でドアを開けた。

笑顔のノンが立っていた。手にヴィトンのバッグがある。

「店長が、きょうはもういいって。三十分いさせてくれないかな」

「ええよ」

あっさり返し、背をむけた。

ノンが座り、コンビニのレジ袋から二本の缶ビールとポテトチップを取りだした。

「さっきはありがとう。おかげで日給をもらえた」

ノンが笑顔で言った。化粧が邪魔に見える。

ガールズバーの女は日給に売上の歩合が収入になる。客がひとりも来なければ日給はカットされるという。遊び半分に見える呼び込みだが、彼女らは必死なのだ。

「おまえに借りを返せてなによりや」

週のはじめ、酔っ払って階段を転げおちた。路上にいたノンに肩を担がれ、部屋に入った。五分ほどでノンが戻って来て、手と額に消毒薬を塗ってくれた。

ノンがポテトチップを齧《かじ》り、ビールで咽を鳴らした。

「彼氏と待ち合わせか」

「コウちゃんは皆の彼氏よ」

「はあ」

「サーフィンに行くときだけね。女四人が光平って子の車に乗せてもらうの」

海に行くのにヴィトンのバッグか。言いかけて、やめた。

「ねえ、空気清浄機を買えば」

「煙草くさいか」

「ほこりくさい。湿っぽいし、身体に悪そう」

小窓がひとつ。風を入れるときは玄関のドアを半開きにする。時々、意味不明の会話が聞こえてくる。二階のもう一部屋には二、三人の中国女が住んでいる。

「この女の人、色っぽいね」

ノンが画面を見たまま言った。

「ダイアン・レインか。ぱっと人気がでて、数年で過去の人や」

「映画が好きなの」

「別世界やからな」

「どういう意味よ」

「俺のまわりではありえん。で、気楽にたのしめる」

「そっか」

わかったような、わからないような顔をして、ノンが缶を傾けた。

テーブルの携帯電話がふるえた。ノンがメールを返信する。

「助かった。行くね」

「おぼれるなよ」

ドアが閉まると同時に、銃声が轟《とどろ》いた。

マフィアが機関銃を乱射している。

翌日の昼下がり、『SLN』に足を運んだ。

日曜のオフィスはがらんとしていた。

社員の典子をからかったあと、星村は社長室のドアを開けた。

「職務怠慢です」いきなり有吉が言う。「結果を報告するのは義務でしょう」

「くどい。小言は電話で聞いた」

昼前に起きて携帯電話の電源を入れると、五本のメッセージが入っていた。すべて有吉からだった。最初の電話のときは八重子と食事中で、別れたあとも電源を入れ忘れた。一本目のメッセージを聞いて、有吉に電話したのだった。

星村は、サイドテーブルの灰皿を手に腰をおろした。

有吉が口をひらく。

「交渉はどうでしたか」

「話にならん。あんなやつはほっとけ」

「そうはいきません」

有吉が声を張る。目を見開き、胸を反らした。

星村は顔を近づけた。

「本気か」

「何としても要求を撤回させなければ、わが社の信頼に瑕《きず》がつきます」

「弁護士に頼め。裁判で白黒つけろ」

「自信がないのですか」

「面倒や」

「なんてことを」有吉が目で訴える。「五十万円は大金ですよ」

「たしかに。けど、カネと仕事を天秤にかければどうかな」

「はあ」有吉が顎を突きだした。「わが社が窮地に立たされているというのに報酬額の上乗せを要求するなんて。どういう神経をしているのですか」

「要求はしてない」

愛社精神もない。あとの言葉は胸に留めた。

有吉が姿勢を戻した。

「そんなに面倒なのですか」

「このトラブルには裏がありそうや」

「裏とは」

「わからん」

これまでに得た情報も胸の疑念も話すつもりはない。

有吉が両腕を組んだ。

星村は煙草を喫いつけた。紫煙を吐き、話しかける。

「訊くが、むこうがどんな手を使おうと、とことんやるのか」

「どんな手とは何です」

「知るか」煙草をふかした。「俺が知りたいのは、あんたの覚悟や」

「わが社を護《まも》る。それがすべてです」

声音が弱くなった。

「やれと言われりゃやる。が、やると決めたら退《ひ》かん。それでええのやな」

星村は声と目で凄んだ。

「威さないでください」

「威しやない。はっきり言って、あんたの腹の据わり具合も関係ない。俺にやらせたいのかどうか、きっちり返答しろ」

わずかな間が空いた。

「やってください。お願いします」

有吉が頭をさげた。

星村は目をつむった。見たくはなかった。

「あの子です」

八田が言った。

約束の時間を二十分過ぎている。

由美はボルドーカラーのフレアスカートの裾をなびかせながら近づいてきた。

八田が声をかける。

「由美さん、こんばんは」

「遅れちゃって、ごめんね」

由美があっけらかんと言い、オフホワイトのジャケットを脱いだ。

ワンショルダーのキャミソールは黒のレースで、肌が透けて見える。ダイヤのネックレスに、細い二連のブレスレット。針のようなイヤリングもプラチナだろう。化粧は薄めだが、エクステンションの睫毛《まつげ》がやたら長い。食事を意識したのか、栗色の長い髪はうしろで束ねてある。

テーブルにあまったるい香りがひろがった。

「上司の星村です」

八田の声に、由美がにこりとした。睫毛が派手に動く。

由美が白ワインを頼んだ。星村と八田はビールで待ち時間をやりすごしていた。ウェーターがワゴンを運んできた。十種類ほどの料理が載っている。由美は前菜の五品を選んだ。八田も五品を口にした。

星村はマリネとポテトサラダを頼んだ。ほかは料理名を知らない。こういう店には近づかない。カネもないが、ナイフとフォークを持てば身体が硬くなる。

由美がワインを飲んだところで、質問を始めた。長居はしたくない。由美が食べていようと用が済めば八田にまかせて退散する。

「礼子さんの葬儀に行ったそうやね」

やさしく言った。が、関西訛を隠す気にはなれない。

「葬儀ではなく、前日のお通夜に。お昼は苦手なんです」

はっきりとしたもの言いだった。

「ひとりで」

「ええ」

「銀座の顔見知りはいたかな」

由美が首をふり、グラスを傾けた。

「八田に聞いたが、礼子さんとはあまり親しくなかったとか」

「そうだけど、すこし前までおなじ店で働いていたから」くだけた口調になる。「それに、お客さんに香典を預かったの」

「栗田社長かな」

由美が目をまるくした。

星村は間を空けない。

「礼子さんの妹に芳名録を見せてもらった。あんたの名前の横にあった」

「警察の人ではないのに、どうしてそこまでするの」とがめるように言う。「警察は自殺と断定したのでしょう」

「警察の判断は関係ない」声を強めた。「いろいろと調べるのが俺の仕事や。で、訊くが、ゴールドを辞めても栗田社長との縁は続いているのか」

「もちろん。わたしがいまいるイレブンにも来ていただいています」

「そのために店を移った」

「理由のひとつよ」

由美がこともなげに言った。

八田によれば、由美は二十歳で水商売の世界に入り、翌年から売上制のホステスとして銀座のクラブで働いているという。八年間に培った自信の表れか。

それなら遠慮は無用だ。配慮も捨てる。

「ほかの理由も教えてくれないか」

「ゴールドはお客さんやホステスへの気遣いがたりない。大バコの欠点ね。銀座で一番流行っているというからスカウトの話に乗ったけど、欠点ばかりが目について。契約を更新する気にならなかった」

「何年いた」

「一年よ。契約じゃなければもっと早く辞めていた」

「そんなに嫌だったのか」

「嫌とかじゃなくて、時間のむだ。花の命は短いって言うでしょう」

星村は肩をすぼめた。自分を花だと思うのも自信か。それとも慢心か。

前菜を盛った白磁の皿がテーブルにのる。二人が五品選んだことに納得した。星村の前の皿は見てくれが悪い。一品の量がすくなかった。

由美と八田はフォークとナイフを、星村はフォークだけを手にした。

「あんたがゴールドにいた二月三月のことやが、礼子さんは店で荒れていたとか」

由美が横目で睨《にら》んだ。

八田が首をすくめる。

　星村はかまわず続けた。

「どうしてだと思う」

「決まってるじゃない」もの言いがきつくなった。「客がこなくなったのよ」

「栗田さん以外の客という意味か」

　由美が頷く。

「礼子さんは客にむりをさせたからね。細く長くとは言わないけど、わたしなら客にむりのかからない程度におカネを使ってもらう」

「店にこなくなった客の名前は知っているか」

「ええ。でも、言えない。栗田社長のことだって話すつもりはなかった」

　ウェーターが料理を運んで来た。

　由美はサラダとクリームスープと子羊のグリルを、八田はバジリコのスパゲッティを注文した。星村は前菜だけである。

「二月三月にこなかった客やけど、四月はどうだった」

「わたしがゴールドにいる間は見なかった。でも、礼子さんの席をずっと見ていたわけじゃないから断言できない。わたしも自分のことで精一杯なの」

「礼子さんは体調が悪いとか言ってなかったか」

「悪くても言わない。わたしとはタイプが違うけど、プロなのよ。客に取らせたシャンパンを何度も一気飲みして、しばらくするとトイレに行くの。わかる」

「むりやり吐いた」

「そう」

「ありがとう。参考になった」

八田に、あとは頼むと言って、席を離れた。

由美も銀座のプロだ。自分の不利益になることは話さない。


電子音が鳴っている。

星村は寝返りを打ち、薄目を開けた。目覚まし時計は午前八時をさしている。腕を伸ばして携帯電話の画面を見た。有吉からだ。耳にあてる。

「朝っぱらから何の用や」

《大変なことになりました。すぐに来てください》

「うるさい。静かに話せ」

言いおえたときは通話が切れていた。

舌打ちしてベッドをぬけ、煙草を喫いつける。

テーブルを見た。ノートがある。きのうは西麻布からまっすぐ帰り、これまでに会った連中とのやりとりを書き留めた。怠け癖がついたせいか、憶えている期間が短くなってきた。相手の印象や疑問を付記し、人物と人物を線でつなぐ。警察官だったころのやり方そのままだ。パソコンでの細かな作業は不得手で、それに神経を遣っているうち書きたいことを忘れてしまう。

シャワーを浴びた。コップ一杯の水を飲んだあと、衣装ケースを開く。選ぶほどの衣装はない。白のポロシャツを着て、紺色のコットンパンツを穿《は》く。ベージュのサマーブルゾンを手に取り、部屋を出た。

階段を降りるとき腹が鳴った。昨夜はまともに飯を食わなかった。

「遅いですね」

目が合うなり、有吉が言った。

「時間は聞かなかった」

何食わぬ顔で言い、星村は社長室のソファに腰をおろした。文句を言われるのは承知の上だ。ニュー新橋ビルの喫茶店でモーニングセットを食べてきた。

「これを」有吉がテーブルのノートパソコンを指さした。「あんまりです」

星村はパソコン画面の向きを変えた。

横書きの文字がならんでいる。掲示板だ。警察官の仕事で見たことがある。星村は登録していない。そもそも、ソーシャルメディアにはまったく興味がない。

――銀座のホステスさんが自殺したんだって、知ってる？

――銀座でバイトしてる友だちに聞いた。派遣の子だってね

――普通の派遣会社がホステスの斡旋もするの？

――してるよ。わたし、三つの人材派遣会社に四つの業種を希望してる。そのうちのひとつが風俗営業。昼と夜、両方働きたいから

――わたしも……面接ないし、日払いOKだし、時間も自由が利く……楽チン

――そんなアバウトでいいの？　どんな店かもわからないじゃない

――それは派遣会社を信用するしかないね

――わたしは派遣先のお店の雰囲気が悪いとお腹が痛くなって帰っちゃう

――便利な腹だね

――派遣会社って、登録者の悩みとか健康状態とか、わかってるのかな

――そんなわけないじゃん。俺、その業界で働いているけど、ムリ。ひとりの営業

が千人単位の登録者を担当するんだ
――へえー。そりゃ無理だね
――ねえ、自殺したホステスはどこの会社が派遣してたの？
――新橋にあるSLNって聞いたよ。女性専門の派遣会社みたい
――そのSLNは責任を感じてるのかな
――どういうこと？
――だって、精神を病んでる子を派遣したのなら問題じゃん
――病んでたの？
――バイトの友だちに聞いたんだけど、鬱とかパニックとか、銀座には精神病をかかえてるホステスが多いみたい
――男にちやほやされて、タダ酒飲めて、楽な仕事だと思ってた
――派手な舞台の裏側は、おそろしい闇かもネ
三分間ほど、七人のやりとりだ。投稿者の名前やイニシャルがある。
そこまで読んで、顔をあげた。
有吉が口をひらく。

「ひどいでしょう。延々と続いています」

星村はスクロールし、途中でやめた。ひまな人間がいるものだ。

「後半になるほど、わが社が誹謗《ひぼう》中傷されている」

「無視しろ。こういう時代なんや」

「甚大な風評被害です」

「おおげさな」

「オフィスを見たでしょう」有吉が食ってかかるように言う。「社員全員が通常業務を中断し、登録者からのメールの対応に追われています」

そういえば、デスクは埋まっていた。皆が無言だった。

「苦情か、抗議か」

「両方です。こういうのは仕事にありつけない人ほど過敏に反応するようです」

「憂さ晴らしか」

「わが社にかぎらず、人材派遣会社への不信感があるのでしょう」

自覚しているのなら世話がない。星村は目で言った。

利益を追求する企業だから優秀な人材を優遇するのはあたりまえである。が、己の能力や技術を正当に評価されていないと思う連中も多いだろう。

星村は煙草をくわえた。ふかし、ゆっくり首をまわす。

有吉が言葉をたした。

「登録者だけならまだしも、取引先企業からも電話がかかっています。ネットを見たが、事実なのかと。これまでに五社。十数名を派遣している企業からも問い合わせが来ました。書き込みを削除しなければさらに増えるのは目に見えている」

「誠実に対応するしかないやろ」

「言われるまでもない。その一方で、告訴の準備をします」

「この連中を」星村はパソコンを指さした。「名誉毀損で訴えるのか」

「ゴールドです。断じて許せない」

「待て」煙草の灰をこぼしそうになった。「この中にゴールドの関係者がいるのか」

「それを知りたくて、あなたを呼びました。投稿者の身元を突き止めてください。ゴールドに雇われた者が紛れ込んでいるはずです」

「…………」

星村はあんぐりとした。被害妄想も甚だしい。

「警察にはインターネットを監視する部署があるそうですね」

「勘違いするな。ネット犯罪に対応する部署はある。が、サイバー攻撃への対応や、ネットの端末利用営業者の取り締まりが任務で、ソーシャルメディアのすべてをチェックしているわけやない。犯罪にかかわる内容や犯罪に発展する疑いがある場合は別やが、こんなことで警察は動かん。告訴しても受理されん」

「こんなこととは何ですか」有吉が口角泡を飛ばした。「取引先企業の信頼を失えば、わが社はたちどころに倒産する」

星村は息をつき、煙草を消した。喫いたくなくなった。

有吉が話を続ける。

「犯罪云々はどうでもいい。ネット犯罪の専門部署があるのなら、掲示板に書き込んだ者を特定するのは容易《たやす》いでしょう。さっそく、あたってください」

「無茶を言うな。犯罪性がないのに警察が動くもんか。職務を逸脱すれば個人情報保護法に抵触し、その警察官もＳＬＮも犯罪者になる」威して有吉の激情を鎮め、告訴を思い留まらせるしかない。「掲示板にゴールドが関与しているかどうか、調べる。あんたはへたに動くな。冷静に対応しろ」

「冷静になんて、むりです。ネット上の風評は秒単位でひろがります」

「それならなおさらじたばたするな。俺は弾丸《タマ》より速いスーパーマンやない」

有吉が肩をおとした。

ここぞとばかりに畳みかける。

「とにかくやれるだけのことはやる。で、報酬の増額を頼む」

「なんてことを……こんな非常事態に、よくもおカネの話ができますね」

「こんなときしか小遣いを稼ぐチャンスはない」

言って、星村は手のひらを差しだした。


SL広場前の『富士そば』でカツ丼とザルソバを食べてから喫茶店に入った。

コーヒーをひと口飲んだところで、八田があらわれた。神妙な顔つきだ。

うしろに中年男がいる。紺色のスーツに浅葱《あさぎ》色のネクタイ。短髪を整え、小脇にセカンドバッグをかかえている。

「佳の川村専務です」

八田が紹介し、川村に席を勧めた。

――……いかにも銀座の黒服って感じ――

八重子の人を見る目は確かだ。自分を家に誘ったのは魔がさしたか、よほどさみしい気分になっていたか。そんなふうに思うときがある。

川村がミルクティーを頼み、八田は、おなじものを、と言った。

「わたしにどんなご用でしょう」

川村がさぐるように訊いた。

「八田からお聞きにならなかったのですか」

丁寧に言った。川村はきのうの由美とは違う。雰囲気でわかる。機嫌を損ねれば席を立ちそうだ。八田の顔もある。

「亡くなられた礼子さんのことで、上司に会ってほしいと頼まれた。八田さんにはなにかとお世話になっているので、こうしてでむいた次第です」

「では、単刀直入に訊ねます。礼子さんが佳を辞めた理由を教えてください」

「そういう話は水商売の仁義に反する」

「そこを曲げてのお願いです。わが社はインターネット上で誹謗中傷されている。わが社に非があれば致し方ないけれど、謂《いわ》れ無い風評被害で迷惑を被っている。それを打開するために、礼子さんの自殺の背景を知りたい。もちろん、佳にもあなたにもご迷惑はかけない。どうか、ご協力ください」

星村は目でも訴えた。

「わかりました」川村が息をぬく。「死者への配慮を損なわない程度でよければ」

「もちろんです」

ミルクティーを飲んでから、川村が口をひらく。

「ママもわたしも契約延長を望んでいた。が、条件面で折り合わなかった」

「礼子さんはどんな条件を要求したのですか」

八田に聞いたことは口にできない。それも水商売の仁義に反する。

「契約金については店側の提示額と礼子さんの要求額にさほどの隔たりはなかった。しかし、礼子さんはママになることを望み、それが障害になった」

「佳に雇われママはいないのですか」

「ええ。ママの方針です。外野はそのことでいろいろと邪推しているようですが、そうする理由はひとつしかない。店に複数のママが存在すれば派閥というか、グループができてしまう。それでは店の一体感がなくなる。グループ間の溝が深まれば店の雰囲気が悪くなり、客足が遠のく。お客様は敏感だからね」

「それは売上制のホステスにもあてはまりませんか」

「たしかに。けれども、佳にかぎれば、その心配はまったくない。店があってのホステス。そのことは徹底している」

星村はそっと息をついた。この男は疲れる。質問を続けた。

「礼子さんとの妥協点は見つからなかったのですか」

「わたしは、妥協してまで彼女を引き止めようとは思わなかった」

「なぜです」

「礼子さんの仕事ぶりは、佳が培ってきた接客とは異なっていた」

「四年間、契約を更新したのに」

「それは礼子さんには華があったから。店の個性とホステスの個性。クラブには両方が必要でね。それに、過去の契約のさいはもめなかった」

なめらかな口調だ。川村は表情ひとつ変えない。

星村は苛々《いらいら》してきた。堪え、質問を続ける。

「先ほど、わたしはと言われたが、ママの考えはどうだったのですか」

「五分五分というところだった。ママへの昇格はむりとしても、ほかの契約面で厚遇しようという意見も聞いた」

「それをあなたが反対し、押し切った」

「そう」

川村がけれんなく言った。

「ママからの信頼が厚いようですね」

「どうかな。が、そう思わなければ仕事にならない」

もの言いに自信がみなぎっている。

星村は窓にむかってひと息つき、川村を見据えた。

「それだけではないでしょう」

「えっ」

「引き止めなかった理由です」

「…………」

川村の眉がくもった。

星村は背をまるめた。顔が近づく。ここからが本題である。

「礼子さんにはよくないうわさがあったと聞きました」

「銀座にうわさは付き物だよ」

川村がつぶやくように言った。

「あなたが知っているのはどんなうわさですか」

「話せない。よくないうわさを耳にしたことは認める。が、一時的なうわさで、それが事実だったかどうか、定かではない」

「そのうわさを礼子さんに問い質《ただ》しましたか」

川村が手のひらをふった。

「そんなことをすれば信頼関係を損ねる。彼女は店を辞めただろう」

「ということは、契約期間内のうわさだった。いつごろですか」

「うわさを耳にしたのは彼女が辞める数か月前だった」

「ママもうわさを」

「知らなかったと思う。知っていれば指示があったはずだ。わたしの裁量でうわさの真偽を確かめようとしたが、わからなかった。うわさはひろがらなかったこともあって、ママには話さなかった」

「うわさの中身は犯罪にかかわることかな」

星村は口調を変えた。

川村の顔が強張《こわば》った。血の気が引いたようにも見える。

星村は目に力をこめた。

「あぶない話だからママに報告しなかった」

「どういう意味だ」

川村が声を荒らげた。

「管理責任を取らされる」さらに顔を寄せる。「礼子さんが辞めてほっとしたか」

「無礼な」

言うなり、川村が席を蹴った。

八田があわてて腰をうかした。

「そのままで」

川村が八田に言い、足早に遠ざかる。靴音が響いた。

八田が顔をむけた。

「どうしてくれるのですか」唾を飛ばした。顔が青ざめている。「あんな温厚な人を怒らせて。縁を切られてしまう」

「心配するな。やつは動揺して逃げたんや。おまえをどうこうせん」

たちまち関西弁に戻った。

「どうして言い切れるのですか」

「やつは墓穴を掘った。自信が口を滑らせた。よくあることや」

「だとしても、ぼくとの縁は薄れます」

「俺との縁が深まる」

「浅いままで結構です」

八田が立ちあがろうとする。

星村は八田の手首を摑んだ。

「まだ話がある」

「ぼくにはないです」

「ええのか。ＳＬＮにも縁を切られりゃ、踏んだり蹴ったりやぞ」

八田がため息をつき、座り直した。

星村は椅子にもたれ、窓を見た。神経がざらついている。川村とのやりとりで手応えがなければ居酒屋に走っていた。

新橋には朝から営業する酒場や性風俗店が幾つもある。愛宕署の保安係にいたころは休憩場所として利用した。ニュー新橋ビル地下の居酒屋で早目の昼飯を食べたあと動くのが煩わしくなり、そのままテーブルに突っぷした。いかがわしいマッサージ店ではカーテンで仕切られたベッドで昼寝したこともある。

保安係の通常任務は風俗営業店を巡回することだ。違法営業の有無を調べ、犯罪性のある情報を集める。怠けたければ好きなだけ怠けられる。

ただし、風俗営業店と仲良くなるのが条件で、職権を乱用して横柄なふるまいをすれば、そのうち店の者に通報され、監察官室の監視対象者になる。

怠け癖がついていても、監察官室に目をつけられることはなかった。担当する風俗営業店とは持ちつ持たれつの関係を維持していた。

常に軽微な犯罪事案をかかえていた。犬も歩けば棒にあたる。部署内の壁に〈犯罪取締り強化月間〉の紙が貼られると、〈貯金〉を使って点数を稼いだ。同僚に点数を売ったこともある。他署の保安部署に貸しをつくったこともある。

目黒署に異動した元同僚から点数がたりないと泣きつかれ、目黒を島に持つ暴力団幹部が新橋の雀荘に出入りしているのを教えた。内偵捜査のあと、元同僚が深夜に急襲した雀荘には売り出し中のお笑い芸人もいた。点数の高い暴力団幹部とマスコミが騒ぎ立てる芸能人。元同僚は一年分の点数と署長賞を手にしたのだった。

要領よく生きていた警察官が一本の棒につまずいた。

うだるように暑い日のことだった。

星村はひと休みしたくなってファッションヘルスに行った。店長とはたまに酒を飲む仲で、〈貯金〉の協力者でもあった。

店に入るなり、店長の怒鳴り声が聞こえた。

ドアが開いている個室を覗いた。

「ホシさん」店長が声をはずませた。「いいところに来てくれました」

狭いベッドに全裸の小柄な男が座っていた。髪は七三。肌は生白い。内勤のサラリーマンが昼食時間を利用して遊びに来たように見えた。

「この客がうちの子を殴ったんです」

「殴ってない。はずみで手が顔にあたったのだ」

「違うでしょう。むりやり本番をやろうとして抵抗された。あんたは力ずくで押さえつけ、平手で頬を殴った。うちの子はそう言っている」

「うそだ」

男の声がとがった。

星村は男の前に立ち、警察手帳をかざした。

「自分は愛宕署の者です」

「君の部署は」

男の声音が変わった。君と言われ、いやな予感がした。

星村は、店長を通路に出し、ドアを閉めた。

ふりむくと、男がパンツを穿いていた。シャツを着て、濃紺のズボンも穿いたあと、ベッドに腰をかけて靴下を手にした。

「そこまで」声を張った。「事情を聞くのが先だ」

「その必要はない」居丈高なもの言いだった。「わたしは帰る」

「ふざけるな」いやな予感は失念した。「氏名、職業を言え」

男が鼻を鳴らして立ちあがる。

星村は両手で男の胸を突いた。男がベッドに尻もちをつき、壁に頭をぶつけた。

「なにをする」

「はずみだ」

男が下から睨む。迫力はまるでないが、蔑むような目つきだった。

「身分を証明するものを見せろ」

「いいのか」

男が上着のポケットに手を入れた。

取りだした手帳には桜の紋章がついていた。

星村はそれをじっと見つめた。男は警察庁生活安全局に在籍する警視だった。

一週間後、愛宕署の警務課に呼ばれた。

――君は勤務中に競輪をしているそうだね――

言葉を返せなかった。『ラ・ピスタ新橋』に出入りしているのがばれたのだ。

――余罪も調べている――

――もう結構です――

星村はひと言残し、その場を去った。

部署に戻ると、上司の平岡管理官に声をかけられ、通路に出た。

「頑張ってみたのだが……とんだ災難だったね」

肩にのった平岡の手はやたら重く感じた。


「ホシさん」

八田の声がした。

顔色が戻っていた。うまく自分をなだめたようだ。八田は計算ができる。

「どうして、あんな話を」

「何のことや」

「礼子さんのうわさです」

「鎌《かま》をかけた。川村が言うたやろ。銀座にうわさは付き物やと」

「ほんとうでしょうね」

八田が疑るような目をした。

「おまえは、礼子のうわさを耳にしてないのか」

「どんなうわさですか」

「よくないうわさや。川村からも聞かなかったのか」

「ええ。川村さんが言ったとおり、うわさの域をでなかったのでしょう。ぼくの仕事の邪魔をしたくなかったのかもしれない」

「それほどの仲か」

「だから、ぼくが怒ったのです」

怒っていたのか。からかうのは控えた。

八田がさぐるような目をした。

「ぼくを不安にさせておいて、もっと肝心なことを隠してないでしょうね」

「俺が姑息な男に見えるか」

「そう言われれば」八田が顔を近づける。「そんなふうにも見えてきました」

「やかましい。ところで、あれから由美とどんな話をした」

八田の顔がほころんだ。

「あんな男とつき合わないほうがいいと忠告されました」

「同調して俺をけなしたか」

「しません。ぼくは平気でうそをつき、べんちゃらも言うけど、人は裏切らない」

「わかった。で、由美の機嫌は直ったのか」

「直しました」八田がさらりと言う。「彼女は飯のタネです」

「由美には別のスカウトがついてるやろ」

「そいつは由美さんをイレブンに仲介したあと廃業しました。十月には子どもが生まれるそうで、女房を連れて岩手の実家に……家業の酪農を継ぐみたいです」

「牛の乳搾りか」星村は煙草を喫った。「で、おまえの実家は」

「秋田。前にも話したでしょう」

「くだらんことはすぐ忘れる。両親は健在か」

「はい。親父の声も健在です」

「はあ」

「寺の住職」

「なんと、坊主の倅《せがれ》か」

「ひとり息子だけど、ぼくは帰らない。読経を聞くのもいやで逃げだしました」

「銀座の悲鳴よりはましやと思うが」

「とびっきりのいい女たちを集めて日本一のクラブをつくる。ぼくの夢です」

八田の瞳が輝いた。

「がんばれ」

さめたもの言いになった。自分の将来に夢を描かない。他人の夢に興味はない。いつからそうなったのか。記憶をたぐることもなかった。

　肩をすぼめたあと、八田が口をひらく。

「由美さんはホシさんが気になるようです。いろいろ訊かれたので、てきとうに誤魔化しておきました」

「これからもまめに連絡を取れ」

「ホシさんも由美さんが気になるのですか」

「うさんくさい。栗田のことは喋る気がなかったと言いながら、栗田が自分の客になったことを自慢した。礼子のやり方を批判しておきながら、プロと持ちあげた。表と裏を言葉巧みに使い分ける、いけ好かん女や」

　言って、煙草をふかした。

　八田が目を白黒させた。

「びっくりです。ホシさんが他人のことをぼろくそに……初めて聞きました」

「ふーん」

　星村は気のない返事をした。八田の言うとおりなら、由美の目がそう言わせたのだろう。値踏みするようなまなざしが神経を逆なでした。

「そういえば、気になることがありました」八田が真顔に戻した。「由美さんがケータイを手にそとに出て……戻って来たとき、表情が硬くなったように見えました」

「どんなふうに」

「ふさぎ込むというか、そのあと話がはずまなくなって」

「俺の悪口を言う前か、後か」

「前です」

「店を出たあと、どこかに行ったか」

「あの近くに日曜もやっているバーがあるので誘ったのですが、きょうは疲れたから帰るとことわられました」

「家はどこや」

「築地七丁目のマンションです」

「築地に住んでいるのに、わざわざ西麻布の店を指定したのか」

「二年前まで麻布十番に住んでいて、よくあの店に通ったそうです。深夜も営業しているので、引っ越したあとも客と行っているとか」

「それにしたかて」

語尾を沈め、星村は視線をそらした。

ＳＬ広場の『ラ・ピスタ新橋』に人が出入りしている。まだ間に合う。気になるレースがある。腰がうきかけたとき、テーブルの携帯電話が点滅した。

八田が手をふれる。メールだ。

「ゴールドの子がぼくと話したいそうです」

「由美に聞いた女か」

「いいえ。メールをくれたのはほかの店の子です。ゴールドにいる友だちが店を移りたいと言っているので相談に乗ってほしいと」

「友だちも知り合いか」

「この子と一緒に」八田が携帯電話を指さした。「お茶したことがあります。そのころは二人がおなじ店に勤めていました」

「どんな女や」

「評価は将来性を加味してのＢですね。前の店ではヘルプだったので興味が湧かず、ゴールドに移ったことも知らなかった」

首が右に傾いた。だが、好奇心が悪い予感に蓋をした。

「会うと返信しろ。晩飯に誘い、そのあと、蓮華に連れてこい」

「ホシさんも会うのですか」

「ああ。七時にしよう」

八田が顔をしかめた。さらなる不幸が頭をよぎったか。

「どうでもええ女なんやろ」

「メールの子に嫌われるかも」

「自信を持たんかい。おまえは天然の人たらしや」

「ほめられている気がしません」

「とっとと返信せえ」

言いおわる前に星村の携帯電話がふるえた。相手を確認して店を出る。

「はい、星村」

《松尾です。会えますか》

「これからか」

《ホシさんのご都合がよければ。夕方からは予定があります》

「新橋にこれるか」

《そっちのほうが安心です》

協力はするが、築地署の連中に見られたくないということだ。

「ニュー新橋ビルの二階にポワという喫茶店がある。そこに三十分後だ」

通話を切って席に戻った。

八田がメールでやりとりをしている。

星村は煙草をくわえた。『ラ・ピスタ新橋』は諦める。やたら忙しい。殺人事件の捜査本部に駆りだされたような気分になっている。


ニュー新橋ビルの中はこの数年で様変わりした。ＪＲ新橋駅前の再開発計画に伴いニュー新橋ビルが解体されることが影響したようだ。

星村はエスカレーターで二階にあがった。

フロアの大半はマッサージ店だ。通路にＴシャツに短パンの若い女や白衣の中年女が立っていた。寄って、来て、と目で誘う。露骨な呼び込みは禁止されている。

昭和時代からある喫茶店に入った。愛宕署にいたころは毎日のように通い、新聞や雑誌を読んでひまをつぶしていた。

アイスレモンティーを頼み、煙草をくわえる。

ほどなく松尾がやってきた。

「暑いですね」

松尾が上着を脱ぎ、タオルで顔と首を拭う。

真夏日が続いている。それにしても松尾の顔は陽に焼けている。

「張り切っているようやな」

「からかわないでください」松尾が目を細めた。「新米班長なもので、要領が悪くてばたばたしています」

言って、松尾がウェートレスにアイスコーヒーを注文する。

星村は煙草をふかして、話しかけた。

「なにか、わかったのか」

「資料を渡そうと思いまして」

松尾が上着のポケットをさぐった。

星村は封筒を受け取り、用紙をひろげた。

【株式会社ゴールドエンタープライズの役員名簿】
取締役会長　福井《ふくい》謙一《けんいち》（53）　オフィスＦＵＫＵＩ　取締役社長　出資率38％
芸能プロダクション・エクサの連結会社
取締役専務　金谷《かなや》英明《ひであき》（59）　金谷食品　取締役社長　出資率22％
総合食品会社・味吉の子会社

取締役　橋本大介《はしもとだいすけ》（45）　城東設計　取締役専務　出資率13％
取締役　小寺昇《こでらのぼる》（41）　ＮＫコンサルタント　代表　出資率13％
七菱不動産の子会社
取締役社長　笹本久美子《ささもとくみこ》（48）　ＫＳプランニング　社長　出資率12％
投資グループの幹部

今回は活字だ。全員の写真が添付してある。

「ほかに二名が一パーセントずつ出資しています。どちらも笹本の親族です」

「社長の山本に経営権はないのやな」

「はい」

山本は『ゴールド』という店の社長として雇われたことになる。

松尾が言葉をたした。

「店では笹本久美子がオーナーママになっており、スタッフやホステスの大半は共同出資者がいることを知らないようです」

「これなら流行ってあたりまえか。業種の異なる複数の企業が共同で経営する社交サロンみたいなもんや」

「まったく。しかも、エクサと味吉、七菱不動産は業界大手です」

「築地署の誰が担当している」

「自分の班の、福永《ふくなが》という新人です。柳原《やなぎはら》係長の指示でそうなりました」

「柳原がゴールドの面倒を見ているわけか」

柳原啓三《けいぞう》は築地署生活安全課の主のような男だ。所管内では〈防犯のヤナギ〉の異名で通っている。夜の銀座では一目置かれる存在である。星村が築地署にいたころ柳原に異動のうわさがでた。それを耳にした柳原は、自分以外の誰が銀座を束ねられるのか、と署長に直談判した。その後、署長は夜遊びの回数が増えたという。

「はい。防犯のヤナギは健在です」

松尾が嫌味まじりに言い、ストローを口にした。

星村は飲むのを待ってから訊いた。

「隠れ出資者はいないのか」

「芸能プロダクション・エクサの社長、阿部豊《あべゆたか》が影のオーナーといううわさもあるようです。が、事実確認はできませんでした。ゴールドの福井会長はエクサから独立するさい阿部の援助を受けたそうなので、案外ほんとうかも」

「短時間でよく調べたな」

「福永のおかげです。土曜の夜、先日の店に連れて行き、しこたま飲ませました」

「柳原にばれるぞ」

「福永が自分を売ることはないと思います。それに、自力で歩けないほど酔っ払ったので、なにを喋ったか憶えてないでしょう」

星村はちいさな封筒をテーブルに載せた。五万円が入っている。

松尾が中を覗き、にんまりした。

「ゴールドの経営状態も調べてみます」

「やめとけ。俺に、おまえの家族の面倒は見れん」

警察官の職務と無関係な個人情報の取得および他人への提供は公務員法や個人情報保護法に抵触する。この事実が発覚すれば松尾は総務課に呼びつけられる。


松尾と別れたあと、部屋に帰ってベッドに寝転んだ。ＤＶＤで時間をやり過ごすつもりだったが、うとうとしたようだ。気づいたら午後七時を過ぎていた。

急いで支度をし、部屋を出た。美味そうなにおいに誘われそうになりながら赤レンガ通を歩き、雑居ビルの四階にあがる。

バー『蓮華』の扉を開けた。

にぎやかだった。三つのテーブル席には先客がいた。

立ちあがろうとする八重子に首をふり、いつもの席に座った。カウンターに客はいない。ウィスキーの水割りを頼んだ。頬杖をつき、煙草に火をつける。

「いらっしゃいませ」

バーテンダーの声がして、視線をふった。

八田が小柄な女を連れている。スカイブルーのカクテルドレスの上にオレンジカラーのカーディガン。歩くたび赤いパンプスが脱げそうになる。

星村は、近づいてくる女を見つめた。

「おはようございます。ゴールドのナナです」

「俺は業界人やない」

ぞんざいに言い、となりに座らせた。

ドレスと胸の隙間からベージュのヌーブラが見える。これがおまえのB評価か。八田を茶化したくなる。人懐こい丸顔で、スタイルはまずまずだが、将来性を加味してもセンスが無さすぎる。

「なにを飲む」

「グラスワインを」あっけらかんと言う。「ワイン、大好きなんです」

「あ、そう」

星村は投げやりに言った。己の好奇心を怨んでも遅い。

「わざわざ悪かったな」

「とんでもないです。お会いできてうれしいです」

いまどきの銀座の接客マニュアルか。コンビニの店員も皆がおなじ対応をする。そのうち日本はロボット人間だらけになる。

ナナが咽をさらしてワインを飲んだ。

グラスを置くのを待って話しかけた。

「礼子さんのことやが」

「はい」

ナナが即答したので、思わず八田を見た。ナナのむこうどなりにいる。

八田が首をふった。礼子の話はしていないという仕種だ。

「どんな人だった」

「やさしい方でした。礼子さんのお客さんの席には必ずわたしが着けられ、アフターにも誘われて、ほんと、いろいろ良くしてもらいました」

日本語がおかしい。本人は丁寧に話しているつもりなのだろう。

「ナナだけか」呼び捨てにした。「ほかのヘルプの女にもやさしかったか」

「皆にやさしかったと思います」

「名前は」

「えっ」

「礼子さんがやさしくしていた女たちや」

ナナが目を白黒させる。口をもぐもぐさせたが、声にならない。

見ているだけで不快になる。

「礼子さんの客で、栗田という男を知っているか」ナナが頷くのを見て、思いつくまま名前を言った。「有吉は、松尾は、大西は、松永はどうや」

「…………」

ナナの瞳が固まった。頭の中も硬直したか。

「礼子さんの席には必ず着いたんやろ」

「ええ」か細い声で言う。「どうして礼子さんのことばかり訊かれるのですか」

「気になる」

「どういうふうに」

「自殺するような女やない。で、事情を調べてる」

わざと乱暴な言葉を使った。

ナナが身体を縮め、星村との距離を空けた。

「送ってやれ」

八田に声をかけ、星村はそっぽをむいた。立て続けに煙草をふかした。時間を無駄にするのは癖のようなものだ。が、それを後悔するのはめずらしい。

八田がすぐに戻ってきた。怒っているかと思いきや、笑顔だった。

「笑いを堪えるのに必死でした」

「おまえの趣味がようわかった」

「すみません。私服のときはかわいかったのに。だめですね。若い子を見ると、つい評価があまくなる」

「ガキが好みか」

「違いますよ」声がうわずった。「銀座のクラブは若手不足なもので。二十代前半の子は一店に二、三人もいればいいほうで、どこも三十代が八割です」

「銀座に魅力がないのやろ。たいしてカネにもならん」

「おカネよりも、きついノルマときびしいペナルティーが若い子に敬遠されているのだと思います。高額の日給につられて入店した子も、実態を知れば嫌気がさし、彼女らの大半は二か月と持たずに辞めてしまう」

「その女らはどこへ行く」

「ノルマ免除の体験期間を利用して次から次へと店を移る子もいるけど、いまは性風俗店で働く子も増えました」

「身体ひとつで稼ぐほうが楽というわけか」

「ノルマがなく、働く時間も自由ですからね」

星村は頷いた。

新橋のファッションヘルスに勤める女と酒を飲んだことがある。その女は六本木のクラブでホステスの経験があった。客との会話が苦痛で、同僚とも親しくなれず、人間関係に神経を遣わなくて済む性風俗店に移ったという。

都内ではソープランドやデリバリーヘルス、ピンクサロン等の性風俗店で働く女が急増し、現在は三万人を超えると推定されている。それに無許可営業店で働く者、期間を問わない体験者や希望者を加えれば十数万人になるという説もある。

「そんな状況で、おまえの夢は叶うのか」

「もちろん」声が元気になった。「ぼくなら、売上の子とヘルプの子の役割を完全に分ける。売上の子は売上の実績より顧客の数を優先して雇います。たくさんの客を持っている子たちが客を呼び、ヘルプの子は店での接客に専念させる」

「ヘルプの女は客を呼ばんでもええのか。それでカネをもらえるのか」

「保証の日給は他店よりもすくなくなる。でも、ノルマがない分、安心して自分の役割に専念できるから、不満はないと思います。お客さんはあかるくたのしい店に満足し、ぼくはがっぽり。理想のクラブの誕生です」

「ご立派なことで」

あきれ顔で言い、グラスを手にした。幾つかの疑問は訊く気にならない。水割りを飲んでいるうち疑念がめばえた。それが声になる。

「山本の絵図やな」

八田の表情が締まった。意味を察したのだ。

「会っていきなりおひとりですかと訊かれて気づきました。ホシさんが連れてこいと言った意味もわかりました。むこうはホシさんの動きを警戒しているのですね」

「おつむの弱い小娘をよこすとは、舐めとる」

「変ですよね。威した相手を警戒するなんて」

「好きにさらせ。胸くそ悪い。そこらを散歩しようぜ」

星村は紫煙を吐いて腰をあげた。

鼻がむず痒くなった。安っぽい香水のにおいが残っている。

烏森通を渡り、左に折れる。

まもなく日付が替わる。道行く人はめっきり減った。

夜風が快い。きょうは深酒せずに済んだ。八田が銀座に戻ったせいもある。クラブの黒服からの電話で、相談があると言われたそうだ。

桜田公園に入った。以前はちいさな公園だったが、隣接していた桜田小学校が廃校となり、何倍もひろくなった。昼間はサラリーマンやＯＬの憩いの場も夜はひっそりとする。左側にある烏森飲食街の喧騒も聞こえなかった。

星村は、公園の中ほどを真っ直ぐ歩いた。通りぬけた先に自宅がある。

背後で足音がする。二、三人か。星村の歩調に合わせているように感じる。

反対側の出入口に近づいたところで、うしろの足音がおおきくなった。星村の両脇を二人の男が追い越し、ふりむいた。にやりと笑う。どちらも二十代前半か。見覚えはない。ノッポはチノパンツにパーカー、デブはジーンズにジャンパー。二人ともポケットに手を突っ込んでいる。

星村は足を止めた。ノッポを睨む。手を伸ばせば届く距離だ。

「俺に用か」

ノッポが手をだした。金属音がし、ナイフの刃が光った。

それを構える前に一歩踏みだした。顎をめがけて頭突きを見舞う。ノッポが尻もちをつく。身体を反転させ、デブの股間に蹴りを入れる。が、届かなかった。体勢を崩したところにデブが突進してきた。腰をおとして胸で受け止め、右肘をデブの肩甲骨に打ちおろした。デブが声を洩らし、膝を折る。

星村もうめいた。首の付け根に衝撃が走った。

ふりむいた先に、短髪、大柄の男がいる。

男が一メートルほどの棒を振り回す。左の脇腹を直撃した。かまわず棒をかかえ、相手の襟首を取る。どこでもいい。右手で相手を摑めば勝てる。内股をかけ、身体を預けた。くっついたまま地面に倒れた。

あとは首を絞める。それで大抵の者は気絶する。

悲鳴のあと、甲高い声が響いた。

「誰かーっ、警察呼んでー」

星村は手を離して立った。警察の訊問は面倒だ。

三人の男たちがよろけながら逃げた。

女二人が駆け寄ってきた。ガールズバーのノンと同僚だった。

銀座七丁目にあるテナントビルのエレベーターで七階にあがった。

最上階のフロアは銀友会の事務所だ。ドアに『銀友総業』のプレートがある。

テナントビルもマンションも暴力団の入居を拒む時代になった。それでも、かれこれ四十年、銀友会はこのビルに事務所を構えている。

二代目会長がビルを建てた。その後、百八十三平米の土地も建物も名義が変わったけれど、どちらも二代目と血縁関係の一般人だから、警察は手をだせない。

地階から六階までは小料理屋やバーなど十三の店が営業している。暴力団追放運動が盛んだった一時期は半分近くの店が移転したが、いつのまにか空室はなくなった。家主が賃貸料を大幅にさげたのが要因といわれる。

星村は、ドアの上の防犯カメラを見ながらチャイムを鳴らした。

ドアが開き、坊主頭の川上《かわかみ》が顔を見せた。

「お待ちしていました」

川上が言った。

銀友会では最年少の若衆である。それでも三十歳を過ぎたか。星村が築地署にいたころ松永の乾分になった。いまも部屋住みと聞いている。

靴を脱ぐ前に身体をさわられた。出前持ちが来てもそうするという。

応接室に案内された。

三十平米ほどの手前に六人座れるソファ、奥にデスクがある。左側に六畳の和室と洋間。右はキッチンとトイレ、バスルームもある。

暴力団を示す飾り物はない。星村が初めて訪ねたときは、正面の壁に歴代会長の立ち姿の額があり、左右には代紋入りの提灯《ちょうちん》や熊手が掛けてあった。

「おかげでいい女を口説き損ねた」

松永が鷹揚に言った。ソファの中央で寛いでいる。

——これからあんたの事務所に行く——

公園での喧嘩のあと松永の携帯電話を鳴らし、そう告げた。

「あんたの器量がたりんのや」

星村は薄く笑い、松永の正面に腰をおろした。

世間の裏で生きる男は持てる。危険なにおいのする男に惹かれる女もいる。そういう女は男の胆《たん》が据わっているか否かを見極める嗅覚がある。連れている女を見れば男の値打ちがわかる。やくざ社会ではいまもそういわれている。

松永が持てるのも、松永の身持ちが固いのも知っている。

「おまえだけには言われたくない」松永も笑った。「なにを飲む」

「酒の好みは変わってないか」

事務所に入ったのは四年ぶり、愛宕署への異動を通告された日以来だ。それまでの松永はオールドパー・クラシック18年を好んでいた。

「一途よ」

松永がさらりと言った。

「ロックで頼む」

「俺もだ」

松永に言われ、川上がキッチンにむかった。

星村は麻のジャケットを脱いだ。顔がゆがむ。

松永が声を発した。

「やられたのか」

星村はシャツの裾をたくしあげた。脇腹が赤くなっている。指先でふれる。痛みが走った。肋骨を痛めたか。

「テツ」松永が壁に立つ男に声をかける。「シップ薬を持ってこい」

ジャージ姿のテツが隣室に消えた。二十歳前に見える。

「新人か」

「見習いだ。二か月ほど前に喧嘩を売られ、ここに連れて帰った」

「金の卵やな」

「孵《ふ》化《か》するかわからん」

松永が目で笑う。本音に聞こえた。

テツが薬箱を持って戻り、星村のそばで膝を立てた。

星村はシャツも脱いだ。ついでに首のうしろにも貼ってもらう。

「ぜい肉だらけだな」

松永が茶化すように言った。

星村は両肩をすぼめた。返す言葉がない。自分でもそう思う。ガールズバーのノンらがそばに来たときは息があがっていた。あきらかに体力がおちた。かといって、いまさら身体を鍛えるのはおっくうだ。

川上が運んできたグラスをあおった。うまい。上質の洋酒はストレートかオンザロックにかぎる。そもそも水割り用には製造されていない。

星村はテツに礼を言い、シャツを着た。松永に話しかける。

「景気はどうや」

「カネ儲けに励む連中がいるかぎり汚れ仕事は消えん。が、博奕《ばくち》はだめだな。カネのありがたみを知らん成金が消えた。大ガモが消えれば小ガモも寄りつかん。賭場は雰囲気だ。客は熱気にのまれる。あげく冷静さを失い、すっからかんになる」

「で、あんたも喘いでいる」

からかい半分に言った。

構成員の減少とともに銀友会は衰退した。だが、築地署のマル暴担当は松永が組織の維持に汲々としているとは見ていない。

松永は前科持ちだ。身体に古傷がある。

二十八年前になる。二十歳の松永は二代目会長と親子盃を交わした。数か月後、会長が抗争中の相手組織から襲撃された。会長を警護していた松永は盾となり、腹部に銃弾を食らった。それでも覆いかぶさって会長を護り、背中を切りつけられた。全治二か月の重傷だった。それから二週間後、松永は敵対組織の組長の車を襲い、ガラス越しに五発の銃弾を浴びせた。

傷害および銃刀法違反の罪で禁錮六年が確定し、五年三か月で仮釈放となった。松永は放免の祝儀で四千万円を手にしたという。現在なら一億円を超える額か。松永は若頭補佐に昇格し、ほどなく、銀友会の大蔵省の異名がついた。

警視庁の旧捜査四課と築地署の旧捜査四係は松永の資金源を断ち、身柄を獲ろうとした。が、決定的な証拠を得るには至らなかった。

「そんなことより、どうしてここに来た。うちの連中の仕業だと思ったか」

「あんたがチンピラに頼るわけがない」

「顔を見たか」

「ああ」

星村は、桜田公園でのありのままを話した。

「襲われた理由に心あたりは」

「ないこともない」

「その連中を俺に見つけてほしいのか」

「雑魚《ざこ》はどうでもいい」

「それならなにしに来た」

「ホテルにいた理由を教えてくれ」

松永が眉間に皺を刻んだ。そうすると四十八歳の顔が五十半ばに見える。

星村は言葉をたした。

「偶然とは思えん」

「偶然でなけりゃ何だ」

「あんたはゴールドの山本をつけ狙ってる。違うか」

「勘はたるんでなさそうだな」

松永が目元を弛めた。

「なんでやつを狙う」

「カネのにおいがするからだ。が、標的は山本じゃねえ」

「ゴールドか」

「そんなところだ」

「あんたの忠告、あれはどういう意味や」

第一ホテル東京のロビーラウンジでささやかれた。

──相手を見て喧嘩しろ。もう桜の代紋はねえんだ──

あのときは『ゴールド』が銀友会を頼ったとも思った。

その推測はすぐに消えた。松永はカネになるなら何でもやる。が、己の器量の見せ処は心得ている。初手の交渉に顔をだすような男ではない。

「事実を言ったまでよ」松永が面倒そうに言う。「深い意味はねえ」

「俺とゴールドのことは」

「おまえの雇い主が威された」

「ん」

眉根が寄った。

松永が話を続ける。

「銀座のことならおまえの相棒よりくわしいぜ。山本がＳＬＮの社長に会うという情報は摑んでいた。で、見物がてらにでかけた。おまえの登場も想定内よ」

「うちの内情にもあかるいようやな」

「社長の有吉は蚤の心臓らしいな」

星村は吹きだしそうになった。心臓もキンタマも男の度量を測るものさしだ。

「あのとき、山本に何を言った」

「元は築地署の保安だったと教えた。あいつにドジられてはこまる」

「うちとゴールドのトラブルがカネのにおいの本か」

「稼業のネタは話せん」松永がグラスを空けた。「礼子とは縁があった」

「礼子の客だったのか」

「逆だ」

「ほう」口がまるくなった。「バカラの客か」

「そうだ」

松永があっさり認めた。

松永はマンションカジノを経営している。その情報を入手しても警察は手をだせないでいる。内偵捜査を始めたとたんに賭場を変えるからだ。銀座、新橋、赤坂、六本木。これまでの内偵捜査は家宅捜索にまで至らなかった。

非合法のマンションカジノでやるのはバカラというゲームで、常連客はかぎられている。バカラ中毒の個人事業主、もしくは成金が大ガモになる。ＩＴバブル期には、濡れ手で粟《あわ》のキャバクラ嬢の多くがバカラに嵌《はま》ったという。

「礼子が六本木にいたころからの縁か」

「ああ。けど、礼子はのめり込まなかった。月に一、二回顔を見せ、二、三十万負けると卓を離れて酒を飲んでいた」

簡単に二、三十万と言うな。言いかけて、やめた。むだな話だ。

松永が言葉をたした。

「うさばらしみたいな感じだった。で、時々、俺が話し相手になった」

「それだけの仲か」

「おう。礼子に手をだそうとは思わなかった。背負ってる女は苦手でな」

「身の上話を聞いたのか」

松永が首をふる。頬に翳《かげ》が走った。

クラブ『佳』の川村とのやりとりがうかんだ。

——うわさの中身は犯罪にかかわることかな——

星村のひと言で川村の表情が一変した。

あのときは覚醒剤のうわさだと思った。カジノ賭博のうわさだったかもしれない。

「銀座に移ってからはどうなった」

「たまに来て、だが、遊んでも二、三万だった。カネを放ってやったこともあるが、手をつけなかった。崩れそうで崩れなかった女がてめえの命を奪うとは……」

松永が語尾を沈めた。顔がゆがんだ。

星村はしばし松永を見つめてから訊いた。

「どうして俺に話した」

「おまえに邪魔されたくねえ」松永が両手で太股を打った。「でかけようぜ。おまえのために女どもを待たせてある」

「いいね」

星村はあかるく言った。

情話を聞いた礼を返す。それでも、一緒に遊ぶのはこれが最後か。この先、松永の存在がめざわりになりそうな気がする。

★

胸と首に銃創がある。首の傷口から流れた血が地面にひろがっていた。白い短パンに黒のタンクトップ。腹部に黄色のウエストポーチがある。

四角春男《しかくはるお》は死体のそばに屈み、両手を合わせた。

細面のところどころに化粧をおとした跡がある。長い睫毛がカールしている。水商売の女か。そう感じ、時刻を確認した。午前二時半を過ぎたところだ。

腕にふれた。ぬくもりがあり、やわらかい。ポーチの中が空なのを確認して立ちあがり、鑑識課の男に声をかけた。

「カジっ」主任の梶木《かじき》とは同期で、何度も一緒に仕事をした。「ポーチの中身は」

「あれだけだ」

梶木が若い鑑識員の手元を指さした。別々のビニール袋に、二枚の千円札、キーホルダー、ちいさなタオルが入っている。

「ポケットの中は」

「空だった」

「身元を示すものはなかったのか」

梶木が頷く。

「いまのところ、周辺から凶器をふくむ遺留品は見つかってない」

「薬莢《やっきょう》もないのか」

「あそこに」梶木が指さした先に二名の鑑識員が腰を屈めている。「バイクと思われるタイヤ痕と、靴跡がひとつある」

死体とタイヤ痕の距離は二メートルほどある。

「リボルバーか」

オートマチック拳銃なら周辺に薬莢が残る。加害者がそれを拾ってから現場を去ることもあるが、梶木の発言は加害者がバイクから降りていないことを意味する。

返事はなかった。梶木は予断を口にしない。

「被害者はどっちの方角へむかっていた」

「波除《なみよけ》神社から八丁堀のほうだな」

慎重なもの言いだが、返答したのは足跡を確認したからだろう。

「バイクもおなじか」

「その可能性が高い」

頷き、四角は周囲を見渡した。

左側はマンションやテナントビルが建ちならんでいる。右側にはおおきな建物が三つ。そのむこうに隅田川が流れている。

「早いな」

背に声がした。ふりむかなくても誰だかわかる。上司の細川直道《ほそかわなおみち》だ。階級は警部。警視庁刑事部捜査一課強行犯四係を束ねている。

「家にいました」

四角は江東区門前仲町に住んでいる。出動の連絡を受け、自分の車で駆けつけた。清澄《きよすみ》通を南下し、勝どきの交差点を右折した。勝鬨橋を渡ってすぐ波除神社がある。その手前の交差点を右折したところが犯行現場で、十分とかからなかった。

「死体の身元は」

「不明です」

四角は、死体の状況と梶木の報告を話した。

「こんな夜中にジョギングしていたのかな」

「どうでしょう」

四角は曖昧に言った。推測しても口にはせず、捜査に予断は持たない。だから、鑑識課の梶木とは馬が合う。

「よし。まずは被害者の身元の割りだしだ」

細川が周囲の誰彼なしに声をかける。

あっという間《ま》に十四、五名が集まった。スーツ姿の者もいれば、ジャケットを手にする者も、軽装の者もいる。目つきだけが似ていて、眠たそうなやつはいない。

細川係長以下七名の強行犯四係は、四角とおなじ警部補と巡査部長が二人ずつ臨場している。残るひとりの巡査部長は遅れているようだ。ほかは築地署捜査一係と応援の捜査員か。殺人などの重要事案では所轄署のほかの部署にも出動命令がでる。

「被害者の身元は不明。身元の割りだしと目撃情報を中心に聞き込みを行なう」

細川が早口で言った。

鑑識課の梶木が細川に写真の束を手渡した。死体はデジタルカメラで撮り、初動捜査で使うためにその場でプリントする。

細川が二人一組の班分けを始めた。基本は捜査一課と所轄署の組み合わせだ。

「どこの部署だ」

四角はとなりの男に訊いた。

丸顔のショートボウズ、ずんぐりしている。三十八歳の自分より下に見えた。紺色のコットンパンツにスニーカー。ポロシャツにサマージャンパーを着ている。

「築地署捜査一係の友田正浩、巡査部長です」

「俺も主任だ」

友田が苦笑した。肩書はおなじでも警視庁と所轄署では階級が異なる。

「強行四の四角だ。ついて来い」

四角は群れを離れた。

友田が肩をならべる。

「どうして自分に声をかけられたのですか」

「おまえはじっと死体を見ていた」

「かわいそうだと思って」

「ふん」鼻を鳴らした。「まあ、いい。仇《かたき》を取ってやれ」

足を速めた。片っ端からコンビニエンスストアをまわるつもりだ。ウエストポーチに入っていた二千円がその気にさせる。

二軒目のコンビニで手応えがあった。

「よく見てくれ」四角は写真をかざした。「この人で間違いないか」

気が急《せ》くと言葉遣いが雑になる。が、頓着しない。気遣いはむだな労力だ。

「ええ」長髪の若い店員が答えた。「何度も見ました」

「時間帯は」

「深夜の一時から三時の間です。たまに朝方も」

「どんな格好だった」

「ひと目で水商売とわかるときもありました。このへんは多いんです。スッピンで、ジャージや短パンのときも……ジョギングの途中みたいでした」

「話したことは」

「何度か。挨拶程度ですが」

「住まいを知ってるか」

「いいえ。でも、この近くだと聞きました」

「最後に来たのはいつ」

「一週間くらい見ていません」

「夜はあなたひとりか」

「いつもは二人です。きょうは相方が風邪をひいて」

四角は店内の防犯カメラを視認して路上に出た。携帯電話を耳にあてる。

《細川だ》

「四角です。現場から八丁堀へむかい、百メートル先の角地にコンビニがある。その防犯カメラの映像を回収してください。店員が被害者と断言しました」

《わかった。待ってろ。すぐに手配する》

「待ちません。あとはよろしく」

携帯電話を折り畳んだ。

防犯カメラの回収には書面上の手続きが要る。殺人の重要事案だからすでに現場周辺の防犯カメラの映像回収に着手しているだろう。が、待ったところで意味がない。映像の解析は捜査支援分析センターが行なう。緊急を要する場合は捜査一課の捜査員が映像を見ることもあるが、それも時間がかかる。

煙草をくわえ、ジッポーで火をつけた。コンビニの角に灰皿がある。

友田に話しかけた。

「この辺の地理にあかるいか」

「はい。波除神社から」友田が現場と逆方向を指さした。「この先にある区立福祉センターまでが住宅街で、通り沿いにはおおきなマンションが五つあります」

「築地七丁目全体では幾つある」

「十数棟かと。コンビニは周辺をふくめて十店舗ほどです」

「とりあえず、五つをあたろう」

立て続けに煙草をふかし、灰皿に消した。

「こんな時刻にどうやって聞き込みをするのですか」

友田が歩きながら訊いた。

答えず、四角は道路沿いにあるマンションの階段をあがった。

エントランスのメールボックスは七十ほどある。その上のディスプレイには自分の顔が映っている。自動ドアのむこうに二基のエレベーター。ドアの手前に人工大理石の台座があり、下方に管理会社の名と電話番号がある。

電話をかけると録音メッセージが流れた。

――只今の時間は業務を行なっておりません……――

もう一度エントランスとエレベーターホールを隈なく見渡した。

「おい」友田に声をかける。「エレベーターの脇にある文字を読めるか」

四角は両眼で〇・七。かろうじてメガネなしで車を運転できる視力だ。

友田が自動ドアに顔をくっつけた。

「東京第一警備とあります」

「電話番号は」

「読めます」

「電話しろ」

友田が自分の携帯電話を手にした。

「ちょっと待ってください」友田が携帯電話をよこした。「つながりました」

四角は耳にあてた。

「警視庁捜査一課の四角といいます。いま築地七丁目の築地レジデンスというマンションのエントランスにいる。そこから防犯カメラのモニターを確認できますか」

《いいえ。わたしはオペレーションセンターにいて、映像の監視ルームは別です》

「では用件を言う。先ほど、この近くで殺人事件が発生した。周辺の聞き込みを行なっているのだが、ここの管理会社の日輪不動産と連絡が取れない。で、この時間でも連絡が取れる電話番号を教えていただきたい」

《用向きはわかりました。ですが、わたしの一存では教えられません。失礼ながら、

あなた様の身元も確認しておりません》
「だから、防犯カメラの話をした」声を強めた。「ただちに監視ルームに連絡し、モニターで確認してほしい」
《お待ちください》
保留のメロディーが流れだした。苛々する。
「築地署に連絡して日輪不動産の名簿を調べてもらうほうが早くないですか」
友田が言った。
「時刻を気にしたのはおまえだぞ」さらに声が強くなる。「社員名簿に未明の緊急連絡先が書いてあるとは思えん」
一分ほど経《た》って女の声がした。
《お待たせしました。監視ルームにおつなぎします》
男の声に替わった。
《セキュリティ担当の西野です。用向きはわかりました。ご面倒ですが、ディスプレイの上にある防犯カメラにあなた様の警察手帳を示してください》
言われたとおりにした。
「見えるかな」

《はい。自分はそれを持っていたことがあります。念のため、あなた様の映像を警視庁に照会させていただいて構いませんか》

「もちろん。だが、日輪不動産とのホットラインの電話番号はいますぐ聞きたい」

横柄なもの言いは元に戻らない。相手が元同業と聞いたせいもある。

《教えますが、電話は一分後にお願いします。こちらから連絡しておきます》

聞いた番号を自分の携帯電話に打ち込んだ。一分経って発信する。

「警視庁の四角です。築地七丁目の築地レジデンスは分譲ですか、賃貸ですか」

《分譲です。大半のオーナー様は投資目的で、貸しだされています》

「賃貸物件の管理も御社がしている」

《はい。一括管理しております》

「では、御社にむかいます」

《これからですか》

うろたえる声音だった。

「一刻を争う。いまのところ、このマンションが唯一の手がかりでね」

《殺人犯が住んでいるのですか》

「答えられない」

《わかりました。しかし、わが社が入居希望の方全員と面談したわけではなく、むしろ、街の不動産業者の仲介が多いくらいです》

「頭に入れておく。それと、もうひとつお願いがある。東京第一警備に連絡して、きのうの午後十時からきょうの午前二時までの、エレベーターおよびエントランスの防犯カメラの映像を用意してもらいたい」

《承知しました》

諦め口調だった。

日輪不動産の所在地と、対応してくれる社員の氏名を聞いて通話を切った。

走って現場に戻り、自分の車に乗った。行く先は大手町。日輪ビルの三階に日輪不動産の本社がある。賃貸事業部の者とセキュリティ担当の者が対応するという。

車が動きだすなり、助手席の友田が口をひらいた。

「ずいぶん強引なんですね」

「もっと効率のいいやり方があれば教えろ」

「知りませんよ」友田が頬をふくらませる。「被害者があのマンションの住人でなかったらどうするのですか」

「わかりきったことを訊くな。夜明けまでにほかの四つをあたる」

「捜査一課には四角さんのような人ばかりいるのですか」

「知らん。おまえはこれまでにどんなやつと組んだ」

「四角さんが初めてです。殺人事案も……三か月前までは捜査三係にいました」

警視庁の捜査三課および所轄署の捜査三係は盗犯等を担当する。

「安心しろ。俺のあとは誰とコンビを組んでもうまくやれる」

友田が目をぱちくりさせた。

四角は言葉をたした。

「捜査マニュアルなんて関係ない。犯人を逮捕する。俺はそれしか能がない」

「自分はとんでもない人に声をかけられたようですね」

「後悔したけりゃ、己のやさしさを怨め。言っておくが、上司に泣きつこうと、コンビは解消しない。その代わり、おまえの転属祝におおきな点数をくれてやる」

友田がなにか言いかけたが、声にならなかった。

四角は細川に電話した。

「コンビニのほうはどうなりましたか」

《手続きが済んで、回収作業に入った》

「ほかの連中から被害者の身元に関する情報は」
《ない。めぼしい目撃情報もない》
「捜査本部《チヨウバ》は立つのですね」
《もちろん。築地署に設置することが決まった。しかし、朝の会議はむりだな。この時間帯の地取りはむずかしい》
殺人事案の捜査は大別して三つある。
犯行現場周辺で聞き込みを行なう地取り捜査、被害者と被疑者の人的関係を調べる敷鑑捜査、遺留品等から犯人を追うナシ割捜査だ。初動捜査は地取りが中心で、召集された捜査員の大半がこれにあたる。彼らが得た情報と、鑑識課の分析結果と検死報告を基に、第一回捜査会議が行なわれる。
「呑気なことで」
《うるさい。そういうおまえのほうはどうなんだ》
「奮闘努力中です」
《聞き飽きた。おまえの相棒は若葉マークらしい。いじめるなよ》
「もう泣いています」
《どうしようもないやつだな。せめて、まめに連絡しろ》

電話は一方的に切れた。

約二時間後、四角は築地レジデンスに戻った。

被害者が最初に訪ねたマンションの住人だったのは好運としかいいようがない。日輪不動産に入居者の写真はなく、マンションの管理担当者も被害者の写真に首をふった。応接室からセキュリティ管理室に移り、東京第一警備の社員が運んできた防犯カメラの映像を見た。勘を頼りにきょうの午前零時からの映像を再生した。

目が疲れだしたころ、その場の全員が「あっ」と声を発した。午前零時四十七分、エントランスにバッグをふりながら入って来た女を見たときだった。同四十九分、女は七階でエレベーターを降りた。

すでに女の部屋は特定していた。女は自動ドアのロックを解除する前に自分のメールボックスを開けたのだった。エントランスにある二基の防犯カメラの片方がメールボックスを捉えていた。

二年前に作成した賃貸借契約書には坂本由美子《さかもとゆみこ》、二十七歳とある。職業欄には自営業。連帯保証人は和歌山県に住む実父と大阪市内で飲食店を営む伯父だった。勤務先は自宅、緊急時の連絡先には携帯電話の番号と西川公一郎《にしかわこういちろう》の名が記されていた。

――ひと目で水商売とわかるときもあった――

コンビニ店員はそう証言した。

四角も夜の女だと直感した。職業欄にホステスと書けば家主は躊躇《ちゅうちょ》する。坂本が住む部屋は一ＬＤＫ五十八平米、賃料は共益費込みの二十六万円。ホステス業は浮き沈みが激しく、賃料滞納の心配があるので契約するか否かは保証人次第という。

同行した日輪不動産の社員が鍵を手にためらった。

「わが社がお咎《とが》めを受けることはないでしょうね」

「どういう意味だ」

声にいら立ちがまじった。早く開けろ。怒鳴りたくなる。

「家宅捜索令状なしで部屋に入ることです」

「捜索じゃない。被害者の身元を確認する。写真と映像だけでは断定できない。世の中には瓜二つの赤の他人もいる。姉妹ということも考えられる。あなたも聞いていたじゃないか。電話で上司の判断をあおいだ。この時間ではほかに方法がない」

立て板に水のように喋った。

保証人の二名に連絡したとしても上京するまで時間を要する。緊急時の連絡先に電話したが、留守電になっていた。メッセージを残すのは愚の骨頂だ。その番号の持主が事件にかかわった可能性もある。

エントランスの自動ドアのロックを解除し、エレベーターで七階にあがった。

四角は白い手袋をはめ、社員に七〇三号室のドアを開けさせた。


靴脱ぎ場に黒のパンプスと白いスニーカーがある。廊下の両側のドアを開けた。右がキッチン、左はトイレとバスルーム。どちらもきれいに片づいている。廊下の正面のドアは開いていた。

「二十五平米のリビング」社員が言う。「となりは十七平米のベッドルームです」

四角は友田に声をかけた。

「おまえはリビングを調べろ」

友田が頷いた。

日輪不動産に着いてからは口数が減り、緊張しているように見える。

社員が目を見開いた。

「待ってください。家宅捜索ではないと」

「そのとおり。身元の照合のため部屋を調べる。運転免許証とか卒業アルバムとか、写真と名前が一緒に写っているものが必要なんだ」

「なんだか、騙された気分です」

「気のせいだろう」さらりと返す。「どうしても気になるのならそとで待ってろ。自分らのやることを見なければいいんだ」

「そうはいきません」

「勝手にしろ。が、捜査の邪魔はするな」

「はあ」

社員が頓狂な声を発した。

四角は視線をそらした。時間がもったいない。

「丁寧に扱え。手にしたものは元の位置に戻せ」

友田に言い、寝室のドアを開けた。後ろ手に閉める。

ベッドとドレッサー、ドレッサーの横に一メートル半ほどの立ち鏡が掛けてある。カーテンもベッドカバーもグレーとオレンジカラーのストライプ。楕円形のカーペットはダークブラウン。飾り物やぬいぐるみなどはなく、シンプルな部屋だ。右側には観音開きのクローゼットが二面ある。

四角はベッドに近づいた。

葡萄《ぶどう》色のワンショルダーワンピース、網掛けの黒いストッキング、足元のほうにエルメスのカーキ色トートバッグ。ならべるように置いてある。

バッグの中身をベッドの上にひろげた。ブルガリの長財布とカードケース、化粧用品を収めたポーチ、三枚のハンカチ、二種類の携帯電話が入っていた。

カードケースを手にした。おなじ名刺がある。〈クラブ　イレブン　幸田《さなだ》由美《ゆみ》〉。一枚を抜き取り、上着の胸ポケットに入れた。

携帯電話を両手に持ち、電話とメールの発着信履歴を調べる。

電話の最後の発信は20：27、着信は22：49。メールは送信も着信も20：13が最後で、おなじ相手とのやりとりだった。短文で意味がわからない。

最後の発信と着信の相手番号を手帳に書き留め、メールのアドレスは自分の携帯電話に打ち込んだ。どちらも個人情報保護法に抵触する。が、気にしない。すでに幾つも警察内規や法律に反することをした。日輪不動産では坂本が記した入居申込書と賃貸借契約書のコピーを二部ずつもらった。一部は自分が使うためだ。

財布には十三万四千円と小銭、片面に八種類のカードと国民健康保険証、運転免許証が挿してある。運転免許証と被害者の顔写真を見比べた。そっくりだ。

クローゼットを開く。

左側には形も色も様々な衣装が吊るしてある。右側のクローゼットには桐のローチエスト。三段とも畳紙《たとうがみ》に包まれた着物がかさなっている。その上のパイプにはジャケットやパーカーなど、こちらも色とりどりの服が掛けてある。

ドレッサーの抽斗《ひきだし》を調べてからリビングに戻った。

二つの携帯電話と財布をダイニングテーブルに置く。

リビングはゆったりしている。右側にキッチンカウンターとダイニングテーブル、窓寄りにブラウンとベージュのストライプ柄のコーナーソファがある。左側はワインレッドのサイドボードとチェスト、五十インチのテレビがならんでいる。

四角はサイドボードの上の写真立てを手にした。両面で、右は被害者の上半身、左は中年男を囲むように三人の女が写っている。そのうちのひとりは被害者だった。

それもテーブルに移した。

ソファに座る社員の目が三角になっている。

無視だ。キッチンにいる友田に声をかけた。

「手がかりになりそうなものはあったか」

「チェストの抽斗に高校の卒業アルバムとデジタルカメラが入っています」

友田がカウンター越しに言った。

「そこでなにをしている」

「食器や箸の数を調べていました。大小の皿、カップ、ナイフやフォーク、すべて五組セットです。茶碗と味噌汁椀はひとつずつ。調理具は……」

「もういい。アルバムとカメラをだせ」

ふりむいて、社員に話しかけた。

「書くものはあるか」頷くのを見て続ける。「ここにある品物をメモしてくれ」

言っている間にアルバムとデジタルカメラが加わった。

社員が寄ってきた。

「それをどうするのですか」

「築地署に運ぶ。被害者が坂本由美子であることを示す重要な物証になる」

「持ちだしてもいいのですか」

「緊急時の捜査の許容範囲だ。署での照合作業が済めばここに戻す」

「わかりました」

社員が手帳にペンを走らせる。

四角はバスルームのほうへ行き、洗面化粧台と洗濯機の中を見た。

車で築地署へむかった。

築地署の刑事部屋には初めて入る。捜査一課にいる七年間で幾度か築地署に捜査本部が設置された。が、そのどれにも強行犯四係は出動しなかった。

上司の細川係長は入口近くの安っぽい応接ソファで中年男と話していた。

「うちの課長です」

友田が小声で言った。

四角は二人に近づいた。

「ご苦労さん」細川が言い、中年男にも声をかけた。「うちの四角警部補です」

「刑事課の岸本《きしもと》だ。遅くまでご苦労さん」

「どうも、四角です」岸本に勧められ、細川のとなりに腰をおろした。「被害者が坂本由美子と断定できる品物を運んできました」

二人が頷くのを見て、友田が紙袋の中身をテーブルにならべた。

デスクに座る四人の男が背伸びしてこちらを見ている。

「よし。係長のデスクに運びなさい」

岸本が友田に命じた。手袋をしていないからさわれないのだ。

四角は細川に顔をむけた。

「皆はまだ地取りですか」

「おまえが身元を確認できたと連絡してきたあと、一部の者を除いて帰宅させた。午前七時には全員が集まる」

再開する初動捜査の方針を説明する会議だろう。それまでは築地署で仮眠した者たちが始発電車の動きだすころから現場周辺の聞き込みを行なうはずである。

「捜査本部はそのあと設置され、第一回捜査会議は午後七時ごろ開く予定だ」

「わかりました。自分もいったん家に帰ります」

四角が腰をあげると、細川も立ちあがった。

「お先に」

岸本に声をかけ、細川が歩きだした。


そとに出るや、細川が話しかけた。

「岸本とは同期なんだ」

「おなじ警部で、所轄署の刑事課長と本庁捜一の係長、どっちが上なんですかね」

「考えたこともない」

細川がにべもなく言った。

築地署は新宿署や渋谷署のような重要所轄署ではない。

組織の序列では捜査一課の係長が格上である。が、所轄署に捜査本部が設置されればその署の刑事課長の立場が重くなる。よほどの重要事案でないかぎり所轄署の署長が捜査本部長に就き、警視庁の捜査一課管理官が実質的な指揮を執る。会議は所轄署の課長が仕切り、現場は捜査一課の係長が束ねる。記者会見とマスコミへの対応は所轄署の刑事課長の役目である。

細川と岸本のやりとりから察して捜査本部がぎくしゃくすることはなさそうだ。

「送ってくれないか」

「いいですよ」

四角はあっさり返した。そう言われるとは予測していた。

強行犯四係が出動するたび送り迎えをしている。細川の自宅は江東区白河。東京メトロ半蔵門線清澄白河駅の近くで、四角の家から車で五分の距離にある。

車を走らせる。

「やつを気にして、押収品の説明を省いたのか」

助手席の細川が言った。

「質問されるのがいやだからです。自分も眠い」

「正解だ。やつは納得するまで食らいつく。それがわかっているから、おまえの報告は前もって詳細に教えておいた」

「お好きなように。自分には関係ない」

「どうしてそんな言い方しかできないんだ」

「変ですか」

「普通でないのは確かだ。が、気性が直るわけではないし……一本くれ」

四角は煙草をくわえ、パッケージとジッポーを細川の手のひらにのせた。

紫煙を吐き、細川が口をひらく。

「早くも苦情が来た。ずいぶん乱暴な刑事だと」

「不動産屋ですか」

「ああ。釈明を求められた。俺が対応してなきゃ面倒になっていた。相手は協力者なんだ。やさしく対応できないのか」

「俺は営業マンじゃない」

「まったく。嫌われ者の極みだな」

「なんとでも言ってください」ぶっきらぼうに言った。煙草で間を空ける。「自分と築地署の友田は、敷鑑でお願いします」

細川の目が鋭くなった。

「なにを摑んだ」

「被害者の人脈です。さっきのケータイを調べれば誰でもわかる」

「おまえは先行できる立場にある」

「いけませんか。被害者の身元をつきとめた者の特権です」

「そんな言い方はやめろと言ってるだろう」細川が声をとがらせた。「人脈のほかにも手がかりを見つけたか」

「なんとも」

四角は曖昧に返した。あれこれ訊かれるのはうっとうしい。

気になることはある。運転を友田にまかせ、築地署にむかう車中では被害者の携帯電話のメールを見ていた。が、細川に報告するのはまだ早い。

「おまえの情報を、せめて四係で共有してはどうだ」

「そうする状況になれば」煙草を灰皿でつぶした。「寝坊するかもしれないので、班分けの件はよろしく頼みます」

寝る時間はない。シャワーを浴び、一服するだけで集合時刻が迫る。だが、朝の会議は無視だ。その時間はひとりで動く。そう決めている。

「夜の会議でいい報告がなけりゃ、おまえにナシ割班をまかせる」

四角は顔をしかめた。

犯人の足跡をたどるような捜査は気性に合わない。過去に一度だけナシ割班に入れられた。そのときはまったくやる気がおきなかった。

しかし、そうなる心配はない。捜査会議ではいつも四角が叱られ役だが、細川とは裏で連携している。強行犯四係の仲間は気づいていても口にしない。

自分が挙げた点数は四係の評価につながるからだ。

四角は勝手にそう思っている。

★

八田はいつもの喫茶店の窓際の席にいた。うかない顔をしている。

——大変なことになりました——

電話での八田の声が鼓膜によみがえった。悲運を嘆くような声音だった。めざめのコーヒーを飲みながら映画の続きを観ているさなかのことだ。由美が殺されたと聞いてマグカップをおとしそうになった。

もう動揺は鎮まっている。築地署の松尾に連絡し、事件の粗筋は聞いた。

星村は、ウェートレスにアイスコーヒーを頼み、八田の前に座った。

「やけに早いな」

「サラリーマンは出勤していますよ」

「おまえが言うな。早いのは警察の動きや。刑事の名前は」

「捜査一課の四角春男。三角四角の四角に、春の男……知っていますか」

「知らん。桜田門の連中とは縁がなかった」

築地署でも愛宕署でも強盗や殺人事案の捜査本部に駆りだされたことはある。が、自分の役割が済むか捜査本部が解散すれば名前を忘れてしまう程度の縁だった。

「どうして四角はおまえにたどりついた」

「故郷に帰った同業を憶えていますか」

「実家の酪農を継いだ男か」

「はい。西山《にしやま》というのですが、彼に電話で聞かされました。由美さんのことで警視庁の四角という刑事から連絡があったそうです。で、自分はスカウト業を辞めて、いまはぼくが担当していると喋った。迷惑な話でしょう。由美さんが殺されたことを知っていれば西山に電話して、よけいなことは喋るなと……」

「むりだ」

邪険にさえぎった。愚痴は聞きたくない。そもそもむりなのだ。警察よりも早く事件を知ることができるのは犯人か犯行の目撃者である。

「なんで、そのあとすぐ俺に連絡しなかった」

「それこそむりです。西山と話している最中に刑事が家に来ました。頭がこんがらがったらしく、西山が電話をよこしたのは刑事から連絡があった一時間後でした」

「それを真に受けたのか」

「はあ」

八田がきょとんとした。

「四角が一時間ほどおまえに連絡するなと釘を刺したかもしれん」

「なぜ、そんなことを」

「殺される二十数時間前に被害者と会った俺やおまえは被疑者扱いされる」

「冗談じゃない」

八田が口をとがらせた。

「それが殺人捜査や。四角は何時に来た」

「八時ごろです」

首が傾いた。

松尾によれば、被害者の身元が判明したのは午前五時前のことで、捜査員が築地署に集合したのは午前七時だという。おそらく初動捜査に関する会議が行なわれたはずだ。それなのに四角はその時間に西山と話したことになる。

「来たのは四角ひとりか」

「ええ。それがなにか」

四角は会議を無視して単独行動を取っている。その疑念は脇に置いた。

「なにを訊かれた」

「いろいろと。週末のことはしつこく。ホシさんのこともＳＬＮのトラブルも話さないつもりでしたが」八田が言葉を切り、眉尻をさげた。「被害者に会いたがった上司は誰かと、西麻布のキャッツでどんな話をしたかと……矢継ぎ早に質問されて」

星村は首をまわした。長ったらしい言訳は神経にさわる。

警察は由美の携帯電話を押収したのだ。メールの文言は記録に残る。

「気にするな。警察は遅かれ早かれ俺にたどりつく。それよりもＳＬＮとゴールドのトラブルをどこまで話した」

「ＳＬＮが派遣したホステスが自殺し、そのことでもめているようだが、自分は契約社員なのでくわしいことは知らないと言っておきました」

「ありがとうよ」

星村は皮肉をこめた。

八田がこれ以上の災難を避けようとしたのはわかる。だが、一回の事情聴取で八田が解放されるわけがない。ここまでの話だけでも四角の気質は想像がつく。自分勝手な点取り屋。捜査一課にはそういう刑事が何人もいるという。

四角は礼子と由美の関係や礼子の死に興味を持つだろう。礼子の自殺事案を担当したのは築地署捜査一係だから、礼子に関する情報は容易く入手できる。

星村は気分が重くなった。由美殺害が自分の仕事を複雑にしそうだ。礼子の自殺と由美殺害はどこかでつながっているのかとの疑念もめばえた。

隠しておくのもこのへんが限界か。煙草をふかし、口をひらいた。

「佳の川村が耳にしたうわさの中身やが、覚醒剤《シャブ》かカジノ賭博の可能性がある」

「ええっ」

八田が奇声を発し、のけ反《ぞ》った。

「礼子の身体から覚醒剤の陽性反応がでた」

「どこからそんな情報を。いつ知ったのですか」

「有吉がゴールドに威された直後や」

「そんな」八田が目をむく。「どうして教えてくれなかったのですか」

「おまえにとんずらされる」

「逃げません。ぼくには夢がある。でも、そんなあぶない話を聞いていればホシさんの電話は無視したかもしれない」

「正直でええ」

「その正直者を騙すなんて、ホシさんは詐欺師です」

「騙してない。いま教えた。それも、おまえのために」

「どういう意味ですか」

「礼子とも由美とも親しかったおまえは何度も警察に事情を訊かれる。連中の頭に覚醒剤やカジノ賭博があって、おまえに情報がないのは不公平や。で、教えてやった。念を押すまでもないと思うが、覚醒剤のことは他言するな。警察が覚醒剤の話をしても、おまえはとぼけろ。話せば最後、おまえの夢は泡と消える」

「わかりました」八田が顔を寄せた。「カジノ賭博の情報はどこから」

「おまえの想像どおりよ」

八田が息をついた。背中がまるくなる。

夜の銀座で長く生きている男衆なら、銀友会がマンションカジノを開いていることも、ホステスや客の一部がそこへ出入りしていることも知っている。

「深夜のジョギングなんてしなければよかったのに」

八田が愚痴っぽく言った。

星村は目をしばたたいた。初耳である。松尾から犯行現場の状況は聞かなかった。事件の詳細と捜査経過を知らないのだろう。それでも案ずることはない。捜査一係の友田は間違いなく現場に出動した。捜査本部にも参加する。

八田が言葉をたした。

「由美さんは汗をかいてシャワーを浴びれば気持よく眠れると言っていました」

「アフターのあともか」

「二時までに帰れば。それを過ぎたときはめちゃくちゃ酔っ払っているので顔だけ洗ってバタンキューだと笑っていました」

「それも四角に話したのか」

「ええ。由美さんにジョギングの習慣があったかと訊かれたので」

「ほかになにを」

「由美さんの人柄とか、仕事ぶりとか。彼女の客や友人関係についても」

「知っているのか」

「西山から由美さんに関するデータをもらいました」

とっさにひらめいた。それが声になる。

「イレブンに移るさいに必要なゴールドでの売上台帳のコピーも譲り受けたな」

「由美さんとイレブンの契約書のコピーもあります」

「四角に見せたか」

「そんなことをすればスカウト失格です」八田の顎があがった。「警察は由美さんの客からも事情を聞くでしょうが、ぼくが客の個人情報を提供することはない」

「力むな。水商売にかぎったことやない。それが常識や」

「そうですかね」

八田が不満そうに言った。

気持はわかる。守秘義務が徹底しているはずの金融機関の顧客の個人情報がいとも簡単に外部へ流出し、売買される時代である。

「由美の売上台帳のコピーをよこせ」

「いやです」八田が声を張った。「礼子さんの自殺と関係ないでしょう」

「警察はイレブンとゴールドの関係者から事情を聞く。鈍感な刑事でも、わずか八日前におきた礼子の自殺に興味を持つ。当然、有吉も訊問される。そうなったときのために情報を集めておくのも俺の仕事や」

「持っているのは由美さんのゴールドでの売上台帳です」あらがうように言う。「二人に共通の客はいない。栗田社長もゴールドでは礼子さんの客でした」

「つべこべぬかすな。文句は俺が頼んだことをやってから言え。ゴールドのスタッフやホステスに接触できたか。山本の履歴は調べたか、礼子の売上台帳は……」

「手に入れました」

八田がにこりとした。セカンドバッグから封筒を取りだす。

「現金なやつです。礼子さんの話は避けたがっていたのに、五万円で買うと言ったとたんに態度を変えて。どうせ処分するからと、きのうの深夜に受け取りました」八田が封筒の中身を差しだした。「これ、領収書です」

「有吉に渡せ」

「ホシさんのほうが確実です」

星村は首をすくめてポケットをさぐった。

カネはある。掲示板の件で有吉に呼ばれたさい、調査費の仮払いを要求した。十万円せしめれば上々と思ったが、有吉は金庫を開けて三十万円をよこした。

それがなければ八田の要求は拒んだ。ない袖はふれない。ポケットに万札がかさなってあるのは競輪で高配当を得たときだけである。

八田がカネを財布に収めた。思いだしたように口をひらく。

「ゴールドの山本社長は六本木のクラブで働いていたそうです」

「やつは十年と言ったよな。ひとつの店に十年か」

「くわしいことはこれからです。六本木でスカウトをしている知り合いの情報で、その男は山本が働いていた店と仕事上のつき合いがあるそうです」

「そいつは六本木時代の礼子を知っているのか」

「知らないでしょう。スカウトを始めて四、五年なので」

「山本がいたクラブの者と接触できるか」

「頼んでみます」

「なるべく早く会えるよう段取りをつけろ」

「あれもこれも……人遣いが荒いですね」

「俺もこき使われている」

八田が肩をすぼめたあと、目を見開いた。

「ホシさんにアリバイはありますか。ぼくは刑事に訊かれました」

「あったのか」

「午前二時ごろは仕事の真っ只中です。その時間に会える子は仕事から解放され、酒も入って口が滑らかになる」

「俺も滑らかやった」

「はあ」

「アリバイの時間や。やくざ者の証言を警察が信じるかどうか、わからんけど」

「もしかして銀友会……もめたのですか」

「女五人に囲まれて、ゴチになった」

八田が目を白黒させる。八田は自分と松永の腐れ縁を知らない。

ポケットの携帯電話がふるえた。有吉からだ。その場で耳にあてる。

「はい、星村」最初のひと言はいつもおなじだ。警察官のときの習慣がぬけない。

「どうした。刑事が訪ねて来たのか」

《えっ。刑事がどうして……》

「訊いただけや」早とちりを悔いても仕方ない。「用を言え」

《その前に教えてください。警察沙汰になるようなことをしたのですか》

「事情を聞いた女が殺された。一時間ほど前に八田が訊問を受けた」

《ニュースで見ました。築地で射殺された坂本由美子という女性ですね》

「ああ。二か月前までゴールドで働いていた」

《そんな》声が沈んだ。《わが社とはかかわりないですよね》

「心配するな。刑事が来たら正直に話せ。むこうがしつこく絡んだときは、俺にいっさいをまかせてあると言え」

《そうします》声音が戻った。《調査は進んでいますか》

「何の」

《掲示板の件です。ゴールドが関与している証拠を掴みましたか》

　星村は胸で舌打ちした。築地署の松尾に頼むつもりだったが、状況が変わった。所管内のクラブホステスが殺されたのだから保安係は捜査への協力を強いられる。

　八田が携帯電話にふれる。

　それを見ながら口をひらいた。

「そう簡単にはいかん。由美の件でさらに遅れるかもな」

《だめです。急いでください。件数はすくなくなりましたが、きょうも取引先企業からの問い合わせが続いています》

「針の筵《むしろ》か」

《地獄です》

「それしきのことで。地獄にいる人が聞いたら怒るぞ」

《ばかなことを言ってないで、一刻も早くわたしを助けてください》

「わかった。ところで、ゴールドから連絡はあったか」

《いいえ。だから、なおさら不安です。訴訟の準備をしているのでしょうか》

「それはない」

《根拠は》

「ない」

根拠はあるが、話すのは面倒だ。説明しても有吉の不安が消えるとは思えない。

八田が右手の親指と人差し指で丸をつくった。

「切るぞ。刑事が来たら連絡しろ」

返事は聞かなかった。

「ケータイを替えたら」八田が言う。「塗料が剝げてみっともないですよ」

「よけいなお世話や」

星村が持っているのはガラケーと称する機種だ。愛宕署へ異動する数日前、築地署の連中から餞別にもらった。だから買い替えないのではない。操作を覚えるのが面倒だ。メールも返信のときしか使わない。それもごく稀《まれ》である。

「容量も多いし、便利なのに」

「ネット情報に興味はない。データも要らん」

十人ほどの電話番号は暗記している。それで充分だ。アドレス帳には五名の登録がある。縁が切れないようにと贈り主たちが打ち込んだ。

「そんなことより、何の丸だ」

「山本がいた六本木のクラブの人からメールが届きました。昼の一時から一時間くらいなら会ってもいいそうです」

「今度はランチ付きか」

「喫茶店を指定されました。場所は白金高輪」携帯電話の画面にふれる。「ここ……明治通沿い、四の橋の近くです」

星村は見なかった。

「飯を食おう。その前にひと勝負する」

窓を見た。『ラ・ピスタ新橋』が呼んでいる。

三連単ボックスと二車単の車券を買い、七千二百円が消えた。自分のカネではないのに、ポケットに万札があると気分がおおきくなる。

罰があたったか、選手がゴールする前に車券が紙屑になった。たいした接触でもなかったのに車券の軸にした選手が転んだ。

となりで八田が笑いを噛《か》み殺していた。

——おなじ目ではつまらないので、別の目を教えてください——

八田にそう言われ、先行するラインの中心選手を教えた。カネを溝《どぶ》に捨てるようなものだと言い添えた。恥の上塗りだった。

ギャンブル嫌いの八田は六百円の車券で一万七千円を手にした。

ニュー新橋ビル地下のチャーハン専門店で食べてからタクシーに乗った。東京メトロを乗り継いで南北線の白金高輪に行けるが、足が重かった。


しゃれた喫茶店に入った。入口近くの席に四十年配の男がひとりでいる。ほかの席は複数の客で、ほとんどが三、四十代とおぼしき女だった。

八田が男に近づく。

「中野《なかの》さんですか」

「そうです」

中野という男の表情がやわらかくなり、目尻が垂れた。オフホワイトのチノパンツにブラウン系の格子柄のジャケット。茶色のローファーを履いている。

「SLNの星村です」

星村は名刺を交換したあと、中野と正対した。

テーブルの名刺を確認する。〈クラブ・ジュネ　常務　中野信《まこと》〉とある。水商売では経営にかかわっていないスタッフも、社長や専務、常務という肩書を使う。一般企業に置き換えれば、社長が部長、専務や常務は課長か係長になる。

「時間を割《さ》いていただき、ありがとうございます」

星村は丁寧に言った。使いなれない言葉は舌を嚙みそうになる。

中野が手のひらをふった。

「こちらこそ足を運んでいただき恐縮です」

八田がテーブルを見てウェートレスに声をかけた。

「おなじものを」

「アイス・カフェラテですね」

ウェートレスが去ると、中野の顔が締まった。

「うちにいた山本のことでお訊《たず》ねになりたいとか」

「仕事上のことで銀座のクラブ・ゴールドを調査しています。山本社長の経歴がよくわからず、お願いした次第です」

　中野が視線をおとした。その先に星村の名刺がある。

「派遣のことでもめておられる」

「ええ。しかし、あなたやお店にご迷惑はかけません」

「ご心配なく」

　中野がきっぱりと言った。

　星村は、『ジュネ』での山本の評価を知った気がした。質問を始める。

「山本はジュネに何年いたのですか」

「二年ほどです」

「六本木に十年いたという話を聞きました」

「それくらいはいたかもしれません。きのう、ファイルに残っていた山本の履歴書を読みました。ナイトクラブを皮切りに、ライブハウスやクラブを転々としたようで、六本木ではうちが七店目でした」

「ジュネに入店したとき、山本は四十五歳ですね」

　水商売の男性スタッフの高齢化が進んでいる。クラブやキャバクラはホステスよりも二十代の男を求めているという。

「その年齢の者を雇うことはないのですが、紹介者とのご縁で」

中野が声を切った。ウェートレスがグラスを運んできたからだろう。

星村はひと口飲んでから訊いた。

「よろしければ、紹介者のお名前を教えてください」

「芸能プロダクション・エクサの、阿部社長です」

想定内のひとりだ。が、別の疑念が声になる。

「訊ねておいて失礼ですが、どうしてすんなり教えたのですか」

「六本木の同業は誰もが知っています。ただし、阿部社長の影響力というか、存在感が半端ではないので、あまり話題にはしないようですが」

「阿部社長とジュネの縁は深そうですね」

「三十年近くご贔屓《ひいき》にしていただいています」

「特別なお客というわけですか」

「どういう意味で特別とおっしゃるのかわからないが、売上という点で言えば、阿部社長よりもおカネをおとすお客様は何人もいる。けれども、阿部さんはおカネ以上のものをジュネに運んでくださる」

「なるほど」頰が弛んだ。「エクサ所属の有名タレントですね」

「役者や歌手だけではない。政界や財界の著名な方もお見えになる。こんな話ができるのも、ジュネには多くの著名人がくるとの評判が定着しているからです」

自信の金太郎飴だ。しかし、嫌味な感じはない。ジュネに関しては車の中で八田から予備知識を得ていた。八田も情報を集めておどろいたという。

「阿部社長と山本の、縁のなれそめはご存知ですか」

「知りません。訊くことも聞いたこともありません。ジュネでの二年間、山本は阿部社長とお連れ様の接待係で、ジュネとしてはそれで充分でした」

「ほかのスタッフとトラブルをおこしたというようなことは」

中野が首をふる。

「山本にとって阿部社長がすべて。そんなふうに感じました。わたしは、お客様によって接客態度を変える者を評価しませんが、人はそれぞれです。ジュネに迷惑が及ばなければそれでよしと判断していた」

「山本がゴールドに移ることは事前にわかっていましたか」

「本人から聞いたのは辞めるひと月前でした。が、銀座に大金を投じたお店ができるというのは耳にしており、山本が社長になるとのうわさもあった」

「その店に阿部社長がかかわっていることも」

「さあ」中野の瞳がゆれた。「そういう話は水商売の仁義に反します」

クラブ『佳』の川村とおなじだ。仁義という言葉を便利に使う。相手によって、状況に応じて、己の都合に合わせて、仁義の語義は変わるようだ。

星村は礼を述べて席を立った。


ドアをノックする音で目が覚めた。寝ぼけていても誰なのか想像できた。

八田がよこした資料が散らばるテーブルを片づけてから玄関のドアを開けた。

顔のちいさな男が立っていた。

星村は、男を上から下まで舐めるように見た。

「誰や、おまえ」

「捜査一課の四角」

ぶっきらぼうに言った。

四角の表情がけわしくなっている。星村のもの言いが癇《かん》にさわったか。

想像どおりの男のようだ。もっとあおりたくなった。

「遅いのう。俺の過去を調べるのに丸一日かかったのか」

四角が口元をゆがめた。

「あがれや」

言って、背をむけた。

七分丈のパジャマを着たまま胡坐をかき、テレビを点《つ》ける。サウンドが響く。画面でショーガールが踊りだした。ミュージカル映画『CHICAGO』。きのうは十分ほど観たところで眠くなった。映画の内容と睡魔に因果関係はない。DVDの映画はいつでも観られる。睡魔に逆らえば眠れなくなる。

四角が入ってきて、右側に腰をおろした。客はそこしか座る場所がない。

「ここに来た理由を話す必要はなさそうですね」

四角が薄く笑う。気分の切り替えは早そうだ。やわらかい口調になった。

「八田に聞いた」テレビの音を消した。「由美に会ったことやな」

「その件はもう結構です」

「ん」理由を訊きかけ、やめた。「ほかに何を訊きたい」

「自殺したゴールドの礼子さんのことです」

「おまえの事案と何の関係がある」

「あるかないかは自分が判断する」

四角がはねつけるように言った。

星村は眉をひそめた。早くもうっとうしくなってきた。八田の話から、やっかいな刑事だと推測したけれど、なまいきな態度が鼻につく。それも筋金入りのようだ。自分も他人にそう見られているのか。ふと思い、苦笑がこぼれそうになる。

四角が言葉をたした。

「ＳＬＮはゴールドともめているそうですね」

「その件は済みやなかったのか」

「話の入口です。勝てそうですか」

「勝つもなにも……喧嘩にならん」

「自信がある。それでも熱心に調査されている」

「おまえ」顔を近づける。「なにが言いたいねん」

いやな男を相手にすればきつい関西弁になる。

四角が睨み返した。ややあって口をひらく。

「きのうの夜、銀座で聞き込みをした。被害者と礼子さんの関係を訊ねる最中に、星村さんの名前を口にする人もいた」

「二人の死がつながっていると読んだか」

「さあ」四角がおおきく首をまわす。「元同業だから話しますが、気になるんです。

被害者の身近に自殺した人がいた。それも八日前のことだ。刑事なら関心をそそられてあたりまえでしょう」

「それはおまえの勝手や。俺やSLNを巻き込むな」

四角がおどけるように肩をすぼめ、視線をふった。

「この人は何ていう女優ですか」

画面いっぱいに褐色肌の女が映っている。本業は歌手だ。

「クィーン・ラティファ。デブが好みか」

「格好いい」

四角がぼそっと言った。

星村は思わず頷いた。主演女優のRENEE ZELLWEGERやアカデミー助演女優賞を獲ったCATHERINE ZETA-JONESよりも存在感がある。QUEEN LATIFAHがいるから何度でも観る。

四角が視線を戻した。

「協力してもらえませんか」

「ことわる」

にべもなく言った。

四角の表情は変わらない。

「そちらの調査も楽になりますよ」

「うるさい。俺は他人とつるむのが嫌なんや」

「それは自分もおなじ」四角が頰を弛める。まんざらうそではなさそうだ。「しかし、二人の目的は異なる。嫌でもつるむメリットはある」

「自殺と他殺がつながったらどうする。お互い、面倒が増えるやろ」

「そうですね」四角があっさり言う。「忘れてください」

「おまえのことも忘れる。二度とくるな」

「電話はします」四角が腰をあげる。「ケータイの番号は八田さんに聞きました」

舌が鳴った。


立ったついでにコーヒーを淹れた。

座ってテレビのリモコンにふれたとき携帯電話が鳴った。

《松尾です》くぐもった声がした。《面倒なことになりました》

「どうした」

《友田と組んだ捜査一課の刑事が先輩に興味を持ったようです》

「いま帰った」
《ええっ。もう会ったのですか》
「四角という刑事やろ」
《ええ》ため息がまじった。《気をつけてください。友田によれば、きのうの夜は銀座の店を訪ねてしつこく訊問し、そのさい先輩の名がでたそうです》
「友田は俺のことを喋ったのか」
《とんでもない》
松尾の声が裏返った。
「俺もおまえや友田の名は言わなかった」
「助かります」
本音の吐露に聞こえた。
「用はそれか。俺とかかわりたくないのか」
《そんなことは……自分はいままでどおり手伝います。が、捜査本部の情報はしばらくご容赦を……時機を見て、まとめて報告します》
言葉を選んでいるのがありありと伝わってきた。
「むりするな」

やさしく言った。が、血はのぼりかけている。
《とにかく気をつけてください。四角という刑事は強引な捜査を……》
「切るぞ。割り込みが入った」
携帯電話の画面の数字は憶えがなかった。

大西和子はＳＬ広場の機関車の前に立っていた。ジーンズがクロップドパンツに替わっただけで、タンクトップもパーカーも先日とおなじだった。

星村は無表情で近づき、声をかけた。

「食事は」

和子が首をふる。昼飯には早すぎる。

腹は空いているけれど我慢するしかない。八田と行く喫茶店に入った。

星村はコーヒー、和子はミルクティーを注文した。

割り込み電話の相手は和子だった。

――会ってください。ご相談したいことがあります――

声が暗く感じた。いまは声もない。表情は強張って見える。

煙草をふかしてから話しかけた。

「相談って、何や」

　雑なもの言いになった。たった一度、それも仕事で会った女から相談を受けることに違和感がある。そもそも他人に相談される柄ではない。

「それが」声がかすれた。「美耶を引き取れと、北海道が言ってきました」

「前の夫か」

「博之さんではなくて、彼の母親です。星村さんがこられた日の夜に電話があって。それから毎日。きのうは受講中に十回以上もかかってきました」

　その電話にはでなかったということだ。

「ケータイの番号を教えたのか」

「ええ。先日お話ししたように、父は彼の母親を嫌っているので、わたしひとりで対応しようと思って教えました」

「おとうさんはまだ病院か」

「週末までには退院できるそうです。だから、その前に北海道と話をつけようとしたのですが、むこうは感情的になって、無茶な要求を」

　和子が頭をふる。いまにも泣きそうな顔になった。

　ウェートレスが飲み物を運んできた。

星村はゆっくりとコーヒーを飲んだ。頭が混乱しかけている。なぜ和子は身内のもめ事を自分に話すのか。意図が読めない。

しばしの沈黙のあと、和子が口をひらいた。

「引き取らないのなら養育費をよこせと言われました」

「幾ら」

「月に二十万円。そんなおカネ、あるわけないのに」

和子のもの言いも雑になってきた。感情を抑えきれないようだ。

「礼子さんはそれだけ仕送りをしていたのか」

「わかりません。姉は北海道の話を避けていましたから」

「どうしたい」

「えっ」

和子が目をまるくした。

「北海道にどう返答したかを訊いてる」

「どちらもむりです。そう言いました。父の病状が回復する見込みはないし、わたしはこの時期になっても就職先が決まらなくて。そのうえ、姉があんなことになって……美耶の面倒を見られる状況ではないんです」

和子が訴えるようなまなざしで言った。

星村は煙草で間を空けた。こんな話は聞きたくないし、かかわりたくもない。けれども、市川の家を訪ねたときに言ったことが頭にある。

——礼子さんの自殺の背景を調べるのは、それが供養になると思うからだよ——

いまはその発言を後悔している。重くなりかける口をひらいた。

「家に貯えはないのか」

「多少はあります。でも、就職先が決まらなければ……父の医療費もかさむ一方で、この先、生活できるか不安です」

生活保護を受けているじゃないか。

そのひと言は胸に留めた。生活保護の話をすれば留処《とめど》がなくなる。

東京都における生活扶助費は単身で八万七千三百円である。その者の環境によってほかの扶助もつく。大西家は医療扶助が加算されるだろう。千葉県はどうなのか。生活保護の申請を行なった時期にもよるが、地方行政の審査はあますぎる。和子の父親は退職金と妻の生命保険金を持ち、娘の礼子がキャバクラで働きだしてからは、和子が充分すぎると言うほどの援助を受けていた。

「おとうさんに相談してみてはどうや」

「そうしようと思い、けさ病院に行ったのですが、切りだせなかった」

「俺のことは」

「話しません。星村さんに電話したのはわたしの一存です。友だちに相談することではないし、父の身内は九州に住んでいて、姉の葬儀にも参列してくれなかった。思いあぐねた末に」和子が前のめりになる。「どうか、助けてください」

「仲裁に入れと」

「ほかに、頼る人がいません」

「勘弁してくれ」

そう言うしかなかった。

直接交渉のほかにも手段はある。だが、それを言えば話が長くなる。一秒でも早くこの場から去りたかった。


和子と別れたあと『SLN』を覗くつもりだった。が、気が変わった。誰の顔を見るのもうっとうしい。あれこれと厄介事が蔦《つた》のように絡みついてくる。

パジャマに着替えてベッドに横たわった。テレビを点ける。

RICHARD GERE扮する弁護士が依頼人の女らの無罪評決を勝ち取るべく次から

次へとアイデアを思いつく。どれにも仕掛けがあり、連動している。陪審員らの目を欺き、感情をゆさぶる。依頼人をも平気で騙す。憎らしいほどの発想と余裕だ。

そんなに都合よく行くものかと思いながらも、つい頷いてしまう。

『CHICAGO』のエンディングが近づいたころ携帯電話が鳴った。八田からだ。ベッドを離れて胡坐をかいた。テーブルの用紙を見る。

《連絡が遅れてすみません》

「いまは話せるのか」

《はい。いったん家に戻りました。自分も売上台帳を見て話したいので》

アパートに帰る途中でショートメールを送った。

——売上台帳の件で話がある。手が空き次第、連絡をよこせ——

テーブルには礼子の『ゴールド』での売上台帳、由美の『ゴールド』と『イレブン』でのそれがある。由美の分はきのうの夜に八田が持って来た。頼んだのは『ゴールド』の売上台帳だが、八田は『イレブン』の分も入手した。

ホステス個人の売上台帳には、年月日、客の氏名、飲食代金の三つが記してある。人数や同伴者の氏名、飲食代金の明細等は書いていない。

売上台帳のおかげで疑問が解けた。そして、あらたな疑念が湧いた。

「三つあるか」

《はい》

「まず礼子のほうを見ろ。去年九月から今年四月までや。去年の暮れまでと比較して今年は客の来店の延べ回数も総売上額も減っている。が、この点は無視する。時期的なものもあるやろし、減少した理由を推察しても意味がない」

《わかりました》

「気になるのはサンライズの栗田の飲食代金や。礼子がゴールドに入店してから今年一月末まで月に二、三回来店し、一回につき二、三十万円を使ってる。ところが、二月は三回で百五十二万円、三月は二回で百三十八万円、四月は三回で百六十七万円。倍以上にはねあがった。二人はデキたということか」

《それは何とも……市川で話したのは礼子さんが家に帰らなくなった理由でした》言訳がましく言う。《売上台帳には人数の記載がないので一概には言えないけど、人数だけでそこまで高くなることはありません》

　栗田が五月に『ゴールド』で遊んでいないのも気になる。あとまわしだ。

「由美のイレブンの売上台帳を見ろ」煙草をふかした。「栗田は四月に四回、五月は五回も行ってる。ゴールドの倍近い回数や。この差をどう読む」

《デキたんでしょう》
八田が即答した。礼子のときとは声音が違った。
「栗田が使ったカネはゴールドのほうが多い。イレブンは四月が四回で六十二万円、五月は五回で七十八万円。一回平均で約十五万円や。これはどう説明する」
《わかりません。釣った魚はと言っても、プライドの高い由美さんなら、礼子さんの二月以降の数字を見れば激怒するでしょうね》
「見られるのか」早口になった。「由美が礼子の売上台帳を見る方法はあるのか」
《よほどのことがないかぎり、むりです》
「よほどの中身は」
《ゴールドの幹部スタッフもしくは事務所の人と親しいとか》
「さぐれ」
《どうしたのです、急に》
「ひらめいた。それはあとで教える。その前にもうひとつ。栗田が二月から四月にかけゴールドで散財した理由を知るにはどうすればいい」
《飲食代金の明細書で確認するか、同席した子から話を聞くか》
「どっちでもかまわん。それも何とかしろ。ついでに、佳の川村に連絡して、栗田がひと月にどれくらい使ったか訊け」
《…………》
「返事は」
《怒鳴らないでください。頭が破裂しそうです》
「そうなる前に、銀座に飛んで行け」
《詐欺師は改めます。ホシさんは鬼です》
「気づくのが遅い。俺は情のかけらもない鬼や」
やけくそまじりに言った。けれども、八田を頼りにしている。

なじみの居酒屋で腹を満たしたあと、バー『蓮華』のドアを開けた。

ひと眠りしていくぶんか頭が軽くなった。そうなると部屋を出たくなる。新橋を歩けば、知らないうち『蓮華』に足がむいてしまう。

先客はテーブル席に二人と三人、カウンターの中ほどにひとりがいた。店の女はそれぞれの客席にひとりずつ、八重子は三人連れの席にいる。

カウンターに頬杖をつき、煙草をくわえた。ときどき、水割りのグラスを傾ける。

ほどなくカウンターの客が去り、見送った八重子がとなりに座った。

「きょうは早いね。お仕事、なくなったの」

あまえるような声だった。

「頭が休みたがってる」

「頭じゃなくて、ここでしょう」

八重子の右手が心臓にふれた。

星村は、和子とのやりとりを話した。

「ほっとくの」

八重子がさぐるような目をして言った。

「ん」

「気持をすっきりさせたいんじゃないの。それだけの理由でもいいんじゃないの。結果がどうなろうと、あなたには関係ない。責任を負う必要もないことよ」

星村は無言で八重子を見つめた。

八重子が目を細める。

「北海道は梅雨がないのよね。六月は一番いい季節って聞いたことがあるわ」

「………」

「いつか、わたしと雛乃を連れて行ってね」

八重子が星村の肩に手をのせて立ちあがった。

重くはなかった。

★

一面の白菊を黄色いひまわりが囲んでいる。花祭壇の中央に飾られる写真の額もちいさなひまわりに縁取られている。坂本由美子は笑顔だった。

「葬儀にひまわりの花は初めて見ました」

式場を出て、友田が言った。

三十分後に葬儀が執り行なわれる。その前に献花者の社名や氏名を見たかった。

実家のある和歌山ではなく、東京で葬儀を行なう理由は細川係長から聞いた。

——ひとりでも多くの方に見送られるほうが娘もよろこぶでしょう——

由美の両親はそう口を揃え、母親の妹が住む武蔵野の斎場で行なうことになった。

地方の過疎化が進むにつれて、実家が現存し、そこに親族が暮らしていても、東京にはそういう選択をする人が増えてきたという。

「花言葉は、ひたむき、あこがれ……受付にいる被害者の友人に聞いた。被害者はひまわりの花が大好きだったそうだ」四角は屋外の喫煙所に立った。煙草に火をつけ、車のキーを差しだした。「車に戻り、俺が声をかけた相手を撮れ」

斎場と寺の境界に駐車場がある。車は斎場の玄関に近いスペースに停めた。

「そのために早く来たのですか」

「ああ」

ぶっきらぼうに言った。一々説明するのは面倒だ。きのうもそうするつもりで通夜にでむいたが、弔問客の大半は陽が沈んだあとに来た。フラッシュを焚いての撮影はやめた。文句を言われる。めあての人物らがあらわれなかったこともある。

「同僚に睨まれませんか」

友田が斎場の入口のほうに目をむけた。捜査本部の連中を気にしたのだ。

敷鑑班の中にも班がある。四角は被害者の仕事関係をみずから望んだ。ほかに、親族や友人知人を担当する者もいれば、被害者の生活にかかわりのあった人物から事情を聞く者もいる。葬儀場には四人がでむくと聞いた。

「関係ない」

そばにある自動販売機のボタンを押し、緑茶のペットボトルを友田に渡した。

のんびりとした動きで車が集まりだし、三々五々、礼服の男女が斎場へむかう。

四角は、二本目の煙草を消した。『SLN』の八田が門のほうから歩いてくる。通夜にも来ていた。近づいて声をかける。

「律儀だな」

「刑事さんも仕事熱心ですね」

八田が笑顔で言った。初対面のときの狼狽《ろうばい》ぶりは消えている。

「上司はこないのか」

「こうなるのを嫌ったのかも。朝っぱらから押しかけられたと怒っていました」

「おかしいな。きのうはくるのが遅いと叱られた」四角は目で笑った。「自分と星村さんの話の内容は知っているな」

「さあ」

「とぼけるのが得意か」半歩近づいた。「西麻布のイタメシ屋の従業員から聞いた。あんたと二人きりになったあと、被害者はケータイを手に店を出たそうだな」

「それがなにか」

「どうして話さなかった」

「すっかり忘れていました」

殴りたくなった。堪え、話を続ける。

「電話がかかってきたのか。それとも、かけるために席を離れたのか」

八田が斎場のほうを見た。車寄せに停まった車から二人の女が出てきた。

「失礼します」

引き止める間もなく八田が歩きだした。

八田は玄関の前で女に話しかけ、建物の中に入った。

二人連れの片方は『ゴールド』に勤めるルイというホステスで、事件発生当日の夜に銀座では真先に接触した。被害者がメールで最後にやりとりした相手だった。

そのメールは由美が送信し、ルイが返信していた。

——お願いね。いつでもメール見られるようにしておくから——

——OKです。まかせて——

意味がわからず気になっていた。


ルイには事件発生翌日の出勤前にも喫茶店で会った。メールのやりとりがあったことを本人に確認し、質問を始めた。

「あれは何のお願いだった」

「由美さんのお客さんがゴールドに来たときはすぐにメールする約束でした。由美さんは気にしていたのです。自分がイレブンに移ったあとも、お客さんがゴールドで遊んでるんじゃないかと。それで、わたしが教えてあげていたの」

ルイがすらすら喋った。自慢するようなもの言いだった。

スパイか。そう言いかけ、四角は別のことを口にした。

「被害者は猜疑心《さいぎしん》が強かったのか」

「不安になってあたりまえです。由美さんは売上制でお仕事をしていたのよ。お客さんがこなくなったり、来店の回数が減ったりするのは死活問題です」

四角は眉をひそめた。説教されている気分になった。

「あなたからのメールを見て、彼女はどうしていたんだ」

「そのお客さんに電話かメールを……銀座にいるの、とか」

「あなたもそうするのか」

「わたしはヘルプだからそんなことはしません。でも、由美さんのようにわたしをかわいがってくれる人の売上がおちるのはこまります」

「そういう人に助けてもらっているわけか。しかし、その人らが店を移ればメリットはなくなるだろう」

「そんなことないです。亡くなられる直前まで食事に誘われたり、お店で着る服をもらったり……相談にも乗っていただきました」

ルイが涙ぐんだ。

四角はそっぽをむいた。感情でものを言われると本音が隠れてしまう。由美の客の三人がいまも『ゴールド』に通っていることを聞いてルイと別れた。


斎場へむかう人の数が増えた。

視線が合うなり、さもうっとうしそうに男が口元をゆがめた。そばに寄るなと目で牽制《けんせい》する者もいれば、足を速める者もいた。事情聴取を受けた者たちである。

先週土曜からの三日間に、由美は店以外で四人の男と会っていた。土曜は『SLN』の八田とランチをしたあと会社役員と歌舞伎を観た。日曜は自営業者とゴルフをし、夜は『SLN』の星村と八田に会った。電話とメールで接した者は五人いた。うち二人は女だ。ルイと受付にいる友人で、残る三人の男は由美の客だった。

彼らに会い、事情を聞いた。全員にアリバイがあった。大半は家族の証言だが、口ぶりや態度から口裏を合わせているような気配は感じなかった。

それにしても、二百分の一である。由美の二つの携帯電話には計千八百件を超えるアドレス登録があった。電話の発着信履歴は五百件以上、メールの送着信履歴も四百件を超える。送着信を照らし合わせながら文言を読めばかなりの時間を要する。捜査本部に常在する応援の捜査員らが携帯電話の分析と資料の作成を行なっている。

十分ほど経って、車寄せに白のメルセデスが停まった。

四角は玄関に近づいた。

助手席から黒のスーツを着た女があらわれ、後部座席のドアを開ける。男が姿を見せた。中肉中背。髪は短く、横顔の輪郭がはっきりしている。女が男のネクタイの結び目に手をふれ、男は数珠を手にした。

「栗田さん」声を発し、四角はそばに寄った。「サンライズの栗田社長ですね」

栗田の表情が締まった。

女が栗田と四角の間に割り込む。

「こまります。どなた様ですか」

「捜査一課の四角と申します」警察手帳をかざし、女の肩越しに栗田を見た。「きのうの午後とけさ、面談を申し入れたのですが、ことわられました」

「こちらにも都合があります」女が言う。「社長は多忙なのです」

「あなたは」

「秘書課の山口《やまぐち》です。礼儀をわきまえてください。こういう場で失礼でしょう」

「やめなさい」栗田が山口をたしなめた。「ここで口論するのも彼女に失礼だ」

栗田が前に出た。

「申し訳ないが、先に焼香を済ませたい」

返答する前に、栗田が歩きだした。

四角は自分の車に戻り、助手席の友田に話しかけた。

「撮れたか」

「三十枚ほど」

「俺はサンライズの栗田にへばりつく。一緒にここを離れることになれば、おまえはこの車を運転して署に帰れ」

「むこうの車に乗り込むつもりですね」

四角は無言で背をむけた。


十五分と経たないうちに栗田と秘書があらわれた。

友田が運転する車が近づくのを視認し、四角はメルセデスの後部座席に乗った。

「わたしは本社に帰るが、それで構わないだろうね」

となりの栗田が言った。

「もちろんです。一般道路を走ってください」

運転手と山口がふりむき、栗田を見た。

かまわず続ける。

「社長はご多忙のようなので、つぎにいつお会いできるかわかりません」

「わたしへの事情聴取はこれでおわりにしてもらいたい」

「捜査に協力していただければ。被害者の供養と思って、よろしくお願いします」

「わかった」栗田が運転手に声をかける。「言われたとおりにしなさい」

車が動きだした。

四角は浅く座り直し、半身をひねった。

「被害者とはどういう間柄でしたか」

「個人的に親しかった」

栗田がよどみなく答えた。

「客とホステス以上の関係だった。そう受け取っていいですか」

「ああ。隠すのは死者に礼を失する。だが、君は刑事だから正直に話している。マスコミに情報を流されてはこまる」

「留意します」それしか言えない。「いつ事件を知りましたか」

「朝のテレビで知った。六時からのニュースと新聞の朝刊は欠かしたことがない。自宅にいるときはとつけ加えておく」

「被害者とはどこで会われていましたか。お店以外という意味です」

「都内のホテルを利用した。ホテル名も知りたいか」

「とりあえず結構です。曜日や時間を決めていたのですか」

「それはない。由美も忙しかったからね。前もって約束をしたことはなかった。食事や彼女の店に行くときもおなじだ。ほとんどの場合、わたしから連絡し、身体と時間が空いていれば彼女が応じた」

「やさしいですね」

「そういうことではないよ」栗田がひややかに言った。「互いのためさ」

四角は、栗田を見つめながら言葉をさがした。

「客とホステスの延長線上にある関係……そういうことですか」

栗田が口元を弛める。微妙な笑いだった。

「どうかな。男と女だからね。線の上を歩き続けるのはむずかしい。二か月ほどの仲だったが、それでもよろめきそうになった憶えがある」

四角は首をひねった。よろめくという感覚がわからない。愛人と割り切ってつき合いながらも情の深みに嵌りそうになったということか。

頭《かぶり》をふり、ひろがりかける疑念を払った。

「二か月ほどと言われたが、二人の関係は被害者がゴールドにいたときに始まったのですか。それともイレブンに移ってから」

「そんなことが捜査に必要なのか」

「必要だから訊ねています」

声がとがった。栗田の声が強くなったせいだ。

栗田がふうっと息をついた。

「君は直感というものを信じるか」

「それが頼りの稼業です」

「わたしもおなじだよ。事業を始めたのも、それが成功したのもひらめきのおかげだと思っている。もちろん、ひらめきのあとの決断と行動が成否を決めるのだが。それはさておき、彼女との縁も直感がきっかけになった」

「男と女の縁は一瞬で決まる。なにかの小説で読んだ記憶があります」

栗田が頷いた。

「四月初めだったか、彼女を食事に誘った。ゴールドに同伴するにはすこし時間があったのでホテルのラウンジに寄り、そこでゴールドを辞めると聞かされた。そのときの由美の目が挑むようだった。わたしは客室を取った」

「彼女の反応は」

「なにも言わなかった。うろたえるでもなく、うれしそうでもなく。わたしの勝手な推測だが、由美もある瞬間に覚悟を決めた。挑むと言ったが、絡みつくというほうが的確かもしれない。だから、わたしはためらわなかった」

「そのあと、ゴールドに行った」

栗田が首をふる。

「興ざめになるが、抱いたあとで訊いたよ。店に行かなくて平気なのかと。君は水商売の約束事とか、店のルールとか、知っているか」

「知りません。銀座で遊んだこともないです」

酒は飲む。だが、繁華街に行くことは滅多にない。自宅近くの居酒屋で寝酒の一杯をやる程度だ。たまに同僚と遊んでも長居はせず、先に帰ることが多い。

「ホステスは自分が係でない客と会うときは係のホステスの了解を得る。あの世界に生きる者の信義というか、約束事で、違《たが》えれば店に居づらくなる。わたしも銀座で遊ぶようになって教わった。客には迷惑な話だが」栗田がいたずらっぽく首をひねる。

「それで、由美の立場を気遣って声をかけた」

「ゴールドでのあなたの係は礼子さんでしたね」

事件発生当日の夜に『イレブン』と『ゴールド』に足を運び、由美の売上台帳を見た。『ゴールド』では大西礼子のそれも見た。自殺の背景が気になった。先に『イレブン』を訪ねたおかげで、礼子の売上台帳にある栗田の名に気づいた。

栗田が頷くのを見て、質問を続ける。

「被害者の返答は」

「きょうは休むと」

「あなたに会うことを礼子さんには黙っていた」

栗田が首をふり、息をついた。

「礼子にはメールを送り、わたしと食事をし、店に同伴すると伝えたらしい」

「それはまずいでしょう」

思わず軽い口調になった。

「わたしもそう思ったよ」栗田が薄笑いをうかべた。「だが、由美は平然としていた。わたしがシャワーを浴びている間に、欠勤すると店に連絡したとも言った」

「野次馬根性で訊ねますが、その後、被害者と礼子さんの仲はどうなりましたか」

「知らない。後日談はどちらからも聞かなかった。わたしも訊ねなかった。つぎの週にゴールドで遊んだが、いつもどおりで、神経を遣わずに済んだ」

「礼子さんが大人の対応を見せたのでしょうか」

「どうだろう。女の心は測りようがない」

話しているうちに礼子のことが気になりだした。それが声になる。

「礼子さんはどんな人でしたか」

「ん」栗田が眉根を寄せる。「どうして訊く。捜査に関係があるのか」

「何とも。しかし、礼子さんの自殺の背景は気になっています」

「彼女の死はショックだった。礼子は華のある子で、席にいるだけで絵になった。話し上手で、酒も強い。彼女のおかげで、わたしがお連れした仕事関係の誰もがたのしそうにしていた。だから、袖にされても礼子の店に通った」

「口説いたのですか」

「あんな美人を口説かなければ失礼だ。それは建前で、一時期はぞっこんだった。あの手この手で攻めたのだが、礼子はうんと言わなかった」

「自殺の原因で思いあたるふしは」

「ないね。わたしが知りたいくらいだ」

　栗田が忌々しそうに言った。

「被害者と最後に会ったのはいつですか」

「因果なものだ」ため息がまじった。「礼子が自害した日だった。つぎの日の夕方、由美の電話でそれを知り、いたたまれない気分になった」

　四角はそっと息をつき、窓を見た。

　中野を過ぎたあたりか。車は青梅街道を新宿方面へむかっている。空に雲がひろがっているのに気づいた。いまにも雨が降りそうだ。

　視線を戻した。

「礼子さんの死体が発見された翌日、イレブンに行きましたね」

「そんなことも調べたのか。まあ、いい。火曜日にひとりで行った。香典を託すためにね。通夜の時間帯は取引先と会食、葬儀は役員会議とかさなった。あの世に行っても縁がないということだろう」

　礼子の話になると栗田の感情のゆれが伝わってきた。

「被害者ですが、悩んでいたとか、不安がっていたとか」

「まったく感じなかった」

　栗田の横顔のむこうに西新宿の高層ビル群が見える。

「ありがとうございました」

頭をさげ、運転手に声をかけた。

「つぎの信号で停めてください」

メルセデスが走り去るのを見届けてから後続の車に乗り移った。

築地署の駐車場で友田と別れ、五分ほど歩いた。銀座四丁目の喫茶店に入る。空席のめだつ店内にはハワイアンが流れていた。

奥の席で、細川が手帳を見ていた。顔をあげる。

「収穫はあったか」

「あればどこかに飛んでいます」

車を乗り換えたあと細川に電話をかけた。

アイスコーヒーを注文し、煙草を喫いつける。細川も一本抜いてくわえた。テーブルの上に紫煙がひろがる。もう一服してから声を発した。

「殺される直近三日間の、被害者が接触した四人と、電話とメールでやりとりした五人、計九人から事情を聞きました」

「感触はどうだった」

「ほとんどは家族の証言だが、全員にアリバイがある。心証はシロです」

「おまえらしくもない」鼻から煙がでる。「アリバイは関係ないだろう」

「捜査本部は、裏社会の者か、拳銃の扱いに慣れた者の犯行と見ているのですか」

何食わぬ顔で訊いた。

捜査状況を知りたくて細川を呼びだしたのだ。四角が参加したのは第一回捜査会議だけである。それも途中で退席し、友田と銀座へむかった。

犯行現場から去ったバイクは佃《つくだ》大橋を渡って右折した土手に転がっていた。複数の防犯カメラの映像から同一車種と判明した。バイクの持主は三日前に盗難の被害届を提出していた。防犯カメラに映るバイクとはナンバープレートが異なる。運転者は百七十センチくらい、小太りの、つなぎに身を固めた人物ということはわかっている。凶器は三十二口径リボルバーと推定され、犯歴データにない拳銃だった。

知っているのはそうした事実のみである。

「トラブルか、怨恨か。捜査本部はそう見ている」

細川が答えた。

「有力な情報は」

「ない。目撃証言も曖昧なものが多い。だから、おまえの相手をしている」

「そりゃどうも。すみませんね」

取って付けたように言い、ストローを口にした。

「下見をした痕跡がないんだ」細川が言う。「現場周辺はおろか、築地七丁目のどの防犯カメラにも、犯行時刻以前にあのバイクは映っていなかった。すべてを解析したわけではないが、怪しげな動きをする車両も人物も映っていない」

「犯行時刻は特定できたのですか」

「福祉センター近くの防犯カメラが、午前二時九分にバイクを捉えていた」

「着替えてマンションを出たのは午前一時二十八分。被害者は約三十分間ジョギングしていたことになる。コースはわかりましたか」

「ああ。自宅から八丁堀方面へむかった。明石町の交差点を左折し、福祉センターの前を過ぎて左折と、築地七丁目を外周するように走っていた。複数の防犯カメラがその姿を捉えている。だが、あとを追う者もバイクも映っていなかった」

「犯人が被害者の外出を目撃したのは間違いない。毎日走っていたわけではなく、時間もまちまち。被害者の習慣を知る者の犯行と仮定しても、ジョギングにでかけるのを確認しなければ手際よく襲撃するのはむりです」

「わかってる」細川が語気を強めた。「犯人は防犯カメラに細心の注意を払い、被害者がでかけるのを確認したあと、バイクともども現場付近の路地に隠れた。捜査本部の誰もがそう推察し、目撃情報の収集にあたっている」

四角は煙草をもみ消した。

「銀座に専念します」声に力をこめた。「自分も捜査本部とおなじ読みです。実行犯には興味がない。事件解決の決め手は犯行の動機にある。トラブルか怨恨か。どちらにしても、銀座に動機の解明につながる情報が眠っている」

「大丈夫か」細川が覗き込むようにした。「見込み捜査は嫌っていたはずだが」

「見込み捜査とは違います」

「なにを摑んだ」

「なにも……ただ、今回は確信めいたものがあります」

細川が首をすくめ、椅子にもたれた。

逆に、四角は身を乗りだした。

「調べてほしい男がいます」

「誰だ」

「ＳＬＮという人材派遣会社の調査員、星村真一です」ペンを持ち、紙ナプキンに名前を書いた。「以前は築地署と愛宕署の保安係にいました」

細川が紙ナプキンを手にした。

「この男と被害者の関係は」

「星村は礼子の自殺の背景を調べている」礼子の自殺事案は別件を依頼したさいに話した。「その過程で被害者に接触した。殺される前日のことです」

「星村はどうして自殺の背景を調べている」

「くわしいことはわかりませんが、ゴールドは礼子を派遣したSLNに損害賠償を要求し、SLNはそれに反発しているようです」

「それが今回の事件と関係あるのか」

「なんとも言えません。が、偶然で片づける気にはならない。礼子の自殺の背景と殺人の動機はかさなっている可能性もある」

細川の眼光が増した。

「星村のなにを知りたい」

「警察情報が洩れているのではないかと疑っています。星村は四年前に築地署から愛宕署へ異動し、二年後に依願退職した」

「依願退職」細川の表情がくもった。「監察の世話になったのか」

「詳細は知りません」うそをついた。説明する時間がもったいない。「築地署での星村は銀座を担当していた。でも、四年も経てば風景は変わる。実際、ゴールドがオープンしたのは三年前の春です」

「築地署時代の同僚が星村に情報を流していると考えたのか」

「星村にはやり手のスカウトがついている。それでも、ゴールドの内情を把握するにはかつての仲間を頼るほうが手っ取り早く、より正確な情報を得られるでしょう」

「わかった」

言ったあと、細川が首を傾けた。

「なにか問題でも」

「被害者が銀座のホステスということで、保安の係長が捜査本部に出張っている。いささか癖のある男でな。その男に筋を通せばややこしくなるかもしれない」

「保安係長を見た憶えはありませんが」

応援部署の課長や係長は捜査会議の雛壇に座る。

「第二回からの参加だ。幹部会議では自分の庭のような顔をして、よく喋る」

「名前は」

「柳原啓三、五十七歳。防犯のころから築地署に二十数年いる。異例の長さだ」

保安部署をかかえる生活安全課は防犯課と称した時代がある。

「防犯のヤナギ、ですか」

「知っているのか」

「銀座で聞き込み中に、何人かが防犯のヤナギを口にした。不愉快でした。自分らはヤナギの世話になっているとでも言いたそうな気配を感じて」

「何となくわかる」細川が頷く。「よし、柳原ぬきで調べてやる」

四角はアイスコーヒーで間を空けた。

「電話で頼んだ件はわかりましたか」

自殺した礼子の身体から覚醒剤の陽性反応がでたことも気になっている。

「捜一の継続捜査扱いになっている。が、薬物事案としては動いてない」

「なぜです」

「岸本は、死者への配慮を口にした。病気療養中の父親と大学生の妹にも気遣っているようだ。それに、薬物違反でいえば被疑者死亡になる。むずかしい捜査になる割に成果が期待できないとの思惑もあるのだろう」

「組対五係と連携していないのですか」

「報告はしたが、協力要請はしなかったそうだ。岸本によれば、組対五係も本格捜査に乗りだすことには消極的だったらしい」

細川のもの言いはよそ事のように聞こえた。

「係長も避けたい」

「あたりまえだ。ただでさえ捜査が難航しそうなのに、ほかの事案がくっつけばなおさら面倒になる」

「自殺と他殺がつながれば、薬物事案を無視するわけにはいかない」

「それはそうだが、現時点では予断にすぎん。おまえが自殺と他殺を関連づける情報を運んでくれば幹部会議で具申することもできるが」

「結構です」

ぶっきらぼうに答えた。

「何でもかんでもひとりでかかえるな」

「そういう性格なんです」

細川がため息をつき、思い直したように口をひらく。

「星村は覚醒剤の件も知っているのか」

「どうでしょう。しかし、その疑念は自分にもある。かつての仲間への協力か、見返りがあってのことか。どっちにしても、一が洩れれば十まで洩れる」

細川が顔を寄せた。

「そんなにめざわりか」

「捜査の邪魔をされたくない」

「調査員ごときに後れを取るなよ」

「ばかなことを」

四角は吐き捨てるように言った。


細川と築地署に戻るや友田に声をかけ、またそとに出た。

しばらくは夜の捜査会議にでないつもりだ。その時間帯は銀座がにぎわう一時でもある。会議で仲間の報告を聞くより、銀座にいる者の声を聞くほうが実になる。

友田も反発せずについてくる。

「築地署でなにをしていた。報告書か」

「書くひまもありません。上司や先輩からの質問攻めです」

質問の中身は想像がつく。自分の行動が気になるのだ。

「このままでは捜査本部が解散したあとも、のけ者扱いされそうです」

「点数を稼いで桜田門にこい」

「一匹狼の下についても」友田が苦笑した。「夢見ておきます」

晴海通を歩いて銀座方面へむかい、銀座四丁目の交差点と数寄屋橋の交差点の間にある路地を左に曲がった。銀座並木通だ。

「きょうはどちらへ」

「ゴールドに行く」

きのうは『イレブン』を中心の聞き込みだった。

『ゴールド』の片山という男を連れて銀座花椿通の喫茶店に入った。

名刺をもらう。〈ゴールド　事業部長　片山努《かたやまつとむ》〉とある。クラブのスタッフの大半は肩書がついている。客の印象を考慮してのことだ。それぞれが複数のホステスを担当している。礼子と由美は片山の班だった。

四角は、入手した『ゴールド』の資料を思いうかべた。

「被害者が客や従業員とトラブルをおこしていたということはありませんか」

片山が首をふる。表情が硬い。

「被害者の印象はどうです」

「仕事ができて、ヘルプの子の面倒をよく見ていました。店の中でのことですが、由美さんがお客様ともめるようなことは一度もなく、いつも笑顔で……」

「そんなことはないだろう」四角は声を荒らげた。「神経を遣う客商売なんだ。いつも笑顔でいられるわけがない。いいか、これは興信所の調査じゃないんだ。適当なことばかり言ってると、取調室に来てもらうはめになる」

片山の目がまるくなった。

となりの友田が不安そうな顔をした。

かまわず続ける。

「些細なことでもかまわん。正直に話せ」

「水商売なので多少のトラブルは……ですが、由美さんはお客様との信頼関係が強かったようで、ほかの子と騒動になることはありませんでした」

「所詮は客とホステスじゃないか。強い信頼関係で結ばれるとは思えん」

片山が口をもぐもぐさせたが、声にならなかった。

四角は畳みかける。

「自殺した礼子さんとの仲はどうだった」

「えっ。どうして礼子さんなのですか」

「質問に答えろ」

「そんな乱暴な」声がひきつった。「あなた、刑事さんでしょう」

「やくざに見えるのか。文句があるなら署で聞く。行くか」

四角は腰をあげた。

片山がぶるぶると顔をふる。両手で四角の腕を摑んだ。

「ここでお願いします。あなたが威すからつい感情的に……すみませんでした」

「あんたは自分の立場がわかってない。ゴールドの関係者ではあんたが最も被害者に近かったんだ。本来なら署でじっくり事情を聞くところだ」

「わかりました」

片山が小声で言い、うなだれる。

四角は片山の手をふり払い、座り直した。すぐさま話しかける。

「サンライズの栗田社長のことで、二人はもめなかったか」

「どういう意味でしょう」

「とぼけるな。栗田社長がイレブンに通っていたのは知っているだろう」

「ええ。由美さんが栗田社長の係になったことも。ですが、由美さんがゴールドにいるあいだ、二人が栗田社長のことで言い争ったことはなかったと思います」

「ところで、栗田社長はゴールドで派手に遊んでいたようだな」

由美と礼子の売上台帳の数字は頭にある。

「あの程度の金額なら」片山が遠慮ぎみに言う。「ほかのお客さんも……」

「関係ない」一喝した。「栗田社長がどういう遊び方をしていたのか訊いている」

片山の眉が八の字を描く。思いだしたかのように口をひらいた。

「礼子さんは座を盛りあげるのが上手で、社長は礼子さんにあまかった」

「どうすれば一回の来店で五十万円になる」

「三十五万円のドンペリを開ければ……高額のワインもおなじです」

「ばかどもが」

思わず声になった。

由美と仲がよかったというホステスの名前と連絡先を聞いて片山を店に帰した。


コリドー街にあるゴールドエンタープライズのオフィスへむかう。

ようやく闇が降りかけ、ネオンがめだつようになった。ネオンの数の割に人の行き来がすくない。酒場が密集する銀座七丁目と八丁目はひと目で水商売とわかる男衆が屯していた。出勤時間はまだ先で、客と待ち合わせるには時間が早いのか、ホステスとおぼしき女は見あたらなかった。

かつて電通通と称した銀座外堀通を渡った先にコリドー街がある。

並木通とはあきらかに風景が異なる。人も多い。大半はサラリーマンかＯＬふうで、外国人の姿もある。人の表情も違う。コリドー街には笑顔が溢れていた。

エレベーターでテナントビルの六階にあがった。


二十五平米ほどか。左側にデスクが三つ、右側にコの字型のソファがある。窓を背にダブルのスーツの前ボタンをはずした男が座り、その右側にはスポーツ刈りの男が太鼓腹をさらしていた。

デスクには五十年配と三十歳前後の女が向き合って座り、パソコンを見ている。

四角は、男らを一瞥《いちべつ》し、若いほうの女に声をかけた。

「警視庁捜査一課の四角と申します。ゴールドの山本社長はおられますか」

ダブルのスーツを着た男が山本なのはわかっている。一緒にいる男が気になった。やたら目つきが鋭い。同行する友田の表情が険しくなったのも慎重にさせた。

女が返答する前に、ソファから声が届いた。

「わたしが山本です」

四角はソファに近づき、警察手帳をかざした。

「四角です。連れは築地署の友田巡査部長」

友田も警察手帳を手にした。

見知らぬ男が眉間に皺を刻んだ。

「どうぞ」山本が席を勧める。「長話をする時間はないが」

四角は山本の近くに座り、正面の太鼓腹の男に声をかけた。

「失礼だが、あなたは」

「友田が知っている」

横柄なもの言いだった。組んだ脚を解かずに、ふんぞり返っている。

たちまち血がのぼる。右手は拳になった。

「生活安全課の柳原警部補です」

友田が小声で言った。

一瞬にのぼった血はさがらない。同階級の年長者でも関係ない。

「防犯のヤナギか」

「なにっ」柳原が声を凄ませた。脚を解き、前のめりになる。「おまえは強行四か。

捜査会議で見た憶えはないぞ」

「多忙の身でね。あんた、ここでなにをしている。サボりに来たのか」

「おい、舐めるなよ」まるい顔が赤くなる。「階級を言え」

四角は警察手帳を投げてやり、山本に顔をむけた。

「どんな話をしていたのですか」

「事情聴取だ」

柳原がつっけんどんに言い、手帳を投げ返した。

「ここから先は自分がやる。あんたは消えろ」

「ふざけるな。ここは俺の島内だ。同席する」

「それでもかまわんが、口をはさむなよ。築地署の捜査本部は強行四が現場を仕切っている。あんたは応援部隊だ。それを忘れるな」

柳原が鼻を鳴らしてソファにもたれ、手のひらで頭髪を撫でだした。

女が冷茶を運んできた。柳原の前にはオレンジジュースがある。

四角は山本を見つめた。

「被害者がゴールドを辞めた理由を教えてください」

「四月十八日で契約が切れたからです。ゴールドとしては再契約を望んだが、彼女の意志が固かったので断念した」

「辞める理由を聞きましたか」

「いろんな店を経験したいと。理由はほかにもあったかもしれないが、それが一番だったと思う。由美は銀座で生きる覚悟を持っていたからね」

高飛車なもの言いが神経を逆なでする。けれど、とやかくは言えない。自分も態度と言葉で相手を不快にさせているとの自覚はある。

「自前の店を持つということですか」

「さあ。が、それくらいの気持がなければ生き残れない」

「あなたと被害者の関係はどうでした」

山本がぽかんとしたあと、瞳を端に寄せた。

柳原はそ知らぬ顔で煙草をくゆらせている。

「仲がよかったのかどうかを訊ねています」

「普通だった」

「被害者がゴールドを辞めたあと、彼女に会いましたか」

「会ってないね」

「連絡はどうです」

「それは取るさ。由美にかぎらず、ホステスとして質の高い子にはそうする。問題があって辞めた子は別だが、縁があれば戻って来てほしいからね」

なめらかな口調だ。

それも神経にふれた。が、まだ我慢はできる。

「何回ですか」

「えっ」山本が目をぱちくりさせた。「何のことかな」

「被害者が辞めたあと、電話で話した回数です」

「まわりくどいぜ」柳原が口をはさむ。「わかっていることを訊くな」

四角は柳原を睨みつけた。

「もう一度言う。口だしするな。つぎはつまみだす」

「上等じゃないか。やれるものならやってみろ」

腰がうきかけた。武術はからっきしだが、喧嘩の作法は知っている。相手の目をつぶすか、股間を狙うか。奇襲は得意だ。が、友田に腕を取られた。

柳原がそっぽをむき、また手を頭にやった。

四角は視線を戻した。

「被害者がゴールドを辞めたあとにかぎっても十三回。被害者が殺される前の二週間は七回も長話をしていた」

最短でも十七分、最長は四十二分だった。いずれも由美から電話していた。その期間にメールのやりとりはなかった。それがひっかかる。電話の通話記録では日時と相手の電話番号、通話時間しかわからない。メール記録は一定期間内の文面を読むことができる。それを知っていて電話だけ利用した可能性もある。

「由美は話好きでね。酒が入ると饒舌《じょうぜつ》になった」

「そう言えば、七回のうち五回は深夜でした」

「そうだったかな」

言って、山本が首をまわした。

とぼけるな。怒鳴りそうになる。それも堪えた。

「ジョギングの前ですか」

「知らんよ。そんなこと」

山本がなおざりに言った。

「被害者が深夜にジョギングするのは知っていた」

「ああ。客席でもそれを話題にしていた」

四角はちらと柳原を見た。こめかみに青筋が立っている。

山本に話しかける。

「ところで、人材派遣会社のＳＬＮとの交渉はどうなりました」

「関係ないだろう」

怒声が響いた。柳原の顔は破裂しそうなまでにふくらんでいる。

「あんたは残って社長の相談に乗ってやれ」

柳原にむかって言い置き、腰をあげた。

友田がはねるように立ちあがった。


「くそったれ」

そとに出るなりひと声放ち、近くのスタンドバーに入った。友田がハイボール、四角はチューハイのグラスを手に円形テーブルに立つ。

「なにが事情聴取だ。俺が行くのを知って、知恵を授けに来たに決まってる」

「何の知恵ですか」

「ゴールドには後ろめたいことがあるんだろう」

四角は投げやりに返した。

友田が周囲を見渡した。カウンターと円形テーブルが三つある。二十平米ほどの店内に十五、六人が立っている。身なりは様々だ。

「こんなところで仕事の話をして大丈夫ですか」

「皆たのしそうだ。他人の話なんか聞いてないさ」

おなじテーブルの白人のカップルは身を寄せ合っている。

四角は話を続けた。

「柳原がこわいのか」

「こわくはないです。でも、面倒な人がいるなと思って、緊張しました」

「やつと仕事をしたことはあるか」

「ないです。が、署内では有名人で、いろんなうわさを耳にします」

「どんなうわさだ」

「勘弁してください。人のことをとやかく言いたくない。でも、四角さんが気にしているのでひとつだけ話しておきます。柳原警部補は築地署の上の連中、とくに警察庁から出向してきた幹部には重宝されているみたいです」

「銀座のヤナギだからか」

友田が目尻をさげた。

「おまえは生活安全課の内情にくわしいのか」

「ほかの部署のことに興味はない。ただ、保安係には同期の友人がいて、そいつと遊んだときに話を聞くことはあります」

「そいつの名は」

「それも勘弁してください。友人を面倒に巻き込みたくない。仕事とプライベートはきっちり分けていたい」

「いいだろう」

四角はあっさりひきさがった。

頭の片隅には元築地署保安係の星村がいて、それも意識しての質問だった。が、星村と友田の友人がいまもつながっていれば藪蛇になるおそれがある。

★

新千歳空港の滑走路は濡れていた。

JR千歳線下り普通電車に乗って六つ目の恵み野駅で降りた。約二十分間の乗車だった。駅前の広場に出たときは雲の切れ間から陽光のカーテンが射していた。

星村は、タクシーの運転手に近藤家の住所を言った。大西和子から聞いた番号に電話をかけ、訪問する旨を伝えてある。相手は博之の母の幸枝《さちえ》で、法律事務所の調査員と言わなければ面談を拒否されていたと思うほど、ぶっきらぼうな対応だった。

住宅街は碁盤の目に整備されていた。家屋の周囲には緑が目につく。

「ガーデニングを見にこられたのですか」

運転手に声をかけられた。

「はあ」

「近藤さん家《ち》はガーデニングが盛んな恵み野でも五本の指に入る名所なんです」

「自分の家の庭を赤の他人に見せるのか」

「見物ではない。失礼しました。もうすぐ着きます」

それから二分と経たないうちに木造平屋建ての家の門前に停まった。

ブロック塀は星村の胸の高さしかなく、両開きの鉄扉は三メートルほどある。訪問者を歓迎するかのように、色とりどりの花が門にむかって咲いている。

チャイムを鳴らし、名を告げた。

すぐに玄関のドアが開き、六十代とおぼしき女があらわれた。白いTシャツにグレーのパンツ。淡いピンクのカーディガンを着ている。

「ようこそ」女が笑顔で言う。「遠いところを、ご苦労様です」

電話の声音とは違った。

「幸枝さんですか」

「いいえ。妹の雪枝《ゆきえ》です。さあ、どうぞ」

門から玄関まで、左右の花はざっと百を超えていた。

居間に案内された。庭からひんやりとした風が入ってくる。

ほどなく女が姿を見せ、床の間を背に座った。紺地に白い小花が散るワンピースの上から黒いカーディガンを羽織っている。顔の造作は妹に似ているけれど、顔も体つきもふっくらし、ショートカットの髪は染めているとわかった。

「近藤幸枝です」

抑揚のないもの言いだった。

星村は名乗って名刺を差しだした。主任調査員と記したほうだ。『SLN』の意味を問われることを想定してそれらしい事務所名を考えていたが、杞憂《きゆう》だった。

幸枝が名刺を座卓の端に置いた。

「法律事務所の方がどんなご用でしょう」

「ある会社の依頼で大西礼子さんが亡くなられた背景を調査しています」

「死んだ人のことを調べてどうするの」

「わかりかねます。自分は依頼人の意に沿うよう努めるだけです。そこでお訊ねしますが、礼子さんの自殺に関して思いあたることはありませんか」

「なに言ってるの」幸枝が目に角を立てた。「あるわけないでしょう」

「そう感情的にならなくても」

星村はなだめるように言った。

幸枝の剣幕はおさまりそうにない。顔は赤らんでいる。

「いきなり失礼なことを訊くからよ」

「ごく普通の質問だと思いますが。ところで、博之さんはご在宅ですか」

「朝からでかけました。きょうは遅くなるみたい」

「お勤めに」

「いいえ。いまは無職。かわいそうに、運の悪い子なのよ。こっちに帰って一から勉強し、二年目にイベント関係の事業を始めたらリーマンショックで……」

幸枝が声を詰まらせた。演技ではなさそうだ。

「それ以来、お仕事はされてない」

「北海道はやる気があっても仕事にありつけない人が大勢いるの」

全国どこでもおなじです。言いかけて、やめた。むだなことだ。

「東京での事業も失敗されたとか」

きのうは警察官時代の伝と『ＳＬＮ』のネットワークを頼って近藤家と近藤博之に

関する情報を集めた。

幸枝の夫は陸上自衛隊の自衛官だったが、十三年前に病気で亡くなっていた。

一子の博之は東京の大学に進学し、卒業後も東京で中堅証券会社に勤務した。三十歳で上司と金融コンサルタント会社を設立するも四年後に倒産した。その間に十三歳下の礼子と結婚し、長女の美耶が生まれた。離婚後の履歴は不明だ。犯歴はない。

「あれは、上司に騙されたのよ」声が強くなった。「共同経営者にすると、あまい言葉をささやかれ、わたしの夫の生命保険金……博之の将来のために貯えていたおカネを注ぎ込んで……あの子は人を疑うことを知らないから」

「倒産が理由で礼子さんとうまく行かなくなったのですか」

「薄情な女だからね」にべもなく言う。「博之が負債を背負ったから、逃げたのよ。そのうえ、幼い娘を博之に押しつけた」

情報とは異なる。会社の負債は共同経営者が完済したと聞いた。それも無視だ。

「礼子さんは娘の養育費を払っていたでしょう。通帳で確認しました」

礼子の銀行口座の入出金明細書は築地署捜査一係が保管する資料のコピーを松尾にもらった。預金通帳にはところどころ空白の期間があるという。

六本木のキャバクラに在籍していた二〇〇六年六月から二〇〇九年八月までの平均年収は、二〇〇七年の一千九百万円を最高額に、約一千三百万円だった。二〇〇八年九月と十月は収入が半減し、以降の一年間の月収は百万円に届いていなかった。リーマンショックの影響なのはあきらかで、礼子が銀座に移った理由はそれだと考えられる。常に五百万円を超えていた口座残高は徐々に減り、キャバクラ退店時は約二百万円だった。それでも銀友会の松永の話は事実だろう。バカラ賭博に嵌ったホステスは持ちガネを失くし、借金地獄に追い込まれた者もすくなくない。

入出金明細書から推察して、クラブ『佳』の入店時と最初の更新時の契約金は二百万円。二、三回目は三百万円で更新したと思われる。『佳』での最後の半年は月収約百万円で安定していた。八田によれば、売掛金の未払いによる立替や積立金もあったはずだから、売上は店からの振込額の一、二割増しになるはずだという。

二〇一三年九月初めにゴールドエンタープライズから八百七十五万円が振り込まれていた。バンスから『ＳＬＮ』への派遣料を差し引いたカネだろう。その後は毎月七日に百三十万円前後の振込があった。二〇一四年二月から入金額が減り、三月と四月はかろうじて百万円を超えていたが、五月は十七万円だった。

四月の売上が激減したことになる。

その点について、松尾と八田から話を聞いた。

——捜一は収入の大幅減少が自殺の要因と見ています……ええ。自殺者の売上台帳を確認し、売上額と振込額に隔たりがあるのを訊ねたところ、店からは売掛金未払いの立替やペナルティーによるものとの説明があったと……さあ。殺人捜査ではないのでゴールドに帳簿の提出を求めなかったのでしょう——

松尾のもの言いに面倒を避けたがる気配を感じ、早々に通話を切った。

そのあと八田に連絡した。

——絶対に変です。客の来店数が減ったにしても、売上台帳には四月もノルマを超える数字が残っています。サンライズの栗田社長だけでも百六十万円ほどの額ですよ。栗田社長の未払い……そんなことはありえないと思います……わかりました。佳の川村専務には確かめますが、ゴールドのほうは約束できません……そんなに威さないでください。できるだけのことはやります——

八田は五月の入金額を聞いておどろいていた。四月のノルマをクリアできなかったとしても、礼子が補塡すればペナルティーは免れるとも言った。

幸枝が口をひらいた。

「母親だから当然じゃない。むこうは男にちやほやされておカネを稼いでいたのよ。博之はといえば、必死に頑張ってもうまくいかない。いくら性格がよくても、まともな職がない子連れの男に嫁が来てくれるはずもないし」

「礼子さんと博之さんが話し合って、美耶さんをここで育てることにしたのですか」

「そう。離婚するひと月ほど前、礼子がこの部屋で畳に額をつけたの。かわいい初孫とはいっても、不安だった。わかるでしょう」幸枝が下から見つめる。「夫はすでに亡く、博之は突然に無一文で帰ってきたのよ。でも、礼子が涙を流して頼むからさ。何でもして働き、養育費は必ず送るというから美耶を引き取ったの」

「礼子さんは、毎月十万円のほかにも年に二、三度、十万円から三十万円をあなたの銀行口座に振り込んでいた。美耶さんが四歳になって仕送り額が月二十万円に増え、六歳の春には別途に百万円を振り込んだ。間違いないですね」

幸枝が首をかしげた。否定したようには見えなかった。「幼稚園も小学校もただでは行けないのよ」不満そうに言い、顎をしゃくる。

「では、去年の九月の八百万円はどういう名目ですか」

「あなたね」幸枝のくちびるがふるえた。「どういうつもりよ。法律事務所の人だからって、そんなことまで調べて。法律に違反するんじゃないの」

「調査は手続きを踏んで行なっている。銀行口座の入出金明細書は、礼子さんの事案を担当した築地署も入手し、精査した」

星村はきっぱりと言った。

だが、幸枝に臆するふうはない。

「問題がなかったから、警察はここにこなかったんでしょう」

「行政解剖の結果、自殺と断定されたからです。それでも、自殺の背景に犯罪性があると判断すれば、本格捜査に乗りだす」

「ふん」幸枝が鼻を鳴らした。「どうってことない。悪いことはしてないんだし」

「それなら質問に答えてください。八百万円の使い道を」

「美耶は十歳よ。勉強部屋も必要だし、中学生になればなにかと物入りになる。この家を建て替えようと思ったんだけど、八百万円しか……」

幸枝が言葉を切り、眉をひそめた。目のまわりが皺だらけになった。それでも目はなにかに執着しているような強い力を宿している。

「幾ら要求したのですか」

「忘れた」

面倒そうに言い、幸枝が横をむいた。

星村は煙草を喫いたくなった。我慢も限界にきている。話を先に進めた。

「礼子さんの実家に美耶さんの養育費を要求したそうですね」

「なに言ってるの」幸枝が金切り声を発した。「まるでわたしが強請《ゆす》りたかりをしているみたいじゃない」

「飛躍しすぎです」

やんわり言った。違うのですか。本音はそう言いたかった。

「むこうはどう思ったか知らないけど、当然の権利よ。礼子は実家の事情をならべ連ねて、わたしに美耶を押しつけた。むこうは礼子の脛《すね》を齧っていたんでしょう。美耶が高校を卒業するまでの養育費くらい貯め込んでいるさ」

「あなたも貯め込まれた」

「なんてことを」幸枝が眦をつりあげた。「もう帰って」

両手で座卓を叩くようにして立ちあがり、幸枝が部屋から消えた。

星村は庭に目をやった。

赤色や黄色の花がゆれている。

風が強くなったようだ。

雪枝に見送られて門のそとに出た。

住宅街に人の姿はなかった。タクシーは捕まりそうにない。

星村は雪枝に声をかけた。

「バスは走っていますか」

「歩いて三分ほどのところにバス停があります。そこまでご一緒に」雪枝が布製のトートバッグを掲げた。「わたしも帰るんです」

ことわる理由はない。むしろ好都合だ。

「ごめんなさいね。姉は気性が荒くて」

言って、雪枝が歩きだした。

「聞いていたのですか」

「聞こえました」雪枝が笑った。「あんな大声だもの。おとなりにも聞こえます」

「ガーデニングは幸枝さんの趣味ですか」

「趣味なんてもんじゃありません。姉の命みたいな……一週間くらい見物の人がこないと気になるらしく、何日もかけて手を入れています」

「おカネもかかるでしょう」

「家に余裕がなければむりね」

「あなたも恵み野に」

「ええ。主人は恵庭市役所に勤めているの」

星村は周囲を見た。どこにも禁煙マークがない。煙草を手にした。

「いいですか」

「どうぞ。わたしも喫いますから。歩き煙草はしませんが」

星村は煙草に火をつけ、左手に携帯灰皿を持った。

「礼子さんと面識はありましたか」

「もちろん。結婚式はこっちで挙げたの。わたしは東京に行ってみたかったけど、姉が地元でやりたがって。離婚を決めたのもこっちよ」雪枝が息をつく。「そのときはすっかりやつれてた。わたし、礼子さんの最高と最低の顔しか見てないの」

「最低のときの話を聞かせていただけませんか」

「かまわないけど」雪枝が前方を指さした。「もう着きますよ」

回転寿司の看板が目にとまった。バス停の近くだ。

「お昼は」

「まだよ。姉と食べるつもりだったけど、機嫌が悪そうだから出てきたの」

「では、お詫びにつき合ってください」

雪枝がうれしそうに頷いた。

ひろい店内に客はまばらだった。住宅街だから平日の昼間はこんなものか。

テーブル席で向き合った。手を伸ばせば寿司に届く。

「どうぞ、好きなだけ召しあがってください」

星村はお茶を淹れた。羽田空港でうどんを食べたきりだが空腹感はない。

「遠慮なく」雪枝が腕を伸ばした。「ここはおいしいの」

あっという間に四皿が空になる。星村もホタテとサーモンを食べた。

「ウニちょうだい」雪枝が板前に言う。「それと、ヒラメの縁側と中トロも」

星村はお茶を飲んでから話しかけた。

「美耶さんのことですが、礼子さんが泣いて頭をさげたとか」

「それは事実よ。でも、離婚の話がでる前、博之が北海道に帰りたいと言いだしたとき、姉は孫と一緒に住めるのをよろこんでいたわ」

食が進むにつれて、くだけたもの言いになる。

「博之さんは礼子さんと美耶さんを連れて帰ろうと考えた」

「ええ。でも、礼子さんは反対したみたい。気持はわかるわ。北海道は不況が長く続いていたから。博之が共働きすれば何とかなると言ってもためらうよね。それに、礼子さんには病気のおとうさんと、歳の離れた妹がいたんでしょう」

「父親はいまも療養中です」

「そうなの」

雪枝は表情をくもらせながらも皿を手にした。

「養育費の件はどちらが言いだしたのですか」

「礼子さん。離婚が決まったあと姉の態度が変わって、美耶の話をしなくなった」

「引き取りたくなかった。で、礼子さんが養育費の話をした」

「そうね」中トロが雪枝の口中に消えた。「金額は決めなかった。礼子さんは、一生懸命働いて、わずかずつでも送金すると」

「わずかが十万円。幸枝さんの反応はどうでしたか」

「感心していた。初めの内だけ」雪枝が肩をすぼめた。「慣れっておそろしい」

「幸枝さんと美耶さんの仲はどうですか」

「小学生になってから仲が悪くなった。それまで美耶は姉に懐いていたのよ。礼子さんが入学祝にケータイをプレゼントしたのが原因ね。姉は、礼子さんと美耶がケータイでやりとりするのが気に入らなかった。ちょっとしたことでも美耶を叱るようになった。でも、美耶を東京に送り返そうとはしなかった」

カネヅルというわけか。そのひと言は胸に留めた。

「去年の秋の八百万円のこともご存知ですか」

「ええ」言って、雪枝が板前を見る。「ホッキとカニ、大トロも」

星村はイカとカニを取った。毛ガニの身をほぐした寿司は美味かった。

「姉が言ったことは半分ほんとうよ。美耶が自分の部屋がほしいと言いだし、姉は母親に頼みなさいと。それで、姉と礼子さんが電話で話し合いを始めたの」

「どんなやりとりでしたか」

「姉は、子ども部屋を造るスペースはないから二階建てにするしかないと言った。お庭を狭めたくなかったのね。業者の見積りは、土台を補強して二階建てにするのに五百万円だった。でも、礼子さんには解体して改築するから一千五百万円が要るとふっかけた。さすがに、礼子さんも抵抗したみたい」

「どういうふうに」

「小学校を卒業したら美耶を引き取ると言ったそうよ。ちょうど、その電話のとき姉の家にいたんだけど、姉は、自分が手塩にかけて育てたと……そっちの都合だけでものを言うなと、ものすごい剣幕で怒鳴っていた」

「小学校を卒業したらという話はそのときが初めてですか」

「離婚話のとき、生活のめどが立てば引き取ると言ったのは憶えている。それっきりで、姉からその話を聞いたことはなかった」

「子ども部屋の話はいつのことですか」

「去年のいまごろだったかしら」

「悶着の末の八百万円」

星村はつぶやいた。契約金とバンスから捻出したのはあきらかだ。

「そうね。わたしは礼子さんと話してないから何とも言えないけど、姉は不満たらただった。取れるときに取っておこうって考えたのね」

「どういう意味かな」

「ほら、花の命はって言うじゃない。姉はいつも言ってた。仕送りがいつまで続くか心配だと。そうそう」雪枝が声をはずませた。「先月ももめていたわ」

「ん」顎があがった。幸枝への質問がひとつ残っていた。「原因は」

「五月は五万円しか送ってこなかったらしくて、姉は毎日のように電話していた」

幸枝に訊きたかったことだ。礼子は毎月十日に二十万円を振り込んでいた。が、五月は五万円だった。送金額がすくなかったのはその一度きりである。

雪枝が言葉をたした。

「礼子さんは収入が減ったと言訳したそうよ。姉は信じなかった。かりにそうだとしても貯金があるはずだと」雪枝がさぐるような目をした。「実際はどうなの」

「知りません。礼子さんの売上がおちたのは事実です」お茶で間を空けた。「子ども部屋は造ったのですか」

「ええ。廊下の突きあたりと裏の納戸を改修して、六畳の洋間を」

「費用は」

「百万円で済んだみたい」雪枝がおおげさに首をすくめた。「ほんとに姉はしっかりしている。おカネにはシビアな人よ」

「近藤家に貯えは」

「充分でしょう」声に皮肉がこもった。「実の妹からも利息を取るんだもの」

「おカネを借りたのですか」

雪枝が頷いた。

「孫娘がイギリスに留学することになって、三百万円を借りたの。贅沢のためのおカネじゃないのに、借用証を書かされ、利息を取られた」

「いつのことです」

雪枝は座ったまま、きょとんとしていた。

星村は立ちあがった。話すのがいやになった。

「そろそろ行きます」

「去年の十月よ」

帰りの電車に乗っている間に青空がひろがり、大地の新緑があざやかになった。新千歳空港駅で下車し、羽田行きのチケットを買った。キャンセル待ちを覚悟していたが、すんなり購入できた。それでも一時間ちょっとの待ち時間がある。ターミナルを散策しているうちに気分がすこしずつ軽くなった。

窓際へ行き、携帯電話を鳴らした。

「土産は要るか」

《北海道なの》

八重子がおどろいたように言った。

礼子の元夫の実家を訪ねるとは伝えなかった。

――気持をすっきりさせたいんじゃないの――

八重子の話を聞いて行くと決めたわけではない。けさ目が覚めたとき、胸に溜まる厄介事のひとつを取り除きたくなった。
「和子の代理人にはなれなかった」
《それでもいいじゃない》
やさしい声が届いた。
「なにがほしい」
《北海道の旬のもの……アスパラガスかな。それと、雛乃にチョコレートを》
「わかった」
土産品店で物色しているところに電話が鳴った。銀友会の松永からだ。
《晩飯につき合え》
「あいにく旅先だ。北海道にいる」
《ほう》なにかをひらめいたような声だった。《いつ戻る》
「あと三十分もすれば飛行機に乗る」
《五時までには羽田に着くな。新橋で待ってる。羽田を出るとき連絡しろ》
「あんたと飲む気分じゃないんだが」
《俺が元気にしてやる》
通話が切れた。

搭乗手続きの開始を告げるアナウンスが流れた。

バー『蓮華』に土産物を置いてから赤レンガ通の路地に入った。

「こんばんは」

小柄な女に声をかけられた。劉《りゅう》という名の中国女の日本語は流暢だ。都内の大学に留学して一年になるという。言葉を交わすようになって半年ほどだが、そこらの若者よりも丁寧な言葉を使う。

「お連れ様が奥の席でお待ちです」

「あいつの顔を憶えていたのか」

ことしの冬に松永を連れて来た。やくざ者には場違いな居酒屋である。店の者も客も迷惑するのではないかと思いながらも悪戯気分がそうさせた。

「ときどき、二、三人でお見えになります」

「迷惑をかけてないか」

「とんでもないです」

劉がちいさな顔の前で手のひらをふった。八重歯が覗いた。

暖簾《のれん》を潜った。薄暗く、お世辞にもきれいとは言えない店だ。二十人ほど座れるカウンターは満席だった。客のうしろをすり抜けるようにしてとおる。奥の四角いスペースは木製のベンチシートで、松永は角の席に座っていた。

乾分の川上が挨拶をして立ち去った。ほかのコーナー席にはＯＬふうの二人と、ネクタイ姿の三人がいる。どちらも会話がはずんでいた。

星村は、川上がいた席に腰をおろした。

テーブルいっぱいに形の違う皿がある。料理はほとんど残っていない。

「早く来たのか」

「ここは混むからな。おまえの電話のあとすぐに駆けつけた。席を確保してひとりで待つのは癪《しゃく》にさわるから川上に相手をさせた」

店員に麦焼酎の水割りと三品を頼んだ。壁には五十を超える品が書いてある。あれこれ迷わず、目についた品を注文するのはいつものことだ。

煙草をふかし、グラスを傾ける。

松永が口をひらく。

「ゴールドとケリはついたか」

頬が弛んだ。北海道の話はしたくなかった。礼子の周囲にいた者と接触するたび心がさみしくなる。人はそんなものだと思っていても、自分も煩わしいことを避けてきたとの自覚があっても、そういう気分になる。

「進展はない。もっとも、この数日はうちの社長と話していないが」

「ゴールドからなにも言ってこないのか」

「そのようや」

「ところで」松永の声がちいさくなった。「イレブンの由美の件は知ってるな」

「どうしてそんな言い方をする」

「おまえのことだ。礼子の件で由美に接触したんだろう」

「図星や。あんた、由美とも縁があったのか」

「ない。が、迷惑だ」松永が顔をしかめた。「由美とどんな話をした」

「世間話みたいなもんよ」由美とのやりとりをかいつまんで話した。「おかげで刑事《デカ》が俺ん家に押しかけてきた」

「ひまつぶしになったじゃねえか」

松永が目で笑った。

「あんたも閑人《ひまじん》の相手をしてくれてるのか」

「俺のほうが閑人になりそうだ」

「さっき迷惑と言ったな。警察に目をつけられたか」

「そんなどじは踏まん。だが、動きづらくなったのは確かだ。築地署に出張っている捜査一課の刑事がゴールドのまわりを嗅ぎまわってやがる」

「そいつの名前は」

「強行犯四係の四角……おなじ刑事か」

「ああ。ひと癖も二癖もありそうな野郎だ」

「聞いた話では、捜査会議にでないらしい」

松永の情報源は築地署の組対四係か保安係か。推察しても興味は湧かない。

店員が料理を運んできた。

松永が空皿を整理する。肉ジャガとトマトサラダが残り、赤ウインナー炒めとシラス入りの玉子焼き、小海老の唐揚げが加わった。

すこしずつ箸をつけ、グラスを空けて冷酒を頼んだ。長話になりそうだ。松永が愚痴をこぼすために自分を呼んだとは思えない。

煙草をふかし、話しかける。

「俺に頼み事ができたか」

「ほざくな。おまえを助けるために会ってるんだ」

「助ける……なにを」

「おまえの仕事よ。どうせ、自殺の背景は見えてないんだろう」

「あんたには見えているのか。それがしのぎのネタか」

「礼子に関して言えばカネにならん。だが、無関係というわけじゃない」

「もったいつけるな」

言って、小海老の唐揚げを嚙んだ。なにかが頰の内側に刺さった。酒で漱《すす》ぐ。

松永の眼光が増した。

「桜田門の組対五課が内偵捜査をしている」

組織犯罪対策五課は銃器と薬物の事案を担当する。

「どっち」

「薬物だ」松永が声をひそめた。「高山昇《たかやまのぼる》を知っているか」

「知らん。何者や」

「売り出し中の役者で、テレビドラマに主演したこともある」

テレビはニュースとスポーツ中継しか見ない。が、役者と聞いてぴんときた。

「あんたの標的はゴールドに出資している福井か」

「小物は相手にせん。その上のエクサよ。あそこには大物タレントが揃っている。若手の高山はこの先三十年は持つ、カネの生る木らしい」

星村は築地署の松尾の話を思いだした。

「ゴールドの影のオーナーてのはほんとうか」

「エクサの阿部が声をかけて、あれだけの出資者とカネが集まった」

「薬物の件は築地署からの情報か」

「みくびるな」松永が自分で酒を注ぎ、盃《さかずき》をあおった。「マル暴担は築地署と愛宕署だけじゃねえ。桜田門の組対四課のベテランが小銭ほしさにささやいた」

「いつ聞いた」

「四月半ばだった。あとは速攻よ。カネになるのは内偵捜査の間だけだ。本格捜査に入っても、それを見送られても、相手は要求を無視する。高山が逮捕されればカネを払う意味がない。捜査を打ち切ったらデマ情報だったと開き直られる」

「内偵捜査はどこまで進んだ」

「かなり……それでも、賭博とおなじで、薬物の内偵も二か月から半年はかかる」

星村は頷いた。

薬物事案は内偵捜査が成否の鍵を握る。監視対象者が薬物を所持しているとの確証がなければ強制捜査には移れない。

芸能界の薬物事案はさらにやっかいだ。芸能界の薬物汚染は昭和の昔からあるが、その割に逮捕者がすくないのは芸能界の体質に因《よ》る。村社会の芸能界は仲間意識が強く、口が堅い。大手の芸能プロダクションはマスコミに影響力がある。薬物疑惑のうわさが流れてもテレビはそれを取りあげようとしない。

芸能プロダクションは警察組織とも縁がある。一日警察署長などの警察関連イベントには縁の深いプロダクションの所属タレントを優先的に起用する。交通事故撲滅キャンペーンのイベントで起用した女性タレントが飲酒運転で現行犯逮捕されたさい、警察は事件を公表せず、罰金で済む略式起訴さえ見送った。

薬物事案の内偵捜査が外部に洩れ、監視対象者をかかえるプロダクションが警察に捜査の中止を求めたこともある。そのときは警察族議員が動いたという。

「情報のウラは取ったか」

「あたりまえだ。警察情報だと言って威しをかけるまぬけがいるか」松永が目元を弛めた。「乾分が高山に張りついた。三日目に路上取引の現場を目撃した。高山が表参道の路上に車を停めたあと、売人が高山の車に近づいた」

「近くに捜査官はいなかったのか」

「いたかもしれんが、組対五課は売買だけじゃパクらん。売人の元締や、買った者の人脈……芋づる式で一網打尽にしようって魂胆だ」

それくらいは知っている。聞き流し、視線をふった。生臭い話が続いている。

女二人は笑顔だった。男らは締まりのない顔で酒を食らっている。

視線を戻した。

松永が言葉をたした。

「乾分は人気《ひとけ》のない場所で売人を攫《さら》い、俺がきっちり吐かせた。高山とは半年ほど前からの取引で、上の指示によるものだった」

「上はどこや」

「いまも調べている。元締から小売の間に何人もいるからな」

星村は黙って酒を飲んだ。今夜の松永はよく喋る。胸の内が気になる。

松永が言葉をたした。

「高山が出入りするマンションも特定した。満を持して、阿部に面談を求めた」

「相手の反応は」

「否も応もない。こっちには写真と証言テープがある」

「エクサは警察情報を摑んでなかったのか」

「芸能界のドンと呼ばれる阿部がうろたえた。寝耳に水の顔だった。やつは警視庁の芸能界薬物汚染対策に協力してきたから、相当なショックだったと思う」

「となれば、エクサはあんたの言いなりやな」

松永が手のひらをふった。

「むこうも海千山千よ。情報によれば、エクサは幾つかのルートを使って捜査をつぶそうとしているらしい。そりゃそうだろう。俺にカネをむしり取られたあげく、カネの生る木を腐らせりゃ踏んだり蹴ったりだ。面子《メンツ》も立たん」

「あんたとエクサが駆け引きしてるさなかに由美がやられた」

「そういうことだ。ほかの部署ならどうにかなるが、捜査一課は融通がきかん」

「四角は薬物事案も調べだしたのか」

「わからん。捜査会議にでないから情報がない。だが、礼子の自殺の背景を調べるなら薬物事案にも手を伸ばす。どこまでたどりつけるか。しばらく様子見だな」

松永が壁にもたれた。

星村はすこし前かがみになった。気にしていたことがある。

「さっき、礼子は無関係やないと言ったな」

「高山の女だった」

聞き取れないほどの声だった。

おどろくより先に声がでた。

「それも警察情報か」

「阿部に聞いた。最初に会ったとき、高山の遊び相手にも注意しろと忠告したんだが……礼子が逝っちまったあとで礼子の名をだしやがった」松永が憎々しげに言う。

「高山と礼子のことは俺に会う以前から知っていたような口ぶりだった」

「礼子を高山にくっつけたわけか」

「そこまでは知らん。が、二人がデキて、対策を講じたのは間違いない。身内はもちろんのこと、マスコミ関係者にも手を打ったはずだ」

「ゴールドの関係者で二人の仲を知っていたのは誰や」

「福井と山本だ。が、阿部の腹心の福井とは違って、山本は手足にすぎん。覚醒剤のことまでは知らんだろう」

「福井は」

「俺と阿部の交渉の場に同席している」

星村はくちびるをゆがめた。思いつきが声になる。

「高山が出入りするマンションで礼子を見かけなかったのか」

「それを悔やんでいる。乾分は礼子の顔を知らなかった。カジノに出入りさせてないからな」すこしの間が空いた。「知ってりゃ、命を粗末にさせなかった」

松永がパッケージに手を伸ばした。煙草をやめたと聞いてひさしい。

星村は手酌酒をかさねた。


自分の息に吐きそうになる。ひどい二日酔いだ。昨夜は松永と明け方まで飲んだ。寒気がする。傘を持つ手が冷たい。きのうの北海道よりも気温が低く感じる。

背をまるめて『ＳＬＮ』のオフィスに入った。風が頬をなでる。

「こんな寒いのに冷房か」

「ドライです」デスクにいる典子が言う。「二日酔いの寝不足でしょう」

「あたりや。熱いお茶をくれ」

社長室のドアを開けた。

有吉は土曜もネクタイを締め、スーツを着ていた。

「遅いですよ。一時間もかかるところに引っ越したのですか」

「うるさい」応接ソファに座った。「雨の日は身体がぐずるんや」

雨だとわかっていれば呼びだしには応じなかった。電話はベッドで受けた。

「子どもみたいな人ですね」

有吉が正面に腰をおろした。

星村は首をかしげた。有吉の声があかるい。笑顔を見るのはひさしぶりだ。

典子がお茶を運んできた。

茶の香りが縮んだ毛穴をひろげた。典子が淹れるお茶は美味い。口にふくんだままにしておきたくなる。鹿児島出身の彼女は仕事場にも知覧のお茶を用意している。

ふた口三口と飲んでから顔をあげた。

「何の用や」

「もう結構です」

「はあ」

「調査は終了です」

「なんやて」癇癪《かんしゃく》玉が破裂しそうになった。「どういうことや」

「その必要がなくなりました。掲示板の件も忘れてください」

「理由を言え。数日前まで赤児みたいにひいひい泣いてたやないか」

「状況が変わりました」

「ふざけるな」唾が飛んだ。滾《たぎ》った血は鎮まりそうにない。「散々こき使われて。そんな理由で納得できるか」

有吉がため息をついた。

「じつは、きのうの夜、ゴールドの山本社長と会いました」

「なんで。会うのもいやがってたやないか」

「和解の席を設けたいと、電話で誘われたのです」

「SLNが非を認め、むこうが見返りをよこしたのか」

「わたしが非を認めるわけがないでしょう」有吉が胸を張った。「損害賠償の件はなかったことにしてほしいと頭をさげられた」

「謝れば済むことか」

「礼には礼を以《もっ》てと言います」

「おい」有吉の胸倉を摑んだ。「なにを隠してる」

「乱暴はやめてください」

有吉の声がふるえた。顔は青ざめた。

容赦はしない。手に力をこめる。有吉の身体がういた。

「言わんかい。俺に手を引かせる見返りは何や」

「わ、わかりました。話しますから手を放してください」

有吉が首を左右にふり、スーツの襟を正した。

「お仕事をいただいた。長期契約です」

「ゴールドとの独占契約か」

「冗談でしょう。その程度で矛は収めません」有吉の声も表情も元に戻った。「和解の席にはゴールドの経営者のひとり、福井様が同席された」

「オフィスＦＵＫＵＩの社長か」

「知っているのなら説明を省きます。ＦＵＫＵＩが主催、運営するイベントにわが社の人材を優先するそうです。それだけなら単発の仕事なのでたいした利益にならないけれど、とても魅力的なご提案をいただいた」

「まわりくどい」声を荒らげた。「エクサから仕事をもらったか」

「どうしてエクサを」

有吉が目を白黒させた。

「俺は仕事をしている。エクサの阿部社長はゴールドの影のオーナーや」

「そんな報告は初耳です」

「いま話した。で、提案の中身は」

「むこう十年間、わが社を通して契約社員を雇う。どうです。いい話でしょう」

歯噛みしそうになる。

「具体的な数字も提示されました」

「やめとけ」

「なんてことを……わが社が潤うのですよ。わが社のために汗をかいたあなたは不満かもしれないが、わが社の利益を優先してください。それが社員の義務です」

「勝手なことをぬかすな。社の実績は取引先企業からの信頼やと、俺の前で見得を切ったのはどこのどいつや」

「その信条は変わりません。しかし、ネット上の風評被害はすくなくて済みそうで、取引先の信頼も損なわなかった。これから反転攻勢です。雨降って地固まる。エクサとの長期契約はわが社に利益と信頼の両方をもたらします」

「ああ言えばこう言う。便利な口やのう」

「納得してください」

「するか」投げやりに言った。「契約は交わしたのか」

「そう拙速には進めません。契約の細部を詰める時間が必要です」

「不幸中の幸いや」

「…………」

有吉があんぐりとした。

「犯罪の片棒を担ぐはめになるところやった」

「ええっ」声がひきつる。「どういうことです」

「エクサは窮地に立たされてる。いまはそれしか言えん」

「礼子の自殺と関係が……」

「ある」さえぎり、目で凄む。「由美が殺された事件ともつながっている」

断言した。うそも方便。うかれた頭を冷ます効果はある。

「ほんとうですか」有吉が前のめりになる。泣きだしそうだ。「デマや間違いでは済みませんよ。大口の取引先を棒に振る。大損です」

「カネがほしけりゃ契約せえ。俺は勝手に動く。そうさせたのはおまえや」

星村は煙草をもみ消し、立ちあがった。

「待ってください。まだ話は……」

ドアを乱暴に閉じ、あとの言葉をはね返した。

★

前列の捜査員が腰をおろし、雛壇に座る築地署の岸本課長が指をさした。

「つぎは四角。報告しろ」

「ありません」

あっさり返した。四角は捜査員六十余名のきつい視線を浴びた。

「それはないだろう」岸本の声に怒気がまじった。「おまえは銀座に張りつくという理由で会議を欠席していたのだ」

「土日はなにをしていた」

雛壇の端から詰問口調の声がした。生活安全課の柳原だ。

四角は睨みつけた。

「捜一の捜査のイロハを知らないやつは黙ってろ」

「なんだと」

柳原が腰をうかした。

場内がざわついた。

気にしない。売られた喧嘩だ。

「俺たちに週末も祝日もない。平日でも銀座でひまをつぶしてるあんたとは違う」

土日は徒労の連続だった。由美と親しかったという『ゴールド』と『イレブン』の七人のホステスに電話をかけたが誰ともつながらず、自宅を訪ねても会えなかった。

由美の客の大半は電話にでたが、短いやりとりで通話を切られた。

「ひまつぶしとは聞き捨てならん」

柳原の顔が真っ赤になる。

「よさないか」岸本が声を張った。「会議中だ。喧嘩はあとでやれ」

柳原が岸本にも食ってかかる。

「そんなことを言うから本庁の連中が図に乗るんです」

「文句もあとだ」岸本が視線を戻した。「四角、答えろ」

「いまのところ犯人逮捕に結びつく情報は摑んでいません」

「そうだとしても、捜査内容を報告するのは義務ではないか」

「自分の行動を報告すれば楽に一時間はかかります。それでもいいのですか」

「要点を言いたまえ」

「情報を絞り込む段階にありません」

「気になる情報はあるのか、ないのか」

「何とも。情報の収集と、そのウラ取りに奔走している段階です」

「ここで情報を吐きだせば、皆が協力する」

近くの席でため息が洩れた。不毛なやりとりにうんざりなのだ。

階段を駆けおり、築地署を出た。

友田が肩をならべる。

「最悪です。このままでは全員を敵にまわします」

「知ったことか。捜査本部は仲良しクラブじゃない。いまの会議でも気になる情報はなかった。そんなもんさ。誰もが情報をかかえているんだ」

「それならどうして会議にでたのですか」

「これよ」

四角は、まるめた用紙をかざし、足を速めた。


銀座四丁目の、ハワイアンの流れる喫茶店に入り、モーニングセットを頼んだ。

四角は用紙をひろげた。由美の携帯電話のメールの文言を相手ごとに仕分けし、日時順に整理してある。捜査本部に常在する捜査員が作成した。

――資料ができた。あすの会議で配られる――

きのうの夜の電話で細川が教えてくれた。

「礼子とのやりとりを見ろ」

言って、四角も視線をおとした。

由美と礼子の交信記録だ。由美のほうから始まっている。

――話があります。あすにでも会ってください――

――どんな用？　あなたとは会いたくないけど……メールアドレスを変えたばかりなのに、誰に聞いたの――

――言えない。でも、どうしても会って話したいことがあるの――

――いやよ。もうメールもしてこないで――

五月十三日から始まるやりとりは、由美が送信し、礼子が返信することのくり返しで、由美は昼も深夜も送信し、礼子の返信は午後三時ごろに集中している。

――しつこくメールするならまたアドレスを変える――

礼子がそう返信したあとも、由美はメールを送り続けていた。

――会ってくれなければ来週にでもKさんとゴールドに行きます――

――好きにすれば――

最後の交信は五月二十四日の午後九時二十三分で、礼子はすぐに返信していた。

ウェートレスがトレイを運んできた。

友田がスクランブルエッグをトーストにのせる。

四角はトーストを目玉焼きの黄身につけた。

食べおえ、煙草に火をつける。紫煙を吐き、友田に訊いた。

「どう思う」

「どうして被害者は会いたい理由を教えなかったのか。最後にKさんと行くというのも気になります」

ポイントはおさえている。Kが栗田なのは間違いない。

「礼子は理由がわかっていたんじゃないかな」

四角はおだやかに言った。その推測は確信に近い。

「そういえば、礼子は理由をしつこく訊いていませんね。それに、どうして礼子は会うのを拒みながらも返信していたのでしょう」

「カギは理由の中身だな。うわさか、確かな情報か。それを礼子に問い質して、どうするつもりだったのか」

「礼子にはうしろめたいなにかがあった」

友田が独り言のように言った。

四角は頷いた。おなじ推察だ。

「うわさか情報かわからないけど、出処を突き止めましょう」友田の目が輝いた。

「その先に犯人が見えてくるかも」

四角は肩をすぼめ、苦笑をうかべた。あまり熱くなられると自分が冷める。だが、いやな気はしない。友田はこれまでコンビを組んだ連中とは異なる。めざわりな存在ではなく、よけいな神経を遣わされることもない。

「これからどちらへ」友田が言う。「銀座も、銀座で働く人も眠っていますよ」

「叩き起こす。被害者と礼子の接点はゴールドだけ。ゴールドの誰かが礼子のあたらしいメールアドレスを被害者に教えた」

「それなら栗田もあてはまります」

「………………」

首をひねり、四角は口を結んだ。

みずから火中の栗を拾うまねはしない。そのひと言は声にしなかった。由美が最後に送ったメールの、Kさんとゴールドに行く、という文言も気になる。

しかし、由美と礼子の交信に関する疑念を解く自信はある。

けさ捜査本部に入る前、細川から別の資料をもらった。礼子の携帯電話の通話記録である。礼子の携帯電話からはすべてのデータが消去されていた。

「五月十二日に、被害者はゴールドのサキと食事をしています」

友田が言った。指先で資料を押さえている。

サキは同僚のルイと一緒に由美の葬儀に参列していた。二人は由美と親しかったホステスで、事件発生の翌日に事情を聞いた。

友田の指が動く。

「もうひとり、気になる女性がいます」

「だれ」四角は資料を見た。「いつのやりとりだ」

「五月十一日にランチの約束を。その女性とは五月三日にも会ったようです」

「和歌山でということか」

由美が四月三十日から五月五日まで和歌山の実家にいたことはわかっている。

「ええ。気になるのは女性の勤務先です」

資料にはメールアドレスごとに携帯電話の所有者の氏名と勤務先が記してある。

四角は目をぱちくりさせた。


コリドー街のコーヒーショップは空席がめだった。

となりのテナントビルには『ゴールドエンタープライズ』の事務所がある。

そこから連れだした事務員の吉田《よしだ》香織《かおり》と向き合っている。うつむきかげんの目がおちつかない。緊張しているのが手に取るようにわかった。

友田がドリンクを運んできた。

四角は気が急いている。年配の女事務員から三十分で帰すよう言われた。事務員が『ゴールド』のスタッフに連絡した可能性もある。いつ山本が飛んで来るかもしれない。築地署の柳原が姿を見せることも考えられる。

質問を始める。

「被害者とは同郷らしいね」

「はい」

「仲がよかったの」

「わたしはゴールドのルイさんと仲良しなんです。以前はおなじクラブで働いていました。由美さんはルイさんの紹介です。三人で食事をしたとき、由美さんが和歌山出身で、わたしの実家のとなり町だと知りました」

のんびりとした口調だった。

「で、あなたはゴールデンウィークに里帰りし、被害者と会った」

「ええ」

声がちいさくなった。

「何日に」

「……………」

吉田が首をひねった。瞳がゆれる。思案する顔になった。

苛々する。男なら怒鳴りつけるところだ。息をつき、話しかける。

「五月三日だ。メールが残っている。会って、どんな話をした」

「それは……」

語尾を沈め、吉田がうなだれる。

四角は顔を近づけた。

「被害者は殺されたんだ。包み隠さず話すのが供養というものだろう」

「そうですね」か細い声で言い、吉田が顔をあげる。「由美さんに頼まれました。礼子さんの売上台帳を見せてほしいと」

「どう答えた」

「むりです。ホステスの売上台帳は事務所の大野《おおの》先輩が管理しているので、わたしは勝手に見られません」

「そう言ったのか。それで、被害者は諦めたのか」

「…………」

「築地署にくるか」

吉田がぶるぶると顔をふる。髪が乱れた。

「なら、正直に話せ。どう答えた」

「なんとかしてみると」

「なんとかなったんだな。で、五月十一日に会った」

五月三日から十一日の間に二回、メールの交信があった。

――早く、お願い――

――まだなの？　約束は守ってよね――

あきらかに催促の文言だった。

「事情を聞いて仕方なく。お客さんのひとりが礼子さんとかぶっているそうで、由美さんはそのお客さんのことを知りたがったのです」

「サンライズの栗田社長だな」

吉田がこくりと頷いた。

「ごめんなさい。正直に話します。なので、大野先輩には内緒にしてください」

「話を聞いてから考える」つれなく返した。「五月十一日はどこで会った」

「赤坂のホテルでランチをし、売上台帳のコピーを渡しました」

「被害者はその場で見たのか」

「ええ」

「反応はどうだった」

「そんなばかなとか、どういうことよとか。ぶつぶつ言っていました」

「理由を訊いたか」

「とても」吉田が目を見開いた。「由美さんの顔が普通じゃなくて。わたし、こわくなってものを言えなくなりました」

「そのあとも礼子さんのことで連絡があったか」

「その日が最後です」

「あなたは礼子さんのメールアドレスを知っているか」

「いいえ。あの人とは話したこともありません」

言って、吉田が携帯電話を見た。青いランプが点灯している。

「戻っていいですか。社長が事務所にくるそうです」

「いまの話は、とりあえず内緒にしておく」

吉田がぎこちなく笑い、逃げるように去った。

友田が口をひらく。

「どういうことでしょうね」

「わからん。おまえも事件発生の夜にゴールドの売上台帳を見たよな」

「ええ。しかし、あれには来店の年月日と客の氏名と飲食代金しか書いてなくて、飲食代金の数字には気がむきませんでした」

「俺もおなじだ。あんな数字には縁がない。俺の月給より高い数字もあった」目で笑い、真顔に戻した。「被害者と礼子の接点は栗田だ。栗田の来店回数か、金額か。被害者は気が動転するほどの事実を知った」

「ゴールドとイレブンの売上台帳を精査しましょう」

友田が声をはずませた。


暮れなずむ時刻に、銀座五丁目のカフェテラスで『ゴールド』のサキと会った。

「ここで食事をしてもいいですか」サキが遠慮ぎみに言う。「このあと美容室に行くから食べる時間はなさそうです」

四角が頷くと、サキはハンバーグセットとアイスティーを注文した。先に来た四角と友田の前にはアイスコーヒーがある。

サキがバッグから二つの携帯電話を取りだし、テーブルの端にならべた。

「ん」

声が洩れた。携帯電話を見つめたあと、サキに話しかける。

「五月十二日のことを憶えているか。被害者と食事をしたようだが」

「はい」元気な声だ。「由美さんに誘われました」

「よく誘われたのか」

「あの日はひさしぶりでした。由美さんがゴールドにいたころは何度も。由美さんがお客さんとお寿司を食べるときはいつも声をかけてくれました」

「寿司が好物か」

「大好きです」

四角は話題を変えた。

「被害者の葬儀にルイさんと参列したね」

「ルイさんにもお世話になっています。おなじヘルプだけど、彼女は自分のお客さんを持っていて、ルイさんのお客さんの席にも呼ばれます」

「ヘルプにもいろいろあるんだな」

「ええ。ルイさんはつぎにお店を移るときは売上で契約するそうです」

「ゴールドではできないのか」

「だめなんです。ゴールドで知り合ったお客さんは自分の係にはならないけど、別のお店にそのお客さんがくればルイさんは係になれる」

「ゴールドで将来のカネヅルを摑んだわけか」

サキがこまったように笑った。歯並びが悪い。

「あなたはヘルプのままでいいのか」

「水商売で生きていく自信なんてありません。結婚願望も強いんです」

「あ、そう」

四角はそっけなく返した。

ウェーターがハンバーグとライスを運んできた。

友田にサキをまかせ、四角はそとに出た。路地に入り、携帯灰皿を手に煙草をふかした。細川と電話で話したあと、席に戻った。

サキがフォークとナイフを置き、紙ナプキンを口にあてた。

「ちょっと失礼します」

サキがポーチを手に立ちあがる。

ウェーターが空皿をさげた。

四角はテーブルにある二つの携帯電話を見た。

友田もじっと見ていた。

サキが戻ってくるなり、四角は声をかけた。

「あなたは礼子さんとつき合いがあったか」

「礼子さんにもかわいがってもらいました。わたし、お店の誰とでも仲良くできるんです。人に嫌われるのがいやだから」

「うらやましい」笑って言う。「そのことを……あなたが礼子さんとも仲がいいことを、由美さんは知っていたのかな」

「はい。隠すことではないでしょう。言わなくても、お店にいれば誰が誰の係の席に着いているのか、すぐにわかります」

「なるほどね。で、礼子さんとメールのやりとりをしたことはあるの」

「もちろん」

「礼子さんがメールアドレスを変えたあとも」

「はい」

サキの目がおおきくなった。自慢げな顔だ。

「いつ変えた。理由を聞いたか」

「ゴールデンウィークの最中でした。迷惑メールが増えたからって」

「あたらしいメールアドレスを誰かに教えたか」

「そんなことはしません」サキが声を強める。「誰のを誰に教えても嫌われます」

「それ」四角は携帯電話を指さした。「いつもそうやって置くのか」

「こうしておかないと不安なんです。とくに、いまの時間はお店のスタッフやお姉さんたちから連絡が入ることが多いから」

「五月十二日に被害者と食事をしたときもそうしていた」

「………」

　サキがきょとんとした。

「さっきみたいに席を離れたか」

「あっ」サキが目をつむった。「そういうことですか」

　四角はこくりと頷いた。

「被害者は、あなたが食事のあとトイレに行く習慣も知っていた」

　サキの顔が固まった。血の気が引くのがわかる。ややあって、口をひらいた。

「由美さんは、わたしのケータイから礼子さんのアドレスを盗んだのですか」

「さあ。確かめようもない」

　サキの瞳が激しくゆれた。

　上手に立ちまわろうとする者ほど失敗したときの落胆はおおきくなる。

四角は首をまわした。なぐさめのひと言をかける気にはなれなかった。

★

赤いカクテルドレスの裾から細い脚がすらりと伸びている。

ルイが澄まし顔で近づいてきた。歩くたびカールの利いた長い髪がゆれる。

八田が笑顔で声をかける。

「出勤前に悪いね」

「いいわよ。八田さんには近いうちお世話になるから」

ルイの目元がほころんだ。実年齢の二十六歳よりも上に見える。

「こちらは上司の星村、ぼくがなにかと世話になっているんだ」

八田が如才なく言った。

「こんばんは、ルイです」

かるい乗りで言い、ルイが星村の正面に腰をおろした。

帝国ホテル一階のランデブーラウンジで待ち合わせた。ルイの指定だ。

ルイが赤のグラスワインと海老フライサンドを注文した。

「近いうちに店を移りたいの」

八田が訊いた。

星村と同席の場で仕事の話をするのは初めてだ。八田によれば、由美の葬儀で話しかけたとき、ルイから連絡先を訊かれたという。

「そのつもりよ」

「つぎは売上で入りたいわけか」

「うん。わたしにとって転機になるかも」控え目な口調だが、瞳は光っている。「礼子さんと由美さんには申し訳ないけどね」

八田がにやりとした。

「二人の客を手に入れた」

「どうかな。でも、売上でやっていく自信はついた」

「いい仕事をさせてもらうよ」

言って、八田が顔をむけた。星村に目で詫びる。そのへんはぬかりがない。

ウェートレスがワイングラスを運んで来た。

ルイがひと口飲むのを待って、星村は話しかけた。

「警察に事情を訊かれたそうだね」

「はい」声音が変わった。「由美さんが殺された日の夜に、刑事さんと話しました」

「刑事の名は」

「四角さん。めずらしい名前ですよね」

「なにを訊かれた」

「殺された夜の出勤前に由美さんとメールをしたんです。それが由美さんの最後のメールだったらしく、そのことを訊かれました。由美さんのお客さんがゴールドに来たときはメールで知らせていたのですが、そのメールのやりとりがシンプルすぎて、刑事さんには意味がわからなかったみたい」

ルイがよどみなく喋った。

「ほかには」

「それだけです」

ルイが届いたばかりの海老フライサンドを頰張る。

喉の奥まで見えた。男の視線は気にならないようだ。

星村は煙草をふかし、ルイの仕種を見ていた。質問を再開する。

「あんたは礼子さんの客とも親しくなったのか」

「礼子さんのほうはあんまり。彼女はことしになってお客さんを減らしていたの。それでも、四、五人のお客さんとは連絡を取り合っています」

ルイがサンドイッチをたいらげ、紙ナプキンをくちびるにあてた。

「役者の高山昇は」

ルイの手が止まった。きょとんとしたのは一瞬だった。

「礼子さんのお客さんじゃないよ」くだけたもの言いになる。「高山さんは去年の暮れと年明けにお店に来たけど、プロダクションの社長のお伴だったみたい。その社長は久美子ママのお客さんです」

「その席に礼子さんが着いた」

「わたしも着きました。そうだ」声がはずんだ。「思いだしました。去年の暮れのことですが、高山さんはとなりに座った礼子さんとかなり盛りあがって。年明けのときも高山さんは礼子さんにべったりでした」

「礼子さんのほうは」

「どうかな。礼子さんはあしらいが上手だから、お客さんは皆その気になっちゃう」

「その二回だけか」

「だと思います」ルイが細い眉をひそめた。「どうして高山さんの話を」

「礼子さんの客だと聞いたからさ」さらりと言う。「栗田社長に着いたことは」

「あります。でも、ただ座っていただけ」ルイが舌を見せた。「礼子さんがべったりで、礼子さんが席を離れると由美さんが……わたしの出番はなし」

ルイがワインを飲む。ルージュがきらめいた。

「栗田社長はシャンパンを開けるのが趣味らしいね」

ルイが表情を崩した。あわてて手のひらを口にあてる。

すかさず、星村は訊いた。

「違うのか」

「あれは礼子さんが勝手に注文していたの」

「社長は文句を言わなかった」

「ええ。納得済みなんでしょう。わたしだけではなく、由美さんもほかの子も、礼子さんが売上を伸ばすためにそうしてると思っていたはずよ」

「銘柄は」八田が口をはさんだ。「ドンペリかな」

「そう。いつもおなじではなかったけど、十万円くらいのドンペリだった」

星村はソファにもたれた。

商品の価値は代金を支払う本人の意識次第だ。が、かるい口調で十万円くらいと言うルイの金銭感覚が量れない。

八田が質問を続ける。

「一回の来店で何本開けた」

「一本よ。たまに二本のときもあった」

ルイがテーブルの携帯電話にふれた。

「ごめん」ルイが八田にむかって両手を合わせた。「お客さんがこれから行くって。ほんとに勝手なんだから。お店の下で八時半に待ち合わせたのに」

「同伴の予定だったのか」

頷き、ルイが立ちあがる。

「正面玄関にタクシーは停まってるかな」不安そうに言い、星村に顔をむけた。「お話の途中にごめんなさい。あらためて時間をつくります」

ルイがよろけそうになりながら去った。

星村は首をすくめた。帝国ホテルから銀座八丁目まで徒歩五、六分だ。

「あんな細いヒールじゃ走れない」八田が言う。「バッグも重そうでした」

「そんなところまで見ているのか」

「仕事です。ブランド名も言いましょうか」

「いらん」背をおこした。「肝心なことを訊き損ねた」

「何ですか」

「栗田をものにしたのかと……冗談や」

八田がにんまりした。

「ケータイの画面に栗田の文字がありました」

星村はおおげさに顔をふり、水割りを飲んだ。

グラスを置くと同時にポケットの携帯電話がふるえた。大西和子からだ。


ロビーに出て、携帯電話を耳にあてる。

《北海道に行かれたそうですね》和子が不満そうに言う。《帰ってこられたあとでも、どうして連絡をくださらなかったのですか》

「あんたの代理人として行ったんやない」

関西弁がでた。

《わが家の現状を話していただけましたか》

「忘れた」

《そんな、あんまりです》

ふざけるな。声になりかけた。

「美耶を引き取れば済むことやないか」
《簡単に言わないでください》
和子が声をとがらせた。
「礼子さんは、あんたが就職し、娘が小学校を卒業したら引き取るつもりやった。あんたとおとうさんの面倒を見るために、泣く泣く娘を手放したんやないのか」
《そうかもしれません。でも、むりです》
「恩返しに」ものを言うほどにむなしくなる。「仕事中や。切るで」
乱暴に言い、席に戻った。

携帯電話にふれていた手を休め、八田が顔をあげる。

「佳の川村さんから返事が来ました。栗田は佳でも十万円前後のシャンパンを一本か二本開けていたそうです」

星村は首をまわした。まだ和子の声が鼓膜に残っている。水割りを飲んだ。

「十万円のシャンパンが二本で、幾らになる」

「それを計算していました」携帯電話を指さした。「ざっと四十万円ですね」

「座って五万円の店やろ」

「以前に話した純売上はセット料金にボトルをふくむドリンク代をたした金額です。テーブルチャージやホステスチャージなどは店の取り分で、その両方に五十パーセント前後のサービス料を加算した金額が客への請求額になります」

　頭で計算しかけて、やめた。ばかばかしい。

「だから、純売上をあげるためにシャンパンやワインを客にねだるのです」

「訊いてない」

　吐き捨てるように言い、煙草をくわえた。不味《まず》い。グラスを空け、ウィスキーのオンザロックを頼んだ。八田に話しかける。

「礼子の四月分の売上やが、栗田の分が売上からはずれた可能性はないか」

「ぼくもそれを考えました」

「栗田の分を除《の》けても八十万円の売上がある。そやのに、礼子の手取りがたった十七万円とはどういうわけや」

「スライド制で計算すれば、その売上額でも三、四万円の日給はもらえる。でも、礼子さんの契約には複数のノルマが設定してありました」

「ノルマの中身は」

「月ごとの売上額のほか、店の周年記念や誕生日のパーティー期間にもノルマがついていた。八十万円の売上なら百パーセントのペナルティーが科せられたでしょう」

「店の売上に貢献したのにただ働きかい」

「だから、近ごろは客を持っているホステスも契約入店を避けたがる」

星村は視線をそらした。人の欲が見え隠れする話はうんざりだ。

契約金とバンスほしさに、礼子はむりをした。そういうことか。感慨はめばえなかった。自業自得。北海道に行っていなければ、その熟語が頭をよぎっただろう。

「しかし、納得がいきません」八田が声を強めた。「栗田社長の飲食代金が礼子さんの売上からはずれるなんてありえない」

「栗田の飲食代金のほうはどうや。妥当なのか」

「ルイさんらの話を聞くかぎり、高すぎます」

「店の伝票は誰がつける」

「クラブは大抵、レジにいる経理のおばさんです。それを店長クラスがチェックし、社長やオーナーママを経由して事務所にまわる」

「ゴールドで伝票を操作できる立場にあるのは誰や」

「最終チェックは山本社長でしょうね。私腹を肥やすための水増し請求か、経営者側の指示による二重帳簿か」

首が右に傾いた。疑念が声になる。

「栗田はおかしいと思わなかったのかな」

「誰だって思いますよ。おなじように遊んで料金が二倍にも三倍にもなれば」

「納得の上で支払った」

独り言のように言った。疑念がさらにひろがる。

「山本の仕業ですね」

八田のひと言に、星村はにやりとした。

「やっと呼び捨てか」

「無性に腹が立ってきました」

「よっしゃ。で、どうする」

「山本を締めあげましょう」

「おまえにやれるのか」

「見損なわないでください。ぼくは銀座に骨を埋《うず》める覚悟なんです。銀座の質をおとすようなやつは断じて許しません」

「クビになるかもな」やんわり威した。「有吉はゴールドと和解するそうや」

「ええっ」

八田がのけ反った。

星村は、先週土曜の、有吉とのやりとりを話した。

「犯罪の片棒を担ぐって、どういう意味ですか」

「礼子の覚醒剤事案と由美の射殺事件。どっちもゴールドとつながる」

八田に話せるのはそこまでだ。松永の話は墓場まで持って行く。

「うちの社長が和解すれば、ホシさんは手を引くのですか」

「いまさら引けるか」

星村は投げつけるように言った。


「ホシさん、おひさしぶりです」

築地署捜査一係の友田が腰を折った。

山本に関する情報を集めるという八田と別れ、新橋の『蓮華』に入った直後に携帯電話が鳴った。午後九時を過ぎていた。

――これから会えませんか――

星村は二つ返事で応諾し、『蓮華』の住所を告げたのだった。

「ひとりか」

電話の口ぶりからひとりでくるとは思った。が、捜査一課の四角や築地署保安係の松尾の存在が消えたわけではなかった。

「そうです」友田がとなりに座った。「四角警部補には内緒で来ました」

「面倒をかけてないか」

「松尾のことならご心配なく。あの時点では酒の上の世間話。ホシさんに警察情報が流れたと気づいたのは坂本由美子が殺害されたあとです」友田が澄まし顔で言う。

「いずれ詰問されるでしょうが、それで通します」

「すまんな」

バーテンダーがおしぼりを差しだした。

「ウィスキーのロックを」友田が視線を戻した。「警部補に会われたそうですね」

「むこうが家に押しかけてきた。やつはどうした」

「一時間ほど前に捨てられました。よくあることです」

「一匹狼を気取っている。なのに、おまえを放さん。人を見る目はありそうや」

「都合がいいんでしょう。自分は上官に逆らわない」

「どの口が言うねん。四角の許可なしに電話をよこしたくせに」

「警部補のまねをしました」グラスを傾け、友田が息をついた。「ホシさん、関西弁に戻したのですか」

「勝手にでる。もうおまわりさんやない。不都合もないやろ」

「関西弁だからですね。九州弁や東北弁に戻す人はいないと思います」

友田が目で笑った。

「自分はとんでもない人に声をかけられたと思ったのですが、勉強になります」

「四角のことか」友田が頷くのを見て続ける。「捜査本部《チョウバ》は初めてか」

「ええ」

「俺にもロックを」

バーテンダーに言い、煙草をくわえた。不味くない。

友田が話しかける。

「大西礼子の自殺の背景はわかりましたか」

「用件はそれか」

凄むように言った。

友田にたじろぐ気配はなく、無言で見つめ返してきた。

星村は視線をそらした。正面の棚にならぶボトルが照明を浴びている。初めて気づいた。冷たく感じる。

「礼子はボロ雑巾になった」ぼそっと言った。「だとしても、そんなことで死ぬ女じゃなかったように思う」

芯の強い人だった。愚痴や不満は聞いたことがない。周囲の誰もがそう言った。父親や妹が自分に頼り切っていることや、北海道の近藤幸枝が娘の美耶を人質にカネを無心していることを、礼子は百も承知していた。それでも血を分けた者のために生きていた。そんなふうに思えてならない。

友田が口をひらく。神妙な顔になった。

「礼子の部屋に臨場したとき、覚悟の自殺だと感じました。掃除が行き届き、パソコンや携帯電話のデータはほとんど消去してあった」

「他殺の線が消えた以外で、自殺と断定した根拠はあるのか」

「ひとつは収入の減少です。二つの銀行預金は底をつきかけていた。貴金属も安物が数点あるだけだった。ゴールドの関係者や彼女の客によれば、礼子はめったに貴金属を身につけなかったが、たまに高そうな指輪や時計をしていたそうです。自宅にはそういう品が見あたらなかった」

「市川の実家に訊いたか」

「ええ。なにも預かっていないし、そういうものは見たことがないと」

「礼子は実家に幾ら渡していた」

「生活費として毎月三十万円を。妹の入学金と学費の面倒も見ていたそうです。が、カネに関しては事実確認のしようがない」

友田も礼子の銀行口座の入出金明細書を見たのだろう。

実家が生活保護を受けていることに配慮し、礼子は現金を手渡していたのか。それならいらぬ危惧だった。行政は受給者の現況確認の調査に熱心ではない。

「大西家の資産状況は調べたか」

「いいえ。百万円ほどの預金があると聞きましたが、ウラは取りませんでした」

「誰に聞いた。礼子の父親か、それとも妹か」

「父親です。遺品や生活費の話も同様です」

星村は首をひねった。自分は和子としか話していない。

「銀行の入出金明細を調べろ。父親と妹の両方や」

友田の眼光が増した。

「なにを考えているのですか」

「逆に訊く。礼子の事案でどんな捜査をしたんや。自殺の結論ありき……そやから、ろくにウラを取らずに幕を引いた。違うか」

友田がくちびるを噛んだ。思い直したように口をひらく。

「ホシさんはどう思っているのですか」

「礼子はプロのホステスや。浮き沈みも経験した。カネにこまったというけど、借金の返済とは違う。身内への仕送りや。それが何か月か滞ったところで、死ぬ理由になるか。覚悟の自殺なら冷静に判断することができたはずや」

「自殺の背景が見えたようですね」

星村はグラスをあおった。咽がひりひりする。神経が波を打ち始めている。

――それを悔やんでいる――

松永の声が鼓膜によみがえった。

礼子を死に追い込んだのは松永の行動だ。その思いは確信としてある。だが、松永の行動と礼子の死の間になにかが隠れている。その推察もゆるがない。

「ボロ雑巾を」友田がつぶやく。「つまんで捨てたやつがいる。そうですか」

「死ぬまでのひと月ほど、礼子は崖っぷちに立たされていた」

「立たせたのは誰ですか。そいつが彼女の背を押したのですか」

「わからん」

松永とのやりとりも、そこから派生する推測も話すつもりはない。

友田がカウンターに両肘をつき、前方を見た。考え込むような顔つきだった。煙草をふかし、声をかける。

「礼子のマンションの防犯カメラは確認したか」

友田が顔をむけた。引き締まっている。

「礼子は五月二十五日の午後九時過ぎに帰宅していました。そのあとは外出しておらず、礼子の部屋を訪ねた者もいなかった」

「帰宅前の足取りは」

友田が首をふる。

「部署内にはそれを気にする意見もあったけど、現場の状況と行政解剖の結果を踏まえて、礼子の身辺捜査は行ないませんでした」

「回収した防犯カメラの映像は何日分や」

「一か月分を回収し、解析したのは死亡前の一週間分と聞きました」

「回収分は保存してあるか」

「ええ。別の事案が保留のままです」

「覚醒剤やな。四角はそれに関心があるのか」

「どうでしょう。警部補は覚醒剤事案の話をしません」

妙やな。声になりかけた。自室での四角とのやりとりは憶えている。

――被害者の身近に自殺した人がいた。それも八日前のことだ――

刑事なら関心をそそられてあたりまえだとも言った。

そんな男が覚醒剤事案に無関心でいられるとは思えない。

「ホシさんは覚醒剤使用者の癖をご存知ですか」

声がして、それていた視線を戻した。

「なんで訊く」

「教えてください」

有無を言わせぬ口調だった。

星村は頷いた。友田の胸中に興味が湧いた。

「覚醒剤中毒者《シャブチュウ》はにおいでわかる。生肉の饐《す》えたような臭《におい》がする。覚醒剤が効いている間は目つきが異常に鋭くなる。食事も摂らずに、水やジュースを飲む。やたらと自分の髪をさわるのも特徴や。そうすると、気持がいいそうな」

話しているあいだ、友田が何度か頷いた。

「覚醒剤中毒者を引っ張ったことは」

「ないです。でも、同僚に逮捕された窃盗犯が覚醒剤を持っていて、尿検査で陽性反応がでたので、後学のため取り調べに立ち会いました」

「どうやった」

「目つきと髪の毛」友田が苦笑した。「誘導訊問はだめです」

　星村は煙草で間を空けた。

「頼みがある。一か月分の映像を確認してくれ」

「理由を聞かせてください」

「礼子が外出した月日と外出時間を知りたい。本来なら築地署がやるべきことや」

　友田の表情がくもった。

　意味がわかったようだ。覚醒剤の陽性反応がでたのなら、それ以前の一、二週間に使用した可能性が高いことになる。にもかかわらず、マンションの防犯カメラの映像は一週間分しか解析しなかった。築地署は薬物事案をなおざりにしたのだ。

「映像を確認したらどうします」

「先に返答しろ。映像を見るか」

「これから署に帰って、徹夜します」

「おまえの一存でやれるのか」

「映像解析は捜査支援分析センターが行ないました。映像は捜一で保管しています。

由美と礼子の接点が見つかったので、うちの課長の許可は取れるでしょう」

「でしょうではあかん。確約しろ」

「何としてもやります」

力強い声だった。

友田が発する熱に巻き込まれそうだ。酒と煙草で間を空けてから話しかけた。

「礼子の自殺の背景に薬物事案があると睨んだ。けど、薬物事案に興味はない。おまえの捜査も俺には関係ない。で、協力も邪魔もせん」

「わかりました」

「もうひとつ、頼みがある」

「何ですか」

「礼子のケータイの通話記録を見たい」

「メールではなく、電話ですね」

「ああ」

犯罪にかかわることは、内容も記録に残るメールではなく、電話を使うのが犯罪者の常識だ。内偵捜査の監視対象者の高山昇が礼子とメールで交信し、覚醒剤もしくはそれとおぼしき符丁を使っていれば、本格捜査に乗りだしていたはずである。

「映像の解析結果と一緒に届けます。何時がいいですか」

「おまえが自由になれる時間でかまわん。ただし、あしたの午前中は用がある」

星村は頬杖をついた。神経が疲弊しかけている。

友田が去ってようやく、八重子のあかるい声が耳に入った。


麹町のマンションで目が覚めた。起きあがって、背を伸ばす。頭をふった。軽い。

パジャマのままキッチンへむかう。

「おはよう」

八重子は機嫌がよさそうだ。声でも仕種でもわかる。

星村は水を飲み、煙草をくわえた。

コーヒーを淹れ、八重子が椅子に座る。両肘をテーブルについた。

「すっきりしたみたいね」

言って、目を細めた。

星村は肩をすぼめ、カップを手にした。いい香りがする。

八重子がたのしそうに見つめる。

「お仕事、片づきそうね」

「どうやろ」

「きりがないよ」

さりげなく言い、八重子がコーヒーを飲む。

おっしゃるとおりや。胸で言い、頬杖をつく。

「礼子さんの、自殺の背景はわかったの」

星村は力なく首をふった。

人を動かす心の様は他人にわかるはずもない。理性や理屈では推し量れない。警察官を続けているうち、犯罪者に犯行の動機を訊くのがいやになった。客観的な物証とは違うのだ。真顔で供述しようとも、涙を流して後悔を口にしようとも、それが本音なのか確かめようがない。

「娘さんのために」八重子が小声で言う。「生き抜けなかったのかな」

「誰でもそう思う」

星村は冷めた口調で返した。おなじ沼にいるわけではないからな。あとの言葉は胸に留めた。都内だけでも一日に七人がみずから命を絶っている。それが事実だ。

「椿の花ね」

八重子がぽつりとつぶやく。

星村は煙草をふかした。

紫煙の中に椿の花を見た。花びらをひろげたまま、ぽとりとおちた。

「うどんでいいかな」八重子が言う。「きのうの天ぷらが残っているの」

「全部たいらげてやる」

「よかった。あなたがいて」

八重子が笑顔で立ちあがる。

俺は残飯整理か。

憎まれ口はたたかない。八重子には感謝している。


平岡俊介の顔はふっくらしていた。かつての上司だ。半年ぶりに会った。愛宕署に異動した翌年から退官したのちも、正月の二日は平岡の家を訪ねている。

「しあわせ太りですか」

星村は笑顔で言い、腰をおろした。愛宕署から近い、日比谷通沿いの喫茶店は閑散としていた。正午には時間がある。

「あと二年たらずで満願退職。ここまで何の瑕疵《かし》もなくやってきた。のんびりさせてもらっても罰はあたらないだろう」

目尻に幾つもの小皺が走った。太っても皺は消えないようだ。

星村はコーヒーを注文した。冷房が利いている。

「そろそろ栄転ですね。それとも愛宕署の課長かな」

定年間近になれば階級があがり、それ相応の役職に就く。警察組織の慣例である。

「どっちでもありがたい。わかっていながら、あぶないことをよく頼めるな」

「すみません。わが社のピンチなんです」

電話でもおなじ台詞《せりふ》を口にした。松永と新橋の居酒屋で会った翌日のことだ。

「まあ、いい。身元引受人としてやれることはやってやる」

星村は目で礼を言い、コーヒーを飲んだ。

平岡が封筒を手にした。

「ニュー虎ノ門パレス七一四号室の借主の名前と履歴だ」写真を差しだした。「この二人で間違いないか」

電話で平岡の承諾を得たあと、高山と礼子の顔写真をメールで送信した。

星村は六枚の写真をめくった。画質が粗い。それでも顔は確認できた。

高山と礼子が別々に写っている。マンションのエントランスとエレベーターの防犯カメラが捉えたものだろう。右下に数字がならんでいる。四月の十九日、二十日、二十七日、三十日、五月の二十四日。それぞれに時刻も記してある。

松永の乾分がマンションに入る高山を目撃したのは四月十九日だった。それを受けて松永は『エクサ』に乗り込み、阿部社長に面談した。四月三十日のことだ。

「運がよかった」

「えっ」星村は顔をあげた。「どういう意味です」

「防犯カメラの映像は桜田門が回収していた。部署は確認できなかったが、ゴールデンウィーク明けのことらしい。それはモニターに録画されていたものだ」

「よく入手できましたね」

「マンションの防犯設備の状況確認のためという名目だ」

星村は頬を弛めた。平岡のやることにはそつがない。

「回収したのは本庁の……」

平岡が手のひらでさえぎった。

「聞きたくない。面倒はご免だ。平和に退官の日を迎えたい」

頷き、星村は写真を指さした。

「五月二十四日の午後一時五十三分と三時三十七分に礼子が映っています。この日、高山はあらわれなかったのですか」

「ああ。高山が出入りしたのは四月三十日が最後だった」

「礼子は七一四号室の鍵を持っていたのでしょうか」

平岡が首をふる。

「礼子はインターホンを鳴らした。誰かが部屋にいたということだ」

星村はA4サイズの用紙を手にした。

水島碧《みずしまみどり》、三十二歳。オフィスFUKUI秘書課勤務とある。本籍地、現住所、学歴等の個人情報も記してある。ニュー虎ノ門パレス七一四号室を借りたのは去年の春だが、それ以前から現在に至るまで彼女は目黒区中根に住んでいる。連帯保証人は『オフィスFUKUI』の福井謙一社長。一LDKの家賃は共益費込みの二十一万八千円で、『KFコンサルタント』が支払っている。

ざっと読んで顔をあげた。

「KFコンサルタントというのは」

「オフィスFUKUIの子会社だ。福井が代表取締役、水島は専務。社員は五名いる」平岡がジャケットのポケットから写真を取りだした。「この女が水島で、うしろに顔だけ見えるのが福井だ」

写真の右下に目が行った。2014 5 23 23:15とある。

平岡が続ける。

「二人は礼子が訪ねる前夜に泊まり、礼子が去った一時間後に部屋を出た。おまえに依頼された四月十九日から五月二十四日までの間に五回、二人はマンションに来ていた。出入りの時刻はまちまちで、数時間で去ることも、丸二日いたこともある」

想像をふくらませるまでもない。二人は愛人関係なのだ。


西新橋二丁目の交差点から新橋駅方面へむかい、路地を左折した。

人が増えていた。正午が近づいている。女たちはちいさなバッグや財布を手にし、男らは肩をならべて喋りながら歩いていた。

何人も追い越し、星村はテナントビルに入った。階段で二階にあがる。

「あら」西村典子が声を発した。「きょうはご機嫌みたいですね」

「他人の顔色ばかり窺《うかが》っていると、婚期をのがすぞ」

くすくすと笑う声がした。典子が睨む。若い男がうつむいた。

星村は顎をしゃくった。

「いるのか」

典子が頷いた。笑顔に戻っている。

星村は社長室のドアを開けた。

間近に有吉の顔がある。小脇にセカンドバッグをかかえている。

「でかけるのか」

「ランチです。一緒に食べますか」

「あとにしろ。用がある」

「習慣を変えたくない。それに、正午を過ぎればどこも混みます」

有吉が不満そうに言った。

星村はふりむき、典子に声をかけた。

「悪いが、弁当を二つ。その前に、おいしいお茶を頼む」

有吉がため息をつき、ソファに座った。

「また問題がおきたのですか」

「腰をぬかすなよ」わざとらしく威し、有吉の正面に座る。「契約したのか」

「熟慮中です」

「未練たらしいわ」

「そんな言い方はやめてください」

有吉が目くじらを立てた。

典子がお茶を運んできた。

星村はゆっくり飲んで、有吉に話しかける。

「福井に電話しろ」

「えっ」

頓狂な声を発し、有吉がのけ反った。

「それでおまえも諦めがつく」

「どういうことですか」

「かけたらわかる。やつのケータイの番号は知っているな」

星村は立ちあがってデスクの固定電話をテーブルに移した。

有吉が背をまるめ、受話器を握る。顔に不安の気配がひろがった。

「SLNの有吉です……こちらこそ。先日はごちそうになりました……いいえ、そうではなく……電話を代わりますので、お待ちください」

星村は、ハンズフリーにして、受話器を置いた。

「星村や。わかるな」

《何だね、君は》声がうわずった。《そんな無礼な男は知らん》

「うるさい。用件を言う。ニュー虎ノ門パレスの七一四号室で会おう」

《…………》

「聞こえたのか」

《ああ》か細い声がした。《どういう了見だ》

「有吉社長の前で喋ってもいいのか。あんたの愛人には興味ない。礼子と……」

《待て》声がひきつる。《どこからの情報だ》

「俺はプロの調査員やで。経歴は承知やろ」

《そこの社長は……いや、ほかに知っている者はいるのか》

「いまのところ、俺の胸の中や」

《わかった。会う。きょうの夜でもいいか》

「あかん。俺も命は惜しい。昼間にせえ」

《なにを言ってる。そばに社長がいるのだろう》

「気になるなら、とっとと約束しろ」

《きょうは先約がある。これからでかける。何時におわるかわからない。あしたでは

どうだ。午後一時から五時の間なら何とかする》

「ほな、午後一時や。こなかったら……遅れても、あぶない野郎を見かけても、交渉は不成立。俺は新聞社と出版社を駆けまわる」

《行く。必ず行く。だから、胸に留めておいてほしい》

懇願の口調になった。電話をハンズフリーにすれば声音が変わる。それに気づかないほど福井は気が動転しているようだ。

通話を切ったところに典子があらわれた。

「おかずがたくさんのお弁当にしました」

となりのビルの一階は弁当屋だ。正午を過ぎればいつも行列ができる。

「さあ、食おう」

有吉に声をかけ、星村は箸を割った。

★

ＪＲ東京駅北口に近いオフィスビルの九階に『サンライズ』の本社がある。

受付カウンターに制服の女が二人いた。

四角は警察手帳をかざした。

「警視庁の四角です」

となりで、友田も名乗った。

「ご苦労様です」ショートヘアの女が立ちあがる。「ご案内します」

通路を奥へ進み、女がドアをノックした。

「四角様がお見えになりました」

足を踏み入れると、濃紺のスーツを着た女と目が合った。山口という秘書だ。

「先日は失礼しました。どうぞ」

山口が中ドアを開けた。

ゆうに五十平米はある。中央に真四角のテーブルと四つのソファ。八人は座れる。右側に百インチほどの液晶ディスプレイ、左側は幅ひろいサイドボード。正面はガラスの壁で、その前におおきなデスクがある。

栗田がデスクを離れ、近づいてきた。

「訊問は前回でおわる約束だったが」

「捜査へのご協力がたりませんでした」

「恥までさらしたではないか」不満げに言う。「まあ、いい。かけたまえ」

栗田が腰をおろしてから、正面に友田とならんで座った。

山口がお茶を運んできた。

「わたしは多忙の身だ。十五分間という約束は守ってもらう」

「そのように心がけて、さっそく訊問を始めます。被害者が礼子さんに会いたがっていたのをご存知ですか」

「いつのことだ」

「五月半ばです」期間はぼかした。「被害者は何度も礼子さんに連絡していました」

「君の口ぶりから察して、礼子は会うのを拒んだ」

「そのようです。被害者はあなたとゴールドに行くとまで伝えていました」

栗田が眉根を寄せた。

四角は顔を近づけた。

「ご存知ですか」

「知らなかった。由美からゴールドに行こうと誘われた憶えもない」

「礼子さんからもそういう話を聞かなかった」

「ああ。五月はゴールドに行かなかった」

「なぜですか」

「どこの店に行こうと行くまいとわたしの勝手だ」

「おっしゃるとおり」さらりと返した。「心変わりされたのですか。先日は、袖にされても礼子の店に通ったと言われた」

「くだらないことを」栗田が顔をしかめた。「行くのをやめたわけではない。礼子を好んでいた人たちと遊ぶ機会がなかった」

「店に行かなくても、電話では話されていた。どんな話をしたのですか」

「営業だよ。しばらく店に行かなければ連絡してくる。それが彼女らの仕事だ」

「多忙なあなたがそれにつき合った」

「どういう意味だ」

栗田が声をとがらせた。

四角は栗田を見つめた。礼子の携帯電話の通話記録のうち、栗田の携帯電話にかけた日時と通話時間は記憶している。

「五月の七日から二十三日までの間に計十四回。土日を除けば、ほぼ毎日です。一日に三回のときもある。十四回の半分以上は午後一時から六時の間に礼子さんが電話をかけた。三十六分を最長に、十分以上の通話が四回あった」

「それがどうした。たまたまここにいて、時間が空いていたのだろう」栗田の顔が赤くなった。「君の訊問は不愉快だ」

「申し訳ない。が、刑事は愉快になる話をしないと思います」

「ばかにしているのか」唾が飛んだ。「帰ってくれ」

「そうはいかない。肝心な話はこれからです」さらに顔を寄せた。「どうすれば、ひとり一回で五十万円を超える遊びができるのですか」

「ボトル一本で百万円を超すこともある」

「ゴールドではそういうものを飲んでいた」

栗田の瞳がゆれた。

「答えてください。どういう遊び方をしたのですか」

「忘れた」

「支払いは現金、カード、それとも振込ですか」

「どれも利用する」

言いおえる前にノックの音がし、山口が入ってきた。

「社長、お時間です」

「わかった」

栗田が腰をあげる。

四角も立った。

「おでかけなら続きは車で」

「ことわる。金輪際、わたしに近づくな」

「会えなければ、任意同行を求めます」

「わたしを犯人扱いするのか」

「取調室は身の潔白を証明する場でもある」

「ふざけるな」

「座ってください。あと十分で済ませます」

栗田が肩で息をし、目で山口に退室をうながした。

四角は座り直し、用紙を手にした。『ゴールド』での礼子と、『イレブン』での由美の売上台帳から抜粋した数字が書いてある。

「二月は三日に二十三万八千円、十七日に六十四万五千円、二十七日に六十三万六千円を支払った。間違いないですね」

「憶えてない。店の台帳に書いてあるのならそうなのだろう」

面倒そうに言い、栗田がそっぽをむいた。

四角は言葉をたした。

「三月も四月も一回の来店で約六十万円を使っている。礼子さんがゴールドに入店した去年の九月からことしの二月三日までの、一回の平均額は約二十三万円。どうして二月十七日以降に倍以上のカネを使うようになったのですか」

栗田が息をぬき、顔をむける。

「君は、遊ぶときにカネの計算をするのか」

「します。それがあたりまえでしょう。一年に一度くらいはめをはずし過ぎて後悔するときもあるけれど、しばらく煙草と昼飯を控える程度のことです」

「わたしは、遊びに出れば金銭感覚を忘れる。カネの計算をしながら遊んでも面白くない。学生のころからそうだった」

「はぐらかさないでください」

「わたしは怒りを堪え、正直に話している」

「最初の話に戻します。被害者は、あなたがゴールドで派手に遊んでいることに腹を立てたのではありませんか。もしくは、飲食代金に疑問を持った」

言いながら、四角は自分の質問に疑念を覚えた。

その程度のことで、由美は執拗《しつよう》にメールを送ったのだろうか。礼子が会うのを拒む理由にしては脆弱な気もする。

「そんなことは知らんよ」栗田が言う。「由美に訊かれたこともない」

「……………」

四角は口をつぐんだ。疑念がさらなる質問を控えさせた。

「時間だ」栗田が横柄に言う。「引き取ってもらおう」

「あれは」友田が液晶ディスプレイを指さした。「御社のコマーシャルですか」

「きれいな映像だろう」栗田の声があかるくなった。「この秋から展開する新事業のプロモーションビデオとあたらしいＣＭの映像だよ」

言って、栗田が立ちあがる。

四角は、友田の横顔を見つめていた。

そとに出た。なまぬるい風がまとわりつく。日比谷通を有楽町方面へむかう。

「裏がありそうですね」

友田が言った。

「どういうことだ」

「あのプロモーションビデオの右下に、制作・オフィスＦＵＫＵＩとありました。社長の福井謙一はゴールドエンタープライズの取締役会長です」

足が止まった。友田も立ち止まる。

「そんなことまで調べたのか」

「大西礼子の自殺事案のときです。あの映像を見て思いだしました」

友田が何食わぬ顔で言った。

「裏とは何だ」

「話す前に調べたいことがあります。別行動を取ってもいいですか」

「好きにしろ。俺は築地署に行く」

東京メトロ日比谷線に乗って東銀座駅で降りれば築地署まで五分とかからない。

友田と別れ、足を速めた。ワイシャツが肌にへばりついた。


おしぼりで首を拭っているところへ、上司の細川係長がやってきた。

「ミルク。氷なし」

細川がウェートレスに言った。四角の煙草をぬき取り、しかめ面でくわえる。

「どうしました。コーヒーの飲みすぎですか」

「朝から胃が痛い。おまえのせいだ」

「煙草もよくないけど」

「うるさい」顔は怒っていない。「そろそろネタを吐きだせ。俺の身が持たん」

「あすの夜の会議で報告します」

「ほんとうか」細川が顎を突きだした。「犯人の目星がついたのか」

「それなら連行しています」

言って、四角はアイスコーヒーを飲んだ。

ストローを使わず、細川がミルクで咽を鳴らした。

栗田とのやりとりを詳細に話した。細川には日々の捜査内容を報告している。話の最後に私見を言い添える。

「憶えがないの連発で、供述に曖昧な点が多すぎます」

「しかし、礼子との電話の内容は栗田が喋らないかぎり藪の中だ。栗田が喋ったとしても、そのウラは取りようがない」

「わかっています。が、ゴールドでの飲食代金のほうは何とかなる」

「なったところで」細川が渋面に戻した。「被害者が栗田のゴールドでの遊び方に腹を立てたとして、それが殺人の動機にどう結びつく」

「わかりません」

「あっさり言うな。そんな報告では捜査本部の連中に笑われる」

「ゴールドエンタープライズの事務員のことは憶えていますか」

「ばかにするな。きのうの報告を忘れるほど耄碌《もうろく》してない」

「吉田香織はおびえていた。とりつきは礼子へのライバル心だったかもしれないが、礼子の売上台帳を見たときの被害者の態度はそうとう異常だったようです」

細川が目を細めた。神経が集中したときの癖だ。

四角は話を続けた。

「栗田の飲食代金が由美殺害の動機を解明する決め手になるかも」

「で、どうする」

「やることは決めていますが、いま話すのは勘弁してください。報告をあすの夜にしたいのは柳原がめざわりだからです。捜査の邪魔をされたくない」

「もうひとりの邪魔者はどうなった」

「ＳＬＮの星村ですか」息をついた。「例の情報漏洩《ろうえい》の件はわかりましたか」

「築地署保安係に松尾靖彦という巡査部長がいる。どうやら星村の情報元《ネタ》はその男のようだ。同僚を売るのは気がひけるのだろう。積極的な証言はないが、同僚らによれば、星村と松尾の縁は切れていないらしく、新橋や銀座で一緒にいるのを見たという証言もある。だが、俺は別のことが気になる」

細川が眉をひそめた。

四角は間を空けなかった。

「俺の相棒ですね」

「知っていたのか」

「本人から、保安係に同期の友人がいると聞きました。ゴールドエンタープライズの事務所で山本と柳原に会ったあとのことです」

「名前を訊かなかったのか」

「ええ」

「めずらしい。気に入ったか。それなら、俺が友田から事情を聞こう」

「待ってください。やつは戦力です」

「よかろう」細川がにんまりとした。「あしたがたのしみだ」

四角は煙草をふかしてから口をひらいた。

「薬物事案の件であたらしい情報はありますか」

「それよ」細川の声がはずんだ。「うちの管理官に骨を折っていただいた。で、組対五から情報を得た。連中は、高山昇という役者を監視している」

「芸能界の薬物汚染ですか」

「どこまで視野をひろげているのかわからん。管理官によれば、被害者と大西礼子の名を言ったとき、礼子のほうには反応したそうだ」

「礼子は高山とつながっていた」

「そう考えられる。が、推察だ。組対五は高山以外の名を口にしなかった」

「築地署の捜一はそのことを知っているのでしょうか」

「知らないと思う。本庁の管理官でさえ得る情報はかぎられた」

「捜査会議で礼子の薬物事案と関連づける発言はないのですか」

「目の前の捜査で頭が一杯なんだろう。それくらい捜査は膠着《こうちゃく》している。半分はおまえの責任だ」細川がミルクを飲む。「おまえとの悶着を避けているのか、敷鑑班の連中は銀座方面に熱心じゃない。被害者と礼子を結びつけているのはおまえだけだ」

「係長の胃に穴が開かない内に何とかします」

四角はその場で携帯電話を手にした。一回の着信音で声がした。

《友田です》

「どこにいる」

《ゴールドエンタープライズの事務所を出たところです。これから署に戻ります》

「新橋で会おう。三十分後にＳＬ広場だ」

《わかりました》

友田が即答した。

合流する理由がわかっているのか。

四角はそう訊きたくなった。

★

人であふれるSL広場をテレビクルーが動く。毎日のようにいる彼らがマイクをむければ大半の人は立ち止まる。インタビューされるほうも慣れているのだ。

二階の喫茶店の窓から、星村は、広場に来ては去って行く人々の様を見るとはなしに眺めていた。ほかに時間のつぶし方を知らない。二週間ぶりに車券を的中させ、機関車の脇の喫煙所でぼんやりしているところに電話が鳴った。

――捜査一課の四角です。これから会ってください――

押しの強いもの言いだった。相手の都合さえ訊かなかった。

あっさり応じ、SL広場の前の喫茶店を教えた。また会うはめになる。漠とした予感があった。情報提供者への気遣いも働いた。

靴音がして、視線をふった。

うっすらと笑みをうかべ、四角が近づいてくる。うしろに友田がいる。

「先日は失礼しました」

紋きり口調で言い、四角が座った。となりに友田が腰をおろす。

星村は、二人の顔を見比べた。どちらからも気負いを感じなかった。

「コーヒーを二つ」

四角がウェートレスに言った。

星村は四角を見据えた。

「なんで友田を連れて来た」

「星村さんの口が滑らかになるのを期待しました」

「捜査一課《ソウイチ》の刑事《デカ》は何でもありか」

「自分のことはご存知でしょう」

四角が薄く笑った。

「それでも立場は五分や」

星村は突き放すように言った。

「結構です。自分のほうから質問してもいいですか」

「ああ。先にことわっておくが、俺が持っている情報はウラがない」

「わかりました」四角がさらりと言う。「礼子さんの自殺の背景を教えてください」

「築地署の捜一の判断では不満か」

「カネにこまった。そんな理由なら国民の半分は自殺を考える。それはともかく、かつての同僚や客の証言から、礼子さんは水商売のプロだったと思われる。歳も若い。客が離れ、収入が激減したくらいで死を意識するなんて、腑におちない」

「礼子はおおきな荷物を背負っていた」

「市川に住む父親と妹。それに、北海道で暮らす娘のことですか」

「両方合わせて毎月五十万円。半端な額やない」

「カネの話はやめませんか。あなたはそれが自殺の原因とは思っていない」

「なんで言い切る」

「勘です」四角が水を飲む。コーヒーは置いたままだ。「質問を変えます。あなたはどうしてのめり込んでいるのですか。きのう、礼子さんの身内の方に電話をかけた。あなたが市川の実家に行かれたのは仕事と理解できる。しかし、妹の相談に乗り、北海道にも行った。SLNとゴールドのトラブルとはかけ離れた行動です」

「それがどうした。おまえに俺のなにがわかる。礼子の身内の話は正確じゃない。けど、些細なことや。俺を知らずに、俺の行動の理由づけをするな」

感情はこもらなかった。場の雰囲気がそうさせている。

四角の瞳が端に寄る。ややあって口をひらいた。

「つぎの質問に移ります。あなたは礼子さんの売上台帳を見た。それは仕事の範囲内として、被害者の売上台帳も調べた。なぜですか」

星村はゆっくり煙草をふかした。頭を働かせる。

八田は喋らない。それが銀座に知れ渡ればスカウトを廃業するしかない。相応の理由があって喋ったのなら自分に報告する。

返答する前に声がした。

「カネで転ぶ者の口は簡単に割れる」四角がにやりとした。「きょう、ある人物を訊問している最中に気づいた。自分は拾い損ねているものがあるのではないかと。で、星村さんがうかんだ。あなたの行動を知れば有力な情報を摑めそうな気がした」

「摑めた……わけはないか。それなら俺に会う必要がない」

「そのとおり。が、手の届きそうなところに人の影が見えます」

ある人物は想像がつく。四角は事件の核心に迫っている。そんな気もする。駆け引きは時間のむだか。腹を括った。

「サンライズの栗田に訊問したんやな」

「ええ」

「感触は」

「影のひとりです。栗田のゴールドでの遊び方に疑問を持った」

「俺もおなじや。で、確認のために由美の売上台帳を手に入れた」

「………」

四角が口を結び、じっと見つめた。射るようなまなざしだった。

星村は窓を見た。ＳＬ広場は地面が見えないほど人で溢れている。待ち合わせの相手を見つけるのもひと苦労しそうだ。息をつき、視線を戻した。

「ＫＦコンサルタントを調べろ」

「何をしている会社ですか」

四角の目がおおきくなった。

「福井の会社です」

友田が言った。

四角が横をむく。

「ゴールドエンタープライズの会長か」

とがめるようなもの言いだった。目が怒っている。

友田にたじろぐ気配はない。

「はい。コリドー街の事務所に行って判明しました。栗田社長の飲食代金はＫＦコンサルタントが法人カードで支払っていた。ただし、二月十七日以降の、高額な料金の分だけです。ほかは栗田個人のカードとサンライズからの振込でした」

四角の瞳がせわしなく動いた。

動揺しているのがわかった。紫煙を吐いてから四角に話しかける。

「俺への質問はもうええやろ」声に余裕がにじんだ。「栗田の話を続ければ、俺に捜査情報を洩らすはめになる」

「もう一点」四角が言う。「礼子さんの死をどう捉えているのですか」

「捉えるやと。戯《たわ》けをぬかすな」怒気がまじった。「言うたやないか。おまえに俺のなにがわかると。おなじことや」

「しかし……いえ、わかりました。自分の質問はおわります」

諦め口調だったが、落胆の様子はなかった。

質問される側になっても得るものはある。そう思ったか。それは星村もおなじだ。

四角が言葉をたした。

「質問をどうぞ」

「ない」

「えっ」

「その代わりと言っては何やが、友田に訊きたい」

四角が視線を移した。友田がこくりと頷く。

友田を見たときに決めた。四角の前で友田から警察情報を聞きだす。それで友田の職務違反は消える。築地署保安係の松尾も監察官室に呼ばれない。

星村は友田に顔をむけた。

「礼子のマンションの防犯カメラの映像はどうなった」

友田が上着の内ポケットに手を入れた。

「礼子さんが自宅に出入りした日時と時刻のみを書きました」

星村は封筒を受け取った。

「大西親子の銀行の入出金明細書も入っているか」

「はい」

友田には三点を依頼した。残るひとつは芝居を打つ。

「もうひとつ頼みがある。礼子のケータイの通話記録がほしい」

「それなら」四角が声を発し、ジャケットのポケットをさぐった。「悪いが、これをコピーしてきてくれ」

友田が四つ折の用紙を受け取り、席を離れた。

「参ったな」四角がくだけた口調で言う。目は笑っている。「まさか、友田の共犯にさせられるとは思ってもいなかった」

「ふん。どうせ俺との駆け引きの道具にするつもりで連れてきたんやろ」

「友田が、予想外でした」

「予想はあたらん。自信がある予想ほどはずれる」

星村は、また窓を見た。

暮れかかっても『ラ・ピスタ新橋』に人が出入りしている。

競輪は本格的にナイターシーズンを迎えた。


「めざわりな野郎の面《つら》を拝みにきた」

銀友会の松永が言った。

ガールズバーに先客はいない。宵の口はいつもそうだ。

でかけるのが億劫だった。部屋に帰って風呂に浸かっていたとき、電話が鳴った。

銀座にこいと言われたがことわり、とっさに思いついた。きのうの深夜、ノンが差し入れに来た。酔っ払った客が荷物になるからと面倒がり、家族に持ち帰るつもりで買ったケーキを置いていったという。そのケーキがすこぶる美味かった。

「泣きつかれたか。殺してくれと頼まれたか」

星村は普通の声で訊いた。

ノンは離れたところに立っている。やくざ者がくるので相手にするな。ノンにはそう言ってある。ほかの二人は表で通行人に声をかけている。

星村はグラスを傾けた。水っぽい。煙草をふかし、言葉をたした。

「俺が福井を追い詰めたあと、あんたが俺を押さえ込む。そういう筋書きか」

松永は答えない。正面のボトル棚を見ている。

「福井がエクサの阿部に相談し、阿部があんたを頼った。交渉再開か」

「別口だ」松永が顔をむけた。「しのぎの額が違う」

「俺の命はなんぼや」

「おまえを殺《ヤ》れとは頼まれなかった。運の強い野郎だぜ。俺に話がこなければ、おまえの命に値がついたかもな」

松永が水割りを舐めるように飲む。

この店に松永の好きな銘柄はない。そもそもボトルキープはできない。ガールズバーが提供するボトルはシャンパンとワイン。短時間で売上がはねあがる。

「こいつら、憶えているな」

松永がシルクのジャケットから写真を取りだし、テーブルにならべた。

三人の顔写真だった。どれも正面をむいている。犯歴があるということだ。

「おまえが俺の事務所に来た翌日、愛宕署の友だちに連絡した。桜田公園の防犯カメラに映っていたこいつらは蒲田で悪さをしている。女や子ども相手の恐喝と傷害、婦女暴行。やくざにもなれないクズだ」松永がことをなげに言い捨てる。「横浜の誠和会の枝がクズどもの面倒を見ている」

「エクサは誠和会とつながっているのか」

「トップ同士は昭和からの腐れ縁だ」

由美は、と言いかけてやめ、灰皿を見た。いつの間にか煙草の火が消えていた。パッケージを手にした。手のひらをだした松永に一本を渡し、自分もくわえた。

「そんなことよりも、気になる情報がある」

松永が言った。

星村は煙草をふかしながらあとの言葉を待った。

「芸能界の薬物汚染の根っこにいるのは福井かもしれん」

「ほんまか」

声が裏返りそうになった。

「高山に覚醒剤《シャブ》を売った野郎のてっぺんにたどり着いた。森下組だ」

「ほう」

六本木を島に持つ森下組は東京における覚醒剤の元締のひとつと聞いている。

「どの程度かわからんが、福井は森下組長と懇意だ。福井の会社が主催したイベントのトラブルで、森下の世話になったのが縁の始まりらしい。十年前のことだ」

「福井は森下組の覚醒剤を芸能界に流しているのか」

「確証は摑んでない。が、芸能関係者からそれらしいうわさがあるのは聞いた」

「エクサの社長も」

「それはありえん。森下は神戸の直系だ。誠和会の会長と兄弟づき合いの阿部が関西の極道と仲良くするわけがない」

「芸能界薬物汚染の問題で、阿部は警察に協力していると言ったよな」

「ああ。その面子もあって、高山の件は何としても表ざたにできん。で、阿部は直に俺の相手をしている。ほかの件なら誠和会が阿部の代理に立ったと思う」

「あんたはそこまで読んでいたのか」

「あたぼうよ」

「解せんことがある。あんたとの交渉に同席するほど、福井は阿部の信頼が厚いんやろ。そんな男が覚醒剤にかかわっているのなら、阿部への背信やないか」

「だから、慎重にうわさの真相をさぐっている」

「うわさが事実なら、あんたのしのぎは高山の比やないのう」

松永がニッと笑い、すぐ真顔に戻した。

「捜査の進展次第で、いまのしのぎもどう転ぶか、わからん」

「福井が由美殺しにかかわったと思っているのか」

「あの事件は根が深そうだ。おまえは、納得したところで矛を収めろ」

星村は首をかしげた。納得のしようがあるのか、わからない。

「納得できんのなら、俺を殴れ。俺が礼子を死に追いやった」

「殺したわけやない」

つい、むきになった。

松永が肩をすぼめ、店内を見渡した。

「いつもひまか」

「俺とあんたがいるせいかもな」

松永がノンに声をかける。

「そとの子を入れてやれ」

きょとんとしたあと、ノンがドアを開けた。女二人が入ってきた。

「好きなのを飲んでいいぞ」

「いただきます」

「ひとりずつ伝票を立てな」

「やったー」

三人の女が一斉に万歳した。

★

夜になって風が流れだした。

肌に快い。気温は昼間でも二十五度を超えなかった。銀座並木通を行き交う人の動きはひどくのろい。

四角は、銀座七丁目から八丁目へ移動した。

テナントビルの一階エントランスの壁際に友田がいた。

そばに寄り、話しかける。

「何時に来た。山本は店にいるのか」

「不明です。一時間ほどここにいますが、山本の姿は見ませんでした」

三基のエレベーターのひとつの扉が開き、六、七人の男女が出てきた。四角は背をむけた。友田も顔のむきを変えた。ルイとサキがいる。

「松尾は」

「あのコンビニで」友田が通りの向かい側を指さした。「もう来ているかも」

午前一時に合流すると聞いた。風俗営業店はその時刻までしか営業できない。コンビニに入った。ごった返している。ひと目でホステスとわかる女らが麺類やサンドイッチのコーナーにいる。男らは煙草やドリンクを買ってさっと消える。

雑誌コーナーにコットンのジャケットを着た男がいた。

友田が声をかける。四角は初対面だ。そとに出た。

「保安係の松尾です」

声が硬く感じた。情報漏洩の件を気にしているのか。友田は数時間前に星村に会ったことを話していないと察した。星村から共犯にさせられたおかげで迷いが消えた。そうでなければ柳原のいる保安係の者に声をかけにくかった。

「四角だ。よろしく頼む」

「自分はなにをするのですか」

「通常の任務だ。ＶＩＰルームに客がいれば帰すよう指示しろ」

「ほかの席は」

「ほっておけ」

「では、一時十分に入りましょう」

あと十分ある。友田がコンビニに戻り、アイスコーヒーを運んできた。

クラブ『ゴールド』のスタッフらの顔が強張った。ひとりが近づく。

「ご苦労様です。お客様の会計は済んでいます」

「関係ない」

四角は邪険に言った。

右側のカウンターとフロアの境に山本が立っている。ポケットに手を入れた。

「友田、やつのケータイを取れ」

言って、左側のドアを開けた。

客はいない。十三平米ほどの正方形の部屋だ。黒い革張りソファが鉤型《かぎ》にある。人工大理石のテーブルが二つ。ゆったり五、六人が座れる。

四角は、うろたえるスタッフを無視し、コーナーの端に腰をおろした。

友田が山本を連れて来た。松尾をカウンター席に待機させる。

「いきなり何ですか」山本が突きかかるように言う。「仕事中ですよ。それに、ケータイをよこせとは納得がいかない」

「座れ」四角は顎をしゃくった。「あまり強気にでないほうがいい」

「どういう意味です」

角のサイドテーブルをはさんで、山本と向き合う。友田は補助椅子に座った。

四角は山本を見据えた。

「しばらく、外部との連絡は控えてもらう。スタッフにもそう伝えろ」

強気にでた。ここが正念場。腹は括っている。

山本の顔が見る見る赤くなった。ドアロのスタッフに声をかける。

「言われたとおりにしなさい」

四角は、スタッフが去るのを待って口をひらいた。

「友田が事務所の帳簿を見たのは知っているな」

「そのことでも抗議しようと考えていた。令状もなく、どういうことです」

「二重帳簿の疑いがある。もしくは、客への水増し請求だ」

「冗談じゃない。うちは銀座屈指の人気店だ。不正などする必要はない」

「粋がるな。サンライズの栗田の伝票を見ればわかることだ」

言って、友田に目で合図を送った。

友田がポケットから用紙を取りだした。山本に話しかける。

「われわれが着目しているのは二月十七日から四月二十四日までの、七回の飲食代金です。それ以前は一回の来店で平均二十三万円なのに、この七回は六十万円にはねあがった。そんな金額になる遊び方ではなかったとの証言がある」

「誰がそんなでたらめを」山本の声がひきつる。「そもそも、あなた方は由美の事件を担当しているのでしょう。栗田社長の飲食代金が捜査に関係あるのですか」

「あるから訊いている。別件と言うのならそれでもかまわん。同行した保安係の松尾にあなたを引っ張らせるまでのことだ」

友田のもの言いはいつもと違う。山本を被疑者扱いしている。

「そんな無茶な」

「なにが無茶だ」友田が声を強めた。「でたらめな証言かどうかは伝票を精査し、ウラを取ればはっきりする。七回の飲食代金は誰が支払った」

「それは」山本が口ごもる。間が空いた。「ＫＦコンサルタントの福井さんです」

「栗田さんと福井さんがこの店で同席したとの証言はない。にもかかわらず、飲食代金は来店時にＫＦコンサルタントの法人カードで決済した。栗田さんはＫＦコンサルタントのカードを持ち歩いていたということか」

「………」

山本が顔をゆがめた。

「答えろ」友田が目でも凄んだ。「いつ、誰がカードを使った」

「福井さんの指示で、わたしが預かっていた」

山本の瞳がゆれだした。

行ける。四角は胸でつぶやいた。

友田が背をまるめ、山本に顔を近づける。

「過去形か。いつまで持っていた」

「ゴールデンウィーク明けに返しました」

「そうする必要がなくなったわけか」

「さあ。わたしは指示されたとおりにしているだけです」

「とぼけるな」ひと声発し、友田が息をついた。「ところで、ＫＦコンサルタントが支払った飲食代金も礼子さんの売上として処理したのか」

「ええ」

「それも福井さんの指示か」

「店の決まり事です。どなたのお支払いであろうと係の売上になります」

「そんなことは訊いてない」友田が叱るように言う。「どうして福井さんは栗田さんの飲み代を肩代わりした」

「くわしいことは知りません」

山本がネクタイを弛める。眉間に縦皺ができた。

「栗田さんの分を除けば、礼子さんの二月から四月の売上はどれくらいになる」

「百万円に満たなかったと思います」

「契約にはノルマがあると聞いた。礼子さんはそれをクリアしていたのか」

「そんなことも捜査に関係あるのですか」

「ある」

友田がきっぱりと言った。

四角は聞き流した。『ゴールド』と礼子の契約に関する話は捜査の本線からはずれている。星村に頼まれての質問か。それでもたしなめるつもりはない。

だが、この先は自分の出番だ。友田に目配せし、山本に話しかけた。

「被害者は礼子さんの売上台帳を入手したとの証言がある」

「えっ」山本が目を見開く。「どこの誰の話ですか」

「教えられるわけがない。それを見た被害者は、礼子さんにしつこくメールを送り、面談を求めた。それをどう思う」

「どうって……そんなこと……わたしにわかるはずが……」

山本がしどろもどろに言った。しきりにまばたきする。

「おなじころ、被害者はあなたに何度も電話をかけ、長話をした」

「そのことは先日……」

「黙れ」四角は声を荒らげた。「電話だけじゃない。あなたが深夜に被害者と飲んだのはわかっているんだ」

由美は五月に二度、山本にメールを送っていた。

――サンタナにいる――

五月十三日午前一時三十四分のメールの文言である。

友田と合流する前に銀座七丁目のバー『サンタナ』に寄った。

――由美さんは、うちを息ぬきに使ってくれていました。おひとりか、お店の子を連れてくるかで、お客さんとは来ませんでした……五月十二日ですか。憶えています。あの夜はあとで男の方が見えられて、ゴールドの社長と紹介されました。雰囲気ですか……由美さんが誘っているような……——

若いバーテンダーは気まずそうに言った。

「五月十二日の深夜はどこでなにをした。何時に帰った」

山本がうなだれた。身体が縮こまる。

四角は友田に声をかけた。

「松尾を呼べ」

すぐに松尾が入ってきた。

「ご用ですか」

「訊きたい。客への水増し請求などの不正行為が露見した場合、どう対処する」

「関係者から事情を聞き、そのウラを取ります。不正行為があきらかになれば営業停止処分を科すか、営業許可を取り消すことになります」

四角は視線を戻した。

「そういうことだ。考えるまでもないだろう。正直に話せ」

「わたしの一存では……」

「寝言をぬかすな。あなたと被害者の話だ。誰の許可が要る」

「仕事にかかわる微妙な話もあります」

「知ったことか。すべてを話さなければ、松尾が任意同行を求める」

四角はソファに背を預け、ゆっくり首をまわした。

山本の性根は見切っている。


両腕を伸ばし、あくびを放った。

一時間ほど寝た。クラブ『ゴールド』を出たのは午前三時過ぎだった。近くにある深夜営業の喫茶店で食事したあと、友田を連れて門前仲町の家に帰った。

神経が昂ぶって眠れなかったと言うが、友田の顔に疲労の色はない。

四角は、運転席の友田に話しかけた。

「おまえ、見かけによらずタフだな」

「軟弱に見えますか」

返事の代わりに、またあくびがでた。

「きれいな部屋で、びっくりしました」友田が言う。「本庁は手当がいいのですか」

「そんなわけないだろう。俺はいまだに親の脛を齧っている」

一LKのマンションの家賃は十三万四千円。給料の三分の一が消える。料理はできないから外食にカネがかかる。贅沢はしないし、遊び歩くこともない。唯一のたのしみは家でジャズを聴いて寛ぐことだ。家賃がもったいないとは思わない。

「おやじは開業医。田舎の町医者だが。おまえはどこに住んでいる」

友田のことはなにも知らないのに気づいた。毎度のことだ。事件がおきるたび所轄署に出動し、そこの連中とコンビを組むが、個人的な話はしたことがなかった。

「官舎です。三十を過ぎて居づらくなりました」

「彼女は」

「いません。捜一に異動してまもなく捨てられました。四角さんは」

「右におなじだ。捜一の刑事ほど女と縁のない稼業はない。テレビのドラマに家庭円満で、やり手の刑事がでてくるが、あれはどこの国の刑事だ」

「自分はドラマを見ません」

趣味は、と訊きかけて、やめた。黙っていれば居眠りしそうだから話しかけた。自分の車を運転させている友田に失礼だとは思わないけれど、隙を見せたくなかった。個人的な話を聞いて距離が縮まることはない。が、情が絡めば面倒だ。

友田も黙った。


午前七時前、代々木上原の住宅街に着いた。

四角は門柱の表札を確認した。〈栗田雅人〉の脇に加世、千穂とある。妻と娘だ。

インターホンを押した。

《はい。どちらさまですか》

女の声がした。おちついたもの言いだった。

「警視庁の四角と申します。栗田雅人さんに用があって参りました」

《お待ちください》声が沈んだ。《主人に伝えます》

一分ほどして門扉が開いた。遠隔操作のようだ。同時に、玄関のドアも開いた。

「また君か」栗田が怒ったように言い、後ろ手にドアを閉じる。「自宅に押しかけてくるとはけしからん。迷惑千万だ」

「すぐに去ります。あなたを連れて」

「どういうことだ」

栗田が目を三角にした。

「築地署まで同行願います」

「ことわる。わたしがなにをした」

「虚偽の証言をされた。殺人事案のきわめて重要な証言です」

「ばかを言うな。うそなどついてない」

「言い分は署で伺います。とにかく、支度をしてください。そうでなければ、ご自宅で根掘り葉掘り訊問することになる。それでよろしいのですか」

栗田が低くうめいた。

玄関のドアが開き、女が顔を覗かせた。不安げな表情だ。

「あなた、どうしたのですか。おとなりにも聞こえますよ」

「何でもない」つっけんどんに言い、視線を戻した。「着替えてくる」

「ケータイは使わないでください。失礼ながら、友田がご一緒します」

「勝手にしなさい」

栗田が家の中に入り、友田があとに続く。四角はその場に残った。

「あのう」女が眉尻をさげた。「主人がなにをしたのですか」

「ご心配なく。事情聴取です」

「どんな事件ですか」

「お答えできない。が、自分は捜査一課の者です」

「もしかして殺人……主人はそんな事件に……」

「これ以上はご容赦を。それと、お願いがあります。ご主人の会社に電話し、主人は高熱をだしたのできょうは出社できないと伝えていただきたい。ご主人に電話がかかってきたら、眠っているとでも言ってください」

「そんなこと」

女がつぶやいた。身体がゆれている。

「ご主人のためです」

四角は問答無用の口調で言った。


制服警察官がお茶を運んできて、壁際の小デスクに座った。

友田がドアを背にする。

「午前七時五十一分。これより訊問を始める」

四角は声を発した。

栗田は椅子にもたれ、横柄に脚を組んでいる。

不遜《ふそん》な態度は自宅を出てからずっとおなじだ。車中では口を結んでいた。

「はじめに、ゴールドの山本社長から事情を聞いたことを教えておきます。その上での質問です。二月十七日から四月二十四日の間にあなたがゴールドで遊んだ飲食代金の、計四百三十三万円は誰が支払ったのですか」

「福井さんだ」

ふてくされたもの言いだった。

「どちらの福井さんですか」

「わかっていることを訊くな」

「そうはいきません。見てのとおり、供述調書を作成している。正直に、正確に答えてください。どちらの福井さんですか」

「オフィスＦＵＫＵＩの福井社長だ。言っておくが、肩代わりではない。福井さんにそうするよう頼まれた」

「そうするようを具体的に話してください」

「二月の半ばだったか、ビジネスの件で福井さんに会った。そのさい頼まれた。礼子の保証人でもあるし、礼子を助けてやってほしいとね」

「ビジネスとはＰＶとＣＭのことですか」栗田が頷くのを見て続ける。「それはさておき、礼子さんを助けるとはどういう意味でしょう。ゴールドの会長でもある福井さんが礼子さんに肩入れしていたということですか」

「そうかもしれん」

声音が弱くなった。

「はっきり答えてください」

「福井さんに訊きなさい」

「ふざけるな」

怒鳴りつけ、四角は手のひらでスチール製の机を叩いた。茶がこぼれた。

栗田の瞳が固まった。

四角は両肘を机にあて、睨みつけた。もう礼儀は捨てる。

「答えろ。どうして福井はそんな依頼をした」

「言えない。ビジネスが絡んでいる」

「あんたの都合なんてどうでもいい。これは殺人捜査の事情聴取だ」

栗田が息をつき、脚を解いた。顔が青くなった。重そうに口をひらく。

「その日は、ＰＶとＣＭの主役を誰にするかを話し合った。むこうの強い意向で高山昇という役者に決まった。そのあと、福井さんが切りだした」栗田がくちびるを舐める。「高山は礼子に惚れている。そう言われた。二人の仲を公にはできないとも。名の売れた女優やタレントなら宣伝に利用することもできるが、一介のホステスが相手では高山の価値をさげるだけだと心配されていた」

「あんたはどう思った。そんな男を主役に使うのは不安じゃなかったか」

四角は平静を装って訊いた。高山昇の名を聞いたときは心臓がはねた。

――高山昇という役者を監視している――

細川のひと言は記憶にある。

しかし、高山の話をするのはためらった。高山に関する情報は皆無に等しい。福井と栗田が覚醒剤事案に関与していたのかも不明である。

栗田が口をひらく。

「多少は。だが、業界ではやり手と評判の福井さんを信用した。福井さんは、業界関係者からスキャンダルが洩れることはないが、一抹の不安は礼子だとも言った。そのころ礼子の売上がおちていて、福井さんはそれを案じていた」

「あけすけに言えば、カネで礼子さんの口を封じた。それならまわりくどいことはせずに現金を摑ませるほうが手っ取り早いと思うが」

「わたしにはわからん。福井さんの要望に応じたまでのことだ」

「どうして五月はゴールドに行かなかった」

「その必要がなくなった」

「礼子さんと高山の仲がおわったのか」

「福井さんは言わなかったが、そう理解した」

「変ですね」

声がして、栗田がふりむいた。

友田が言葉をたした。

「プロモーションビデオに高山は映っていなかった」

「そのことか」栗田が顔のむきを戻した。「高山はPVとCMから降ろした。わたしがそうしたのではない。福井さんのほうから主役交代の申し出があった」

「交代の理由は」

四角の問いに、栗田が首をふる。

「高山に問題が生じたと。それしか聞いてない」

「いつのことだ」

「五月三日にゴルフをした。そこでの話だった」

四角は腕を組んだ。また覚醒剤事案がちらつきだした。

ノックの音がし、友田がドアを開けた。


細川に手招きされた。

四角は通路に出た。

「どうだ。素直に供述しているか」

「肝心な部分はこれからです。ゴールドの山本の証言をぶつければ洗いざらい話すでしょう。栗田の心証はシロ。己のプライドが邪魔をし、福井とのビジネスが頭にあって事実を隠していると思われます。それよりも、おどろきの証言を得ました」

四角は、栗田と高山の縁を話した。

「よし、その件はまかせろ。もう一度、管理官にお願いする」細川が勢い込むように言い、息をつく。「こっちの手続きは済んだ。銀行に誰を走らせる」

「友田を。そこにたどりついたのはやつです」

「いいだろう。この先は皆でやる。会議で栗田を引っ張るまでの経緯は話した」

「係長にまかせます」

「友田を呼べ。手配が済み次第、俺が中に入る」

四角は取調室に戻った。栗田の背中がちいさく見える。友田をそとに出した。

「訊問を続ける。ゴールドの山本によれば、五月七日、あんたは礼子さんの保証人を降りたい旨を伝えたそうだな」

「福井さんの助言によるものだ。あなたに迷惑をかけたくないと言われた」

「そのことを山本に話したか」

「ああ。山本は福井さんから聞いて知っている感じだった」

山本の証言と齟齬《そご》はない。

山本は、『KFコンサルタント』の法人カードを持たされた理由も、その必要がなくなった理由も、福井に教えられていた。素直に供述したのは由美殺害に関与していないことを証明したかったからだろう。五月十二日未明に由美を抱いた山本は、ときにねだられ、あるときは威されて、礼子に関する情報を由美に話したという。

「高山に生じた問題だが、礼子さんもかかわっていたのか」

「わからん。ほんとうだ。福井さんはしたたかで、腹の内は見せなかった」

「質問を変える。被害者にその話をしたか」

栗田がこくりと頷いた。空唾をのんだようにも見えた。

「寝物語か」

栗田が顔をしかめた。

「いつ話した」

「由美がイレブンに移ったあとだった。そのあとも何度か」

「最低だな」

声がでたあと、虫唾《むしず》が走った。

栗田が眉をひそめる。締まりのない顔になった。思いだしたように口をひらく。

「礼子と由美が別々の店になって、気が弛んだのかもしれない」

「隠すのは死者に礼を失する。礼子さんの死を知り、いたたまれない気分になった。葬儀の日にあんたはそう言った。それを胸に答えろ。被害者になにを話した」

「礼子と高山がつき合っていたこと。高山に問題が生じ、礼子もそれにかかわっていたと思われること。礼子の保証人を降りるよう言われたこと……それくらいだ」

「自分の値打ちをさげるようなことは話さなかった」

「………………」

栗田があんぐりとした。

ぶん殴りそうになる。堪え、声を発した。

「ただ酒を食らい、一時期はぞっこんだった女を見捨てた」

「わたしを」栗田の声がふるえた。「愚弄する気か」

細川が入ってきた。

四角はすくと立ちあがった。

「しばらく交代してください」

返事を訊く前に飛びだした。

身体がふるえている。怒りのせいではない。心が冷えきった。

トイレのあと、正面玄関からそとに出た。

空気が重く感じる。鉛色の空。風はなかった。

築地市場のほうへ歩きながら携帯電話を手にした。

《はい、星村》

抑揚のない声がした。

「四角です。いまサンライズの栗田を任意で引っ張り、訊問しています」

《それがどうした》

ぶっきらぼうなもの言いだった。

気にしない。星村には親しみを感じている。だから、電話をかけた。

「礼子さんに関する情報を言います」返事はなかった。「五月十一日、被害者はゴールドの関係者から礼子さんの売上台帳を入手した。翌日の夜、ある手段を使って礼子さんのメールアドレスを知り、十三日から礼子さんにメールを送っていた」

《内容は》

「会って話したいと、しつこく。礼子さんは拒み続けたようです。被害者の最後のメールは五月二十四日。礼子さんが自殺する前日の夜で、そのとき被害者は、会ってくれなければ栗田とゴールドに行くと威している」
《それに、礼子は返信したのか》
「ええ。好きにすればと」
その時点では自殺を覚悟していたのかもしれない。あとの言葉は控えた。
《なんで俺に教えた》
星村のもの言いは変わらない。
「あなたのおかげで視野がひろがった」
《おまえの筋目に感謝する。あまえついでや。しばらく栗田を閉じ込めてくれ》
「どうして」ひらめいた。「福井にぶつかるのですね」
《男と相撲はとらん。が、会う約束は取った》
「それなら、もうひとつ情報があります。栗田は礼子さんの保証人を降りるとゴールドの山本に伝えたそうです」
《いつのことや》
「五月七日です。栗田は、福井の助言によるものだと供述しました」
《ありがとうよ》

あかるい声になった。
「見返りに教えてくれませんか。どこで福井と」
《虎ノ門のニュー虎ノ門パレスや。心配なら見張りにこい》
「そうします。すみません、割り込みが入りました」
通話を切った。
《友田です》
「どうした。資料は手に入れたか」
《はい。それに気になることが》
「署に戻ってこい。取調室で会おう」
携帯電話は走りながら折り畳んだ。

別の取調室に入った。細川も友田もいる。栗田は強行犯四係の仲間にまかせた。
友田が資料を机に置いた。『ＫＦコンサルタント』の取引銀行の入出金明細書だ。
三行分あるうちの一行の資料を、友田が指さした。
四角は、細川と額を突き合わせるようにして見た。
脇に立つ友田が口をひらく。

「六月四日に一千万円が引きだされています」

「被害者が殺害された翌日だな」

細川が言った。

「ええ。もっと気になるのは五月二十八日です。佐藤京子《さとうきょうこ》という人物に百万円を振り込んでいる。この人物には毎月十万円の振込をしています」

「どれくらいの期間だ」

四角は、指先で資料の文字をたどりながら訊いた。

「始まりは三年前の四月。ゴールドがオープンした月からです」

「ん」細川が顔をあげる。「おまえ、なにが言いたい」

「これは四菱銀行ですが、ほかの二行の明細書も入金と振込の相手は法人名で、個人名はほとんどありません。定期的といえるのは佐藤京子だけです」

四角は細川と目を合わせた。

「たしかに気になる」友田に視線を移す。「五月二十八日で思いつくことは」

「うちの捜一が大西礼子の死を自殺と断定した日です。その日の午前中に行なわれた行政解剖の結果を踏まえ、午後一時に記者会見をしました」

四角は資料を見た。

十万円も百万円も振込先は四菱銀行小岩支店の佐藤京子の口座だ。

細川に話しかける。

「佐藤京子という人物を特定しましょう」

「よし。上に報告する」

「待ってください」あわてて言った。「この案件を捜査本部に持ち込むのは……」

「わかっている」細川が手と声でさえぎった。「俺の頭の中もおまえとおなじだ。管理官と築地署の刑事課長の三人で協議する」

四角は頷き、友田を見た。

「ゴールドの担当を知っているか」

「保安係のという意味ですね。松尾の班の福永という新米巡査です。係長の柳原警部補の指示でそうなったと聞きました」

友田がすらすら答えた。細川の耳は気にならないようだ。

「係長、手続きを。もう一度、友田を走らせます」

細川がけわしい顔つきで部屋を去った。

四角は、栗田のいる取調室に戻った。

★

ニュー虎ノ門パレスに着いたところで携帯電話が鳴った。銀友会の松永だ。
《俺だ。福井はひとりで入った。マンションの近くに物騒な野郎はいない》
星村は周囲を見渡した。マンションの道路向かいに車が停まっている。
「そこを離れたほうが無難だ」
《刑事を誘ったのか》
「それはない。が、四角は福井に的をかけた」
四角との電話のやりとりは話せない。筋目を違える。
《クク ッ。やくざと刑事を味方につけて。おまえに人徳があるとは知らなかった》
「笑ってる場合か。あんたのしのぎの邪魔になるかもしれん」
《気にするな。おまえに礼子の話をした時点で半分は諦めた。けど、捨てはせん。塩漬けにしておく。しのぎのネタは腐らんからな》
「すまん」
《しおらしいことをぬかすな。福井だが、かなりグレーだ。やつに覚醒剤の件をぶつ

けてもかまわん。もめたら俺が出張ってやる》
松永の声には余裕を感じた。
星村はいくぶんか気分が楽になった。

「ここが覚醒剤《シャブ》の館か」

リビングに入るなり、星村は声を発した。

福井は無言だ。出方を窺う魂胆か。おどおどした様子はない。目つきが鋭く、悪知恵がまわりそうな面構えをしている。きのうの電話での狼狽ぶりがうそのようだ。

テーブルにミネラルウォーターのペットボトルとグラスが二つ。灰皿もある。

コーナーソファで福井と向き合った。

「高山はやめたのか」

「なにを」

「覚醒剤に決まってる。礼子と高山がこの部屋で逢っていたことも、警視庁が薬物事案で高山を監視していたことも先刻承知や。俺の情報網をあなどるな」

福井が自分と松永の関係を知っていようとも、警察情報であることを意識させる。そうしなければ松永が男として安く見られる。

星村は話を続けた。

「礼子の身体から覚醒剤の陽性反応がでて、高山を問い詰めたのか」

福井の眉がはねた。

五月十六日、礼子は仕事にでかけたまま帰宅しなかった。友田の資料によれば、ふたたびマンションの防犯カメラに映ったのは翌々日の朝だった。十八日以降の外泊はなかった。礼子は仕事以外の時間のほとんどを自宅で過ごした。来客は皆無だった。体内に残っていた覚醒剤は家を空けた二日間に使用したものと推察できる。

「高山が礼子を呼びだしたのはわかっている」

まんざらうそではない。礼子から高山にかけた通話記録は残っていなかった。

「本人は礼子に誘われたと……どちらにしても救いようのない愚か者だ」

福井が吐き捨てるように言った。

そんなことはない。礼子は最後の手段として高山を利し、福井からカネを引きだそうとした。覚醒剤にまみれる覚悟もしたのだと思う。

「おまえ、エクサの阿部になじられたか」

「阿部社長は二人が別れたことも知らない」

「信じられん」

「目的は何だ」福井の眼光が増した。「カネか」

「くれるのならもらってやる。が、その前に訊きたい。五月二十四日、おまえはこの部屋で礼子に会った。何を話した」

「高山の愚かな行動のせいで、礼子に威された。しかし、どちらが誘ったにしても、礼子には思惑があってのことだから、はいそうですか、とはならない」

「どんな思惑や」

「礼子は売上がおちて焦っていた。だから、いったん縁の切れた高山に会い、やつを利用した。まさしく貧すれば鈍する。哀れな……」

右腕が伸びた。福井の胸倉を摑み、力まかせに引き寄せる。うめき声が洩れた。福井の鼻から血が滴《したた》る。頭突きがまともに顔面を捉えた。

「なにをする」

福井がハンカチを鼻にあてた。

「じゃかましい」ソファを離れ、テーブルに腰かける。「売上だけやない。おまえらが礼子を追い詰めたんや。高山に因果をふくめて礼子と別れさせ、サンライズの栗田を介しての援助を断った。止《とど》めに、栗田に礼子の保証人をやめるよう勧めた」

一気呵成にまくし立てた。

「阿部社長に迷惑はかけられない」

「どう迷惑がかかる。高山と礼子が手をつないでパクられると読んだか」

「ばかなことを」

「そうよな。おまえはそうならない自信があった」

「意味がわからん」

「あらゆる手段を講じて警察の動きを封じているのはお見通しや。マスコミを黙らせるのは御手のもの。残る不安の種は礼子だった。実際、ゴールドの山本は礼子に高山との関係をマスコミにばらすと威され、あんたの出番になった」

山本の証言は、けさ友田から電話で聞いた。

五月八日以降の平日、礼子は毎日のように『オフィスＦＵＫＵＩ』に電話をかけていた。どれも一分たらずの通話時間だった。

福井が居留守を使ったか、外出していたか。

礼子は標的を変え、山本を責め立てた。

「どうして殺《ヤ》らなかった。ひとりも二人もおなじやろ」

「なにを言う。このわたしが人殺しなどするわけがない」

「ほざくな」一喝した。「礼子は殺れなかった。内偵捜査の対象者だったからな。礼子が殺されたら、内偵捜査はたちまち本格捜査に切り替わる。真先に疑われるのは高山や。覚醒剤事案でもきびしく追及される。おまえも無事では済まなくなる」

福井の頬がひくついた。

「六本木の森下組の組長とは昵懇《じっこん》の間柄らしいな」

「なにを根拠に」

「俺を舐めるな。確かな情報を持たず、ここにくると思うか。おまえと森下の腐れ縁は徹底的に調べあげた」

「今度は暴排条例で威すのか」

二〇一一年に東京都は都道府県で最も遅く暴力団排除条例を施行し、暴力団と親密な関係にある個人および企業・組織は行政処分や罰金を科せられることになった。

星村は顔を近づけた。

「罪状が違ってないか」

「どういう意味だ」

「俺に言わせたいのか。森下組の資金源は何や」

「…………」

福井が口元をゆがめた。

「二十四日の話に戻す」

言って、星村はペットボトルの水をがぶ飲みした。

「礼子の実家の土地に根抵当を設定するよう要求したそうやな。そこまでやるか。俺は保安が長かったが、ホステスとの契約で土地を担保にするなど前代未聞や」

きのうの夜、思いつくまま電話をかけ、類似例の有無を訊いた。銀座のどのクラブのスタッフもそんな話は聞いたことがないと口を揃えた。

「話が飛躍している。山本には、保証人を替え、契約を結び直すよう指示した。それが騒動になった。山本はデキが悪すぎた」福井が息をつく。「礼子に関しては山本から報告を受け、そのつど対応を指示した。穏便に事を収めたかったんだ」

「きれいごとをぬかすな。おまえは高山が覚醒剤をやめられないと思い知った。で、カネで礼子の自由を縛り、飼い殺しにしようとした。礼子を目の届くところに置きたかった。すべて己のためや」

「邪推だ」

「礼子が自殺して、ほっとしたか」

「何てことを」

福井がつぶやいた。

「高山という腐った藁にすがりついた礼子を、寄って集《たか》って蹴おとした」

言いながら悪寒を覚えた。二時間前に会った大西和子の顔がうかんだ。


和子は白いブラウスに濃紺のスーツを着て、窓を見ていた。

星村は黙って腰をおろし、コーヒーを頼んだ。

「大事な話って何ですか」和子が言う。迷惑そうな顔だ。「一時から企業面接なので
あまり時間はないけど」

「すぐに済む」さえぎるように言った。「五月二十四日のことを思いだしてくれ。午
後三時四十三分、礼子さんはあなたに電話をかけた。そのあと、どうした」

四角と友田がよこした資料のおかげで幾つかの謎が解けた。

「急な話があると言われ、市川駅近くの喫茶店で会いました」

「どうして自宅で会わなかった」

「姉が喫茶店でと言ったのです」

「父親には聞かせたくない話だったのか」

和子がうつむいた。

星村はコーヒーにフレッシュをおとした。胃が重い。飲まずに口をひらいた。

「六月三日の未明、築地で女が撃ち殺されたのを知っているか」

　和子が顔をあげた。

「テレビで見ました」

「礼子さんの同僚だった」元は略した。「警察は、あの事件の背景に礼子さんの死があると考えている。だから、そのうち刑事からも俺とおなじ質問をされる」

　和子がさぐるような目をした。

「供養と思って正直に話せ」

「わかりました」か細い声で言う。「姉は仕事がうまくいってなかったみたい。頼りにしていた人に裏切られ、お店との契約のさいの保証人には降りると言われたそうで……わたしか父が保証人になってほしいと頼まれました」

「返事は」

「保証人の話は受けるつもりでした。でも、根抵当の話がでて……担保に取られるわけじゃないと言われても……一千万円の負債はおおき過ぎます」

　和子が途切れ途切れに言った。

「礼子さんが負債と言ったのか」

「そう理解しました。契約がおわる八月末までにノルマを達成できなければ契約金とバンスは借金に変わる。このままでは違約金も払わされる。いまお店を辞めても、ほかのお店はそれを補塡してくれないとも言いました」

八田の話を思いだした。

礼子はペナルティーで雁字《がんじ》搦《がら》めになると予期していたのだろう。高山の覚醒剤事案は窮余の一策とはならなかった。自分も覚醒剤を使っていたからだ。捨て身の行動にでれば、父と妹、娘までも路頭に迷わすおそれがある。

身内思いの礼子にはわずかな選択肢しか残されていなかった。

「貯金は幾らある」

「えっ」

和子の瞳が固まった。

「おとうさんの銀行口座の残高は数万円だが、あなたの口座には九百二十万円。毎月十数万円のカネを貯金していた。礼子さんが六本木にいたころは一回に数十万円のカネを預けたこともある。生活費とは別に、礼子さんにもらってたんやろ」

友田が父親から聞いた百万円の預金は現金で所持していると推察した。

「父とわたしの、いざというときのために貯金しておきなさいと言われて」

「礼子さんはそのカネを用立て、いや、貸してくれと頼まなかったのか」

「ええ」

「あなたも貯金を使えとは言わなかった」

歯軋りしそうになった。

五月七日から二十四日までのあいだ、礼子はどう行動したのか。

栗田に翻意するよう懇願し、最後には山本を威してまで福井に直談判した。

想像するのは容易だが、真実はわからない。なぜ、関係を絶たれた高山に逢い、覚醒剤を打ったのか。和子の話がほんとうなのか確かめようもない。

「ごめんなさい」和子の声がふるえた。「姉の話を聞いているうち不安がひろがりました。貯金がなくなった上に家を奪《と》られたらどうしようと……姉なら自分で何とか切りぬけられるだろうとの思いもありました」

「死ぬとは思わなかったのか」

「姉は強い人だったから……でも、別れたあと気になって、日曜に何度か電話し、メールも送ったのですが、返信はなく……それで月曜に……日曜に行けば……」

和子がしどろもどろに言った。

「家族のために、礼子さんは必死にあがいた」

一縷《いちる》の望みを断ち切ったのはあんたや。最後のひと言は奥歯で嚙みつぶした。

携帯電話を手にした。一回の着信音で声がした。

《四角です》

「どこや」

《下で待機しています》

「三分後にあがってこい。七一四号室や」

通話を切るや、福井が声を発した。

「誰を呼んだ」

「覚悟はできているんやろ」

福井の瞳が左に寄った。その先に隣室のドアがある。

それを無視し、声を発した。

「墓穴を掘ったな」

「えっ」

福井が頓狂な声をあげた。

「ＳＬＮに手をだしたことや。なんであんなまねをした」

「覚醒剤の件は死人に被せ、ＳＬＮに責任をなすりつける」福井が肩をおとした。

「最大の誤算は、星村真一という男に関する情報が間違っていたことだ」

「うちの社長との約束は守れ。それですべて忘れてやる」

福井が頷いた。

同時に、インターホンのチャイムが鳴った。

★

「これは何のまねだ」

柳原がどすを利かせた。すでに顔は真っ赤だ。

「座れ」

四角は椅子を指さした。

友田が柳原の腕を取る。柳原は抵抗しなかった。最後に入ってきた細川が制服警察官の脇に丸椅子を置き、腰をおろす。友田は柳原に近い壁に立った。

それを視認し、四角は口をひらいた。

「訊問を開始する」

「ふざけるな。貴様ごときに……」

「吠えるな」語気鋭くさえぎり、小デスクの警察官に声をかけた。「準備はいいか」

「はい」

取調室に緊張をはらんだ声が響いた。

四角は凄むように見据えた。

「佐藤京子を知っているか」

柳原の太い眉が動いた。質問の意図がわかったらしい。

「義理の母だ」

投げやりに答えた。

「佐藤京子の住所と年齢、および職業は」

「やめろ。俺はおまえと同業なんだ。手間は省け」

「同業ならそうはできないことも知っているだろう」

柳原が鼻を鳴らした。

「江戸川区西小岩一丁目〇―〇。八十二歳。俺と同居中で、認知症を患っている」

「銀行やコンビニのＡＴＭは操作できるか」

「支障ない」

「佐藤京子が四菱銀行小岩支店に口座を持っているのを知っているか」

「通帳は女房、キャッシュカードは俺だ」柳原がさもうっとうしそうに言う。「とっとと話を進めろ」

「二〇一一年四月から毎月、佐藤京子名義の口座に十万円が振り込まれている。振込人のＫＦコンサルタントは知っているか」

「福井の会社だ。面倒くさい。もう質問するな。俺が喋る」

「いいだろう」

四角は煙草を手にした。

「俺にも喫わせろ」

柳原が煙草をくわえ、不味そうに紫煙を吐いた。

「俺ん家は子沢山だ。なにかとカネが要る」

大学二年生の長女を筆頭に、高三の長男、高一の次女、中三の三女がいる。

「で、つい誘惑に負けた。ゴールドの山本の仲介で、福井と食事をしたのがきっかけだった。福井に、この先お世話になりますと」柳原が顎をなでる。「食事に招かれたのは俺だけじゃない。当時の署長が主賓だった」

この野郎。四角は胸でののしった。柳原は警察官僚を盾にした。

「その話は別の機会を設ける。五月二十八日の百万円はどういうカネだ」

「礼子の自殺に関する情報を教えた。捜査に影響するほどのことではなかった」

柳原がすらすら答えた。

腹の内は読めた。金品の授受については認める覚悟をしたのだ。

それでも警察官僚がかかわっていたのなら起訴は免れる。柳原が監察室に依願退職をささやかれ、事実は闇に葬られる。それが警察組織の体質である。

細川が立ちあがり、静かに部屋を出た。

収賄罪の容疑で逮捕状を請求するのか。上官と対応を検討するのか。

思案しても意味がない。煙草をふかし、柳原に話しかけた。

「ところで、あんたは白バイの経験があるな」

「二十一歳から七年間、交機にいた」警視庁交通部交通機動隊のことだ。「不審車両を追跡中に転倒。右大腿部を骨折し、お役ご免で築地署に配属よ」

「そのあともバイクを乗りまわしていたようだな」

「高速を走ると胸がすかっとする。だが、去年の春に売った。親不孝な娘よ。国立に受かれば入学金も安くて済んだものを」

「訊いてない」一言のもとにはねつけた。「所管内の地図は丸暗記か」

「ん」柳原が眉根を寄せる。「俺は防犯ひと筋だ。地域課にいたことはないぞ」

「道を覚えるのは得意だろう。どこにNシステムや防犯カメラが設置してあるか。築地署のデータを盗むのも、あんたなら容易い」

「何の話だ」

柳原のこめかみに青筋が立った。

「射撃は得意か」

「普通だ。それがどうした」

データでは射撃も武術も並の技量になっている。

四角は煙草をねじり消した。

「六月二日の午後十時から翌日午前二時まで、どこでなにをしていた」

「アリバイか。あるような、ないような」柳原が首をまわす。「銀座を飲み歩いた。そっちでウラを取れ。俺は酔っ払っていたからな。どこで飲んだか、憶えてない」

舌が鳴りそうだ。

風俗営業とスナック営業、それに無許可営業の店を加えれば、銀座とその周辺の酒場は二千店舗を超えるといわれている。

当日、柳原は午後七時に退署し、部下二人と近くの居酒屋で飲食した。酒量はいつもよりすくなかったとの証言を得ている。部下とは午後九時ごろ別れた。そのさい柳原は銀座を散歩すると言ったそうである。帰宅したのは午前三時か四時で、ひどく酔っ払っていた。捜査本部の同僚によれば、柳原の妻はそう証言したという。

柳原が片手で頭を撫でながらお茶を飲んだ。

四角は、先刻の福井とのやりとりを思いうかべた。


柳原への事情聴取が決定する一時間前までニュー虎ノ門パレスにいた。

――この部屋を調べろ。お宝がでてくるかもな――

顔を合わせるや、星村が耳元でささやいた。

福井はうんざりした顔でソファに座り、しきりに鼻をさわっていた。時間が経つに連れ、『サンライズ』の栗田は饒舌になった。礼子の死を悼む気持はまるで感じられず、自分が由美殺害事件に無関係であることを強調した。反吐がでそうになったが、おかげで由美と福井の接点が判明した。

供述のウラを取るため同僚が山本を訊問した。山本もよく喋ったという。

その報告を受けて虎ノ門へ急行した。

同行した友田が隣室に消えた。

四角はソファに座った。室内を見渡したあと声を発した。

「自分は捜査一課の四角だ。福井謙一だな」

福井が頷いた。うろたえるふうはない。

星村に痛めつけられたか。そう思うが、そうでなくても自信はある。

「六月一日のことを訊ねる。夜の十一時ごろ、どこでなにをしていた」

「ここにいた。由美と話し合うために」

山本の供述と合致する。由美の執拗な追及に辟易とした山本は福井に相談し、福井が会うことになったという。山本が福井の意向を由美に伝えたのは同日十時過ぎで、そのとき由美は西麻布のレストランで『ＳＬＮ』の八田と一緒だった。

「話し合いの中身は」

「強請られた」しっかりした声音だ。「君は、どこまで知っている」

「栗田から事情を聞いた。洗いざらい話したと判断している。ゴールドの山本にも話を聞き、栗田の供述のウラは取った」

「まったく」福井が顔をゆがめる。「骨のない連中は始末に悪い」

「あなたは骨があるのか」

「どうかな」

さらりと返した。

四角は攻める必要がないように感じた。福井の胸中に気がむきかける。

福井が水を飲んでから言葉をたした。

「由美はカネがすべてだ。そんな女にべらべらと……栗田さんは脇があまい。高山と礼子の仲を、高山がPVとCMから降りたのを、由美に話した」

「被害者が礼子さんの売上台帳を見たことは知っているか」

「ああ。信義のかけらもない。事務所の者から聞いたと、その者の名前まで言った。山本は由美にしつこく絡まれ、わたしに相談してきた」

「どう絡まれた」

「わたしに会えなければ阿部社長に談判すると威した」

「被害者は阿部社長と面識があったのか」

「社長が高山をゴールドに連れて行ったとき、由美も席に着いた。名刺をもらい、何度か電話で話したそうだ」

「女に威され、あたふたしたのか。阿部社長は二人の仲を知っていたと聞いたが」

「つまらないことで社長を煩わせたくなかった」

ほかにも理由があるだろう。そのひと言は堪えた。時間はたっぷりある。

「被害者は、あなたにどんな要求をした」

「ゴールドエンタープライズの経営陣に加えろと。ばかな女だ。増長するにもほどがある。出資者にはビジネスでお世話になっている。そんな方々を面倒に巻き込めるわけがない。当然、要求は拒否した」

「妥協点はなかったのか」

「あの女は知恵がまわる。カネは使えばなくなる。まとまったカネをもらい、自前の店を持ってもリスクを伴う。そういうことをしゃあしゃあとぬかす女だった」

「坂本由美子殺害を認めるか」

「わたしにはアリバイがある」

想定内の返答だ。簡単におちるとは思っていない。

「ありました」

声をはずませ、友田が隣室から出てきた。手にビニール袋をさげている。

「三パックと注射器。寝室にはアルコールランプも」

ランプは炙り用に使うのか。二センチ角のセロハンのパックには水晶をこまかく砕いたような粒がある。一パックの量は一グラムに満たないだろう。

「簡易サウナもあります」

覚醒剤使用後に大量の汗を流すことで元の身体に戻るという。

四角はビニール袋を指さした。

「これは何だ」

「知らん」

言って、福井がそっぽをむいた。

星村と会う約束をしながらも、福井は部屋の覚醒剤を処分しなかった。星村が福井も覚醒剤に手を染めている事実を摑んでいたことの証左になる。そう推察すれば去り際の星村の言葉も合点がいく。友田はお宝の意味を察し、家宅捜索を始めたのだ。

――柳原は覚醒剤中毒者かもしれません――

ここに来る途中、友田はそう言った。

四角は身を乗りだした。

「築地署の柳原とはどういうつき合いだ」

「想像どおりだ。ゴールドのオープン時は派手に宣伝したから同業の反発があると教えられた。警察から目をつけられるとも聞いた。しかし、山本も久美子ママも築地署にコネがなかった。で、銀座のヤナギを抱き込んだ」

「カネを摑ませたか」

「女もあてがった。覚醒剤《シャブ》好きの、賞味期限が切れたグラドルを」福井が薄く笑う。

「ヤナギは嵌った。まさか本人が覚醒剤を打つとは思わなかったが、ひと月も経たない内に覚醒剤と女の両方をねだりだした。おかげで、扱いやすかった」

「くそったれ」

声になった。警察官を舐めている。舐められる柳原もクズだ。

「高山にもあなたが覚醒剤をあてがったのか」

「やつの仕事が忙しくなったころ、栄養剤だと言って注射してやった。疲れたときだけにしろと言いふくめたのだが、自分で覚醒剤を調達するようになった」

四角は頷いた。

歌手やテレビタレントに覚醒剤中毒者が多いのは多忙の影響と聞いたことがある。睡眠不足と過度の疲労が覚醒剤を求めるという。ある人気歌手は覚醒剤に頼らなければ、ステージでパフォーマンスを発揮できなかったと証言した。

「で、警察に目をつけられた」

「そのようだ。やつは意志が弱すぎる」

福井が他人事《ひとごと》のように言った。

「あなたはどうなんだ。自分が覚醒剤に手を染めているのを阿部社長に知られたくなかった。それだけの理由で、人を殺した。たいした意志の強さだな」

四角は唾を吐きかけたくなった。すくと立ちあがる。

「友田、手錠だ」

友田が福井に近づいた。

「覚醒剤所持の容疑で現行犯逮捕する」

金属音は背で聞いた。隣室に移動し、携帯電話を手にした。

――この電話は電源が……――

借りを返す相手はもう仕事をおえたようだ。


「聴取はおしまいか」柳原が言う。「なら、帰るぜ」

「眠たいことをぬかすな。どうせ長いつき合いになる。留置場で仮眠させてもいいが、覚醒剤が効いている間は眠れないだろう」

「なにっ」

「独り言よ」

四角はこともなげに言った。ふてぶてしい顔を見ているだけでむかむかする。が、我慢だ。時間稼ぎのための事情聴取でもある。訊問を再開した。

「被害者と面識は」

「ない」

「被害者がゴールドを威したのは知っているな」

「…………」

柳原が猪首をまわした。

「自分と友田がゴールドの事務所にでむいたとき、山本となにを話していた」

「忘れた」

「きさま」

血が滾る。腕を伸ばすよりも早く、友田が両手で柳原の顔をはさんだ。

目が合った。柳原が口をひらく。

「刑事が来るから同席してほしいと頼まれた」

「山本は被害者の件であんたに相談していたと証言した。被害者を黙らせるよう頼んだが、つれなくことわられたとも言った」

「あたりまえだ。俺は福井に頼まれてゴールドの面倒を見ていた。福井から相談されりゃ考えるが、山本ごときに指図される覚えはない」

「最後の最後、福井に頼まれたわけか」

「何のことだ」

柳原が顎を突きだした。ねっとりとした目つきだ。

四角は右の拳を固めた。

殴りかかる寸前にドアが開いた。


細川に目で合図され、四角は通路に立った。

「でたぞ」

細川が言った。

「やつの家にあったのですか」

「家じゃない。ここのロッカーだ。つなぎもでてきた。腐ってやがる」

細川が感情を露にするのはめずらしい。

「これでじっくりおとせます」

「その必要はなさそうだ。犯人が逃走に使ったと思われる車が判明した」

「柳原が乗っていたのですか」

「それは確認できてない。運転者は女と思われる。バイクが発見された場所からほど近いNシステムと、柳原の自宅近くのNシステムがおなじ車を捉えていた」

自動車ナンバー自動読み取り装置、通称Nシステムは主要道路に設置されている。

交通犯罪に対応するためだが、重要犯罪事案でも活用される。

　細川が言葉をたした。

「柳原への事情聴取を決めた直後から、築地および月島と、小岩周辺のＮシステムの照合作業を進めていた」

「捉えた時刻は」

「月島が午前一時三分。小岩のほうは午前二時四十六分だ。その間に、ほかのＮシステムは同一車両を捉えていなかった」

「柳原が乗っていたことの証でしょう。やつならＮシステムを避けて通れる」

　細川がこくりと頷いた。

「柳原はＮシステムの設置箇所を運転者に教えていなかったようだな」

　教えても覚えるのはむずかしい。言わず、話を先に進める。

「運転していた女の素性は」

　細川が首をふった。

「車の所有者は判明した。水島碧。オフィスＦＵＫＵＩの秘書課に勤務している。ＫＦコンサルタントの専務でもある」

「引っ張ってください」

「もう動いている。水島が到着するまで、のんびり柳原の相手をしてろ」

細川がにやりとし、きびすを返した。

四角は顔をしかめた。勘弁してください。言い逸《はぐ》れてしまった。

★

三日続けて八重子の部屋に泊まった。靴を履こうとしたとき携帯電話が鳴った。

「はい、星村」

《和子です》息が荒く感じる。《羽田に着いたところです。美耶も一緒に》

「そうか」

そっけなく返した。

よかったとは言えない。北海道でのやりとりは聞きたくない。

《星村さんに助けられました。ありがとうございます》

「がんばれ」

通話を切り、ふりむいた。

「一緒に住むそうや」

八重子の目が糸になる。

「きょうはお家で眠れそうね」

星村は首をひねった。


「びっくりしました」

有吉の声は元気だ。ソファにいる八田の表情もあかるい。

典子がお茶を運んできた。くすっと笑い、星村に声をかける。

「具合でも悪かったのですか」

星村の髪はぼさぼさ、無精髭が生えている。

「人嫌いがひどくなった。おまえだけが俺のオアシスよ」

「いまごろ気づくなんて」

典子の瞳が端に寄った。

「ばかなことを」有吉が口をはさんだ。「ここは社長室です」

典子がおおげさに肩をすぼめて去った。

「受けても大丈夫なのですか」

有吉が言った。神妙な顔だ。

「白々しい。もう返事したんやろ」

言って、星村はお茶を飲んだ。

八重子の部屋でＤＶＤを見ている最中に有吉から電話があった。

――エクサから連絡がありました。契約の件で会いたいとのことです――

よろこびを隠し切れない声音だった。

「意地悪ですね」有吉が苦笑を洩らした。「エクサと会うことは了承したものの、あなたの言葉が気になっています」

「犯罪の片棒か。その心配は消えた。犯罪者の相棒になるかもしれんが」

「えっ。どういう意味ですか」

「戯言《たわごと》よ」

何食わぬ顔で言い、煙草をくわえた。

「福井社長が人殺しとは」八田が言う。「青天の霹靂《へきれき》です」

けさ、築地署の捜査本部は記者会見を行なった。柳原啓三を殺人、福井謙一を殺人教唆、水島碧を殺人幇助の容疑で逮捕したと発表した。

そこに至るまでの経緯は友田から聞いている。

水島は当初、柳原とは面識がなく、気分がむしゃくしゃするのでドライブしたと供述した。が、彼女の車中から柳原の毛髪が採取され、柳原の自宅から押収した札束に水島の指紋が付着していた点を追及されると、あっけなく自白に転じた。

別件で逮捕された福井はあっさり殺人教唆を認め、強情にあらがっていた柳原も犯行をほのめかす供述を始めたという。

松永によれば、エクサの阿部は捜査に協力する意思を示したという。事件が芸能界に波及しないよう警察に働きかけるだろうとも言い添えた。

警察も早々に幕引きを図るだろう。現役警察官による射殺事件なのだ。殺人犯が覚醒剤中毒者である事実は公表されなかった。そのままということもありうる。公表すれば恥の上塗りとなり、警察の威信は地に墜ちる。

「やはり、殺人事件の端緒は大西礼子さんの自殺ですか」

有吉が真顔で言った。

「どうやろ」

「とぼけないでください。あなたには報告する義務がある」

「忠告した。あの時点で俺の仕事はおしまいや」

「そうですね」有吉が声音を変え、笑顔を見せた。「あなたのおかげで、わが社はダメージを被らずに済んだ。感謝します」

有吉が頭をさげた。

星村は見ないふりをし、煙草をふかした。

「あなたを見直しました」

有吉の声に、八田が反応した。

「見直す前はどう思っていたのですか」

「本人の前ではね」

有吉が目元を弛めた。

「ホシさん」八田が言う。「礼子さんの自殺の背景は見えたのですか」

「大体な」ひと息ついた。「だが、真実はわからん。知りたくもない。人の心は禁忌《タブー》……誰もふれることはできん」

本音である。今回の調査で礼子の死に迫る幾つかの事実を知った。が、礼子の心にふれたという実感はない。真実というものが人の心に在るのなら、事実を以てこれ見よがしに真実を語るのはおこがましい。傲慢だとも思う。

八田が目をぱちくりさせた。

星村は煙草を消した。有吉を見る。

「一杯おごれ」

「もちろん」有吉が声を張った。「そのために二人を呼びました。ただし、銀座はだめです。正式契約には至っていません」

「はいはい」

星村はぞんざいに返した。


赤レンガ通を渡り、路地に入った。

「ホシさん、こんばんは」

アヤの胸がはずんだ。いつもの席は空いていた。まだ空は青々としている。

「生三つ、串十本」

「ありがとうございます」

SL広場の機関車にまで届きそうな声だった。

# 解　説――「あの子は作家になる」

白幡光明

浜田文人の作品に初めて出会ったのはもう二十年以上前になる。劇画『パチンコ梁山泊』（一九九六年双葉社）の原作者として名前が出ていたのである。当時は浜田文太と名乗っていた。

「これは、一日百四十万発、半年で二億円を弾き出した、男たちの物語である」という惹句に半ば眉に唾をつけながら読み始め、荒削りながらも、はみ出し者のパチプロたちを個性豊かに活き活きと表現しているところに目を引かれた。

それから七年後、私の前に浜田文太が浜田文人として現れた。大阪在住のブックデザイナー多田和博さんの紹介である。多田さんは優れた読み手としても遍《あまね》く知られている。その縁でやがて『臆病者』や「とっぱくれ」シリーズが生まれる。

浜田文人の代表的な作品のほとんどはシリーズになっており、大きく二つに分かれる。一つは警察もので、「公安捜査」、「CIRO内閣情報調査室」、「六本木無頼派　麻布署生活安全課　小栗烈」等がある。もう一つは裏社会、極道世界を描いたもので、「捌き屋」、「とっぱくれ」、「若頭補佐　白岩光義」等である。

それぞれの物語の主人公たちには共通するものがある。常に自らを恃《たの》み、義を貫きながら己の器量で事態を打開しようとするのである。「公安捜査」の蛍橋政嗣、「CIRO」の香月喬、「捌き屋」の鶴谷康、「とっぱくれ」に登場する極道の村上義一や美山勝治、「若頭補佐」の白岩光義、いずれも独立独歩の漢《おとこ》たちである。

今回の『禁忌』は単発作品だが、浜田作品の例に漏れない。主人公の星村真一は、元築地署生活安全課保安係で、警察を実質的に馘首《かくしゅ》され、人材派遣会社に拾われて厄介ごとの調査処理係となった。ある高級クラブホステスの自殺の背景を追い求めて調査に乗り出す。その調査過程で様々な圧力がかかるのだが、星村は屈せず、己の信じた道を邁進する。

浜田が常にこうした漢たちを主人公に据えるのは、彼の青春時代と密接に関係があると思われる。

浜田文人は一九四九年福岡県久留米市で生まれた。十五歳の時に父の転勤に伴い神戸へ。神戸市垂水区の県立星陵高校に入学する。その一ヵ月後に父が今度は高松に転勤、母も一緒に高松に行き、浜田は須磨区の社宅で一人住まいを始める。食事は自炊と社宅のおばちゃんたちの差し入れで賄った。

星陵高校の同級生たちには同和地区出身者が少なからずいた。また近くにある朝鮮高校に通う友人もできた。同級生の家に遊びに行った折に目にした、じめじめした未舗装の道路に面して貧相な三軒長屋が立ち並ぶ風景は、浜田の最初の同和体験だった。

世間の理不尽さに戸惑いながらも、浜田は読書と麻雀に耽溺する。ジャン・ジュネの『泥棒日記』に多大な影響を受けた。作家になりたいと願った。

一方で、朝鮮高校の友人に紹介された神戸の雀荘に入り浸るようになる。それでも同志社大学文学部と関西大学法学部に現役で合格、関大に進学し、灘区にアパートを借りた。

しかし入学後すぐに学園闘争で法学部が閉鎖、また雀荘に足繁く通いだした。ある日、その帰りに三宮を歩いていたらキャバレー従業員募集のたて看板が目に入った。

当時ビアガーデンのアルバイトをしていたが、時給が八十円、それがキャバレーは日給で千円だという。

早速面接に赴き、運よく社員ボーイとして採用されることになった。四百席近いグランドキャバレーで、ホステスが三百八十人いたが、浜田はそのホステスの名前と番号を三日で覚えてしまった。するとたちまちボーイを卒業してフロント入り、「三番アケミさん、十八番テーブルへどうぞ」とマイクで案内する黒服に昇格した。その一ヵ月後には三級主任に駆け上る。

ここで浜田の生涯を大きく左右する男たちに出会うことになる。

浜田を可愛がってくれた姉さんホステスの常連客に極道の組長がいた。よく気が利く子だと浜田にチップを弾み、目をかけてくれた。浜田も、組長の気風のよさ、上に立つものの器量に惹かれた。社宅時代のおばちゃんたちを含め、年上の人々の懐にするりと入り込み可愛がられる、というのは浜田の天賦の才と言うしかない。

組長の代理として戦う〝代打ち〟というプロ雀士たちとも知り合った。極道社会に同和や在日出身者が多いこともこの時に見知った。

やがて浜田は組事務所で行われる賭け麻雀に参加するようになった。代打ちもやった。ほとんど負けた記憶はない。

二十一歳までに驚くほどの金が貯まった。それと銀行からの借り入れを元手に大学三年、二十一歳で神戸随一のネオン街である東門にクラブを開店、オーナーとなった。店の名前は「ジュネ」、ジャン・ジュネからとった。

店は繁盛し、銀行からの借り入れは半年で返済することができた。大学も卒業できた。が、好事魔多しである。浜田は野球賭博に手を出した。

暗転したのは一九七五年、巨人ファンの浜田は長嶋巨人に張り続ける。ところが巨人は開幕当初から低迷し、四月から一度も最下位を脱することなく球団史上初の最下位となった。浜田の負けも雪だるま式に膨らんだ。

賭け金返済のために借金と手形の自転車操業で二年間やり繰りしてきたが、借金は九桁に迫り、六甲山に埋められることを覚悟した。

その時進退谷《きわ》まった浜田に手を差し伸べてくれた一人の組長がいた。組長は、「俺が（野球賭博の胴元と）話をつけたる」と借金を棒引きにしてくれたのである。組長は「神戸で博打をしている噂を聞いたら殺す」と釘を刺すことを忘れなかった。

浜田は、何故組長が助けてくれたのかその理由が今でもわからないという。人の懐にするりと入り込む浜田の天賦の才が、命を救ったのか。

素寒貧になった浜田は、高校時代の夢を思い出す。小説家になる……、再び芽生えた夢とわずかな金を握り締めて東京へ向かった。三十歳になっていた。

上京して借りたアパートの近くに麻雀の小島武夫プロが経営する店があった。仕事もないままそこに通って麻雀を打つうちに小島プロに麻雀の腕を認められ、やがてその縁で週刊誌に伝《つて》ができる。そして編集部の依頼で取材して書いた『パチンコ梁山泊』が大ヒット。そこから小説家への道が拓《ひら》けて行くのである。


浜田は、自らの体験と丹念な取材を下敷きに作品を組み立てる。

『禁忌』は浜田がよく知っている銀座ホステスの自死が執筆のきっかけとなった。

少々のことで挫《くじ》ける女ではなかった、では何故死を選んだのか、その疑問から取材を進めていくと、思いもよらぬことが見えてきた。

浜田の神戸時代は、高度成長期で、客もホステスも好景気の恩恵に浴していた。何より全てが大らかだった。ところが、二〇〇八年のリーマンショックを境に銀座のクラブがファンドや企業の投資対象になり、売り上げ至上主義に変貌する。ホステスたちは売り上げを立てようと必死になり、客にワインやシャンパンを抜かせようとする。客単価が上がるからである。

ホステスは、時には身体を張り、ライバルを出し抜いて売り上げを維持しようとする。座っているだけで高給を得ていると思われがちな銀座ホステスだが、その実、売り上げという数字に翻弄されているのである。

『禁忌』で、主人公の星村が亡くなった大西礼子を丹念に調べていくうちに浮かび上がってくる事実は決して誇張ではない。礼子を通して無数のホステスたちの苦境を、銀座の現実を描いているのである。

浜田は権力を持つ人物やそれに擦り寄る利害や打算に敏感で、金銭で動く人物を描くことが多い。『禁忌』ではサンライズ社長の栗田雅人やエクサの連結会社オフィスFUKUIの福井謙一、そして〝防犯のヤナギ〟こと柳原啓三警部補もそうである。

彼らは礼子を死に追い込んだ元凶であり、星村は、男たちの卑劣な姿を炙《あぶ》り出していく。

浜田は、弱者を食い物にする男たちを許さない。逆に弱い立場の人々に向ける視線は限りなく慈愛に満ちている。

だが、星村を正義の人として描くことはしない。星村は婚約者に愛想をつかされた元警察官であり、酒も女も好きなろくでなしである。ろくでなしでも矜持を持ち、踏み越えてはならない一線を知っている。だからこそ、礼子の死についてできる限り事実を掘り起こそうとするが、礼子の心中を推し測ることはしない。それは死者への冒瀆に他ならないからである。

特筆すべきは、星村には人への深い愛と愛嬌があることである。強くて弱くて愛くるしい。バー蓮華のママ吉川八重子はそれを見抜いている。

これは前にも触れたように、浜田作品の主人公に共通するもので、浜田が自らの体験の中で見てきた男たちのエッセンスと言っていいのではないか。

『禁忌』は現代を活写した作品だが、根底には浜田が青春を送った大らかな時代、大らかな人々への憧憬とオマージュがある。同時に時代が変わっても人が失ってはならない普遍的なものを提示し続ける。それがこの作品を単なるエンタテインメントに終わらせていないのである。

さらに浜田はこれまでの文体を捨てる冒険に挑んだ。説明を極力そぎ落とし、内面ではなく、行動を、事実を淡々と積み上げていく。まさにハードボイルドを見事に書き上げた。

浜田の母は亡くなる直前まで息子を信じ、「あの子は作家になる」と言い続けたという。浜田はこの『禁忌』によって、母の愛に応えることができたと言えるだろう。

——元編集者

この作品は二〇一五年四月小社より刊行されたものに加筆・修正をしたものです。

# 禁《きん》忌《き》

浜《はま》田《だ》文《ふみ》人《ひと》

平成29年10月10日　初版発行

発行人――石原正康
編集人――袖山満一子
発行所――株式会社幻冬舎
〒151-0051東京都渋谷区千駄ヶ谷4-9-7
電話　03(5411)6222(営業)
　　　03(5411)6211(編集)
　　振替00120-8-767643
印刷・製本―図書印刷株式会社
装丁者――高橋雅之



幻冬舎文庫

ISBN978-4-344-42661-0　C0193　は-18-11

幻冬舎ホームページアドレス　http://www.gentosha.co.jp/
この本に関するご意見・ご感想をメールでお寄せいただく場合は、
comment@gentosha.co.jpまで。